好看的中国文学史

上册

钱念孙 著

华东师范大学出版社

图书在版编目（CIP）数据

好看的中国文学史/钱念孙著. —上海：华东师范大学出版社，2020
 ISBN 978-7-5760-0450-2

Ⅰ.①好… Ⅱ.①钱… Ⅲ.①中国文学—文学史 Ⅳ.①I209

中国版本图书馆 CIP 数据核字(2020)第 084010 号

好看的中国文学史(上下册)

著　　者	钱念孙
插　　图	钱念孙
策划编辑	王　焰
责任编辑	顾晓清
审读编辑	时润民
责任校对	王丽平　时东明
出版发行	华东师范大学出版社
社　　址	上海市中山北路3663号　邮编 200062
网　　址	www.ecnupress.com.cn
电　　话	021-60821666
网　　店	http://hdsdcbs.tmall.com/
印 刷 者	杭州名典古籍印务有限公司
开　　本	890×1240　32开
印　　张	31.125
字　　数	495 千字
版　　次	2020年8月第1版
印　　次	2020年8月第1次
书　　号	ISBN 978-7-5760-0450-2
定　　价	98.00元(上下册)
出版人	王　焰

(如发现本版图书有印订质量问题，请寄回本社客服中心调换或电话021-62865537联系)

目录

上　册

【第 1 回】	古神话开篇呈异彩　诗三百集萃流芳泽	001
【第 2 回】	兴诗教孔孟尚致用　乐逍遥老庄崇无为	025
【第 3 回】	表丹心屈原撰楚辞　恃高才相如陈汉赋	051
【第 4 回】	司马迁发愤著史记　父兄妹笃志编汉书	081
【第 5 回】	汉乐府缘事发真情　刘兰芝殉身赴清池	107
【第 6 回】	曹操观海遗名篇　曹植逃生展捷才	135
【第 7 回】	文姬出塞泄悲愤　王粲登楼涌乡思	161
【第 8 回】	嵇康绝响广陵散　阮籍垂名咏怀诗	183
【第 9 回】	左思潜心赋三都　郭璞飘逸吟游仙	211
【第 10 回】	陶渊明弃官归田园　谢灵运辞职游山水	231
【第 11 回】	鲍明远失路叹寒门　庾子山羁留哀故国	253
【第 12 回】	王子安妙文滕王阁　骆宾王续诗灵隐寺	275
【第 13 回】	陈子昂蓟丘伤今古　王之涣旗亭比高低	297

【第14回】	孟浩然隐居鹿门山	王摩诘避祸辋川园	**317**
【第15回】	李太白豪饮称谪仙	杜少陵忧国成诗圣	**339**
【第16回】	白居易垂泪湿青衫	刘禹锡题诗刺权贵	**369**
【第17回】	韩退之古文起八代	柳宗元妙笔记永州	**395**
【第18回】	李长吉觅诗逞鬼才	杜牧之咏史超群伦	**419**
【第19回】	李商隐无题难索解	贾浪仙警句费推敲	**439**
【第20回】	温庭筠独秀花间词	李后主国破得佳篇	**459**

下 册

【第21回】	欧阳修游乐醉翁亭	范仲淹抒怀岳阳楼	**477**
【第22回】	梅尧臣嗜诗成痼癖	王安石炼字点龙睛	**499**
【第23回】	柳三变词赢群芳心	宋子京句得宫嫔情	**517**
【第24回】	苏东坡雄豪赋赤壁	李清照哀婉叹西风	**539**
【第25回】	黄庭坚题画惹诗祸	周邦彦争艳遭放逐	**563**
【第26回】	秦少游失意怨飞红	贺方回寂寞愁梅雨	**585**
【第27回】	陆放翁魂断沈园情	辛弃疾梦牵沙场兵	**611**
【第28回】	范成大使金记壮行	姜白石咏梅得佳姬	**643**
【第29回】	关汉卿称雄元杂剧	王实甫夺魁西厢记	**667**
【第30回】	白仁甫讴歌痴情女	马致远巧绘断肠人	**693**

【第31回】	包公戏洗雪黎民恨	琵琶记泣诉五娘悲	**713**
【第32回】	元好问悲恸吟丧乱	杨维桢持节作妇谣	**731**
【第33回】	罗贯中演义三国史	施耐庵浓墨水浒传	**753**
【第34回】	吴承恩奇想西游记	笑笑生艳绘金瓶梅	**777**
【第35回】	冯梦龙慧眼辑三言	汤显祖匠心成四梦	**799**
【第36回】	李梦阳复古反台阁	袁宏道重今抒性灵	**823**
【第37回】	蒲松龄孤愤寓聊斋	吴敬梓傲骨讽儒林	**845**
【第38回】	曹雪芹情寄红楼梦	孔尚任血染桃花扇	**867**
【第39回】	吴伟业怨诉圆圆曲	王渔洋悲吟秋柳诗	**891**
【第40回】	龚自珍笔吐风雷气	黄遵宪诗开海外天	**913**
【第41回】	吴趼人谴责怪现状	李伯元笔锋刺官场	**933**
【第42回】	刘铁云哭泣记老残	曾孟朴愤世绘孽海	**955**

【第1回】

古神话开篇呈异彩
诗三百集萃流芳泽

古神话开篇呈异彩

话说在那茹毛饮血、结巢钻木的生民之初，人类对自己的由来、日月的运行、万物的生灭、四季的变化，都感到玄妙莫测；对电闪雷鸣、狂风骤雨、凶禽猛兽、生老病死，更是怀有难以名状的恐惧。他们认为在人类以外，还有超自然力量的神，在指挥、控制着一切，主宰着世间万事万物的命运。于是，一切自然力在他们心目中，都被形象化、人格化了，如太阳成了太阳神，水成了水神，火成了火神，风成了风神，等等。

古代先民在想象中创造了神，自然要对神的行为进行猜想和推测。他们植根自己的现实生活和劳动经验，依据自己部族英雄人物的形象和业绩，编创了许多神的故事和传说，在口头广为流传，并在流传中不断加以丰富发展。神话的产生，大致如此。

中国古代神话，丰富而精彩。盘古开天辟地，女娲造人补天，共工头触不周山，黄帝战蚩尤，刑天舞干戚；还有夸父逐日，精卫填海，鲧禹治水，后羿射日，嫦娥奔月，等等，无不以神奇的想象、生动的形象，给人以无穷兴味、无限遐想。其中详情,且听道来。

传说远古之初,茫茫宇宙,天地莫分,四周漆黑,混沌一团。然而,这混沌中潜藏的天地灵秀、日月光华,却孕育着一个神奇的活物,他就是中国创世神话的主人公——盘古。

盘古龙首人身,躯长百尺,于冥冥混沌之中,吮吸宇宙灵气,养精蓄锐,修炼生长。过了一万八千年,他忽然醒来,睁开眼睛一看,漆黑一团,万物不见。"真讨厌!怎么这般黑暗?"他一边嘀咕,一边寻得一把利斧,用力横劈过去。"哗啦!"随着山崩地裂似的一声巨响,混沌一团的宇宙破裂开来,只见那轻而清的东西,冉冉上升,变为天空;重而浊的东西,缓缓下降,凝为大地。

盘古分开天地,担心它们还要合拢,就头顶天,脚踏地,擎天柱一般,撑在天地中间。天升高一丈,他的身子就增长一丈;地下沉十尺,他的腿就增长十尺。如此过了很长时间,盘古成了身长九万里的巨人,天和地也各归其位,相距遥远,再也无法合拢了。

盘古对自己亲手开辟的天和地,怀有深厚感情,临终之时,决定用身躯来装扮天地,让天地变得更加完美。他把自己呼出的气变成风和云,发出的声音变成隆隆雷鸣,双眼变成太阳和月亮,头发变成星星……最后,盘古高大的身躯倒在地上,变成中国的五座大山:头变成泰山,脚变成华山,腹变成嵩山，左手变成衡山，右手变成恒山。他的血液变成江河，筋脉变成道路，肌肉变成田地，皮毛变成花草树木；牙齿、骨头、骨髓等，分别变成闪光的金属、坚硬的石头和圆润的珍珠，连身上流出的汗水也变成了雨露和甘霖。[1]

天地开辟出来以后，一个名叫女娲的天神，降临大地。她看到这里高山连绵，江河纵横，古木参天，花草茂盛，不禁连声赞叹。她在大地上尽情地走着、玩着，觉得比那单调空旷的天宇有意思多了。可是玩了数天，她渐渐感到孤单和寂寞："多好的地方，无人共同游乐，实为憾事！"她不禁感叹："若有人生活在这块土地之上，岂不美哉！"

于是，女娲来到一条河边，顺手抓起一块黄泥，仿照自己的模样，捏起小人来。谁知捏成的小人刚放到地上，居然会走、会蹦、会说、会笑。她惊喜万分，赶紧又捏了几个，也都变活了。女娲兴高采烈，夜以继日地做了起来。一个个小人从她手中降临大地，她的周围渐渐充满人的欢歌笑语。女娲再也不感到孤单寂寞了，因为世间有了她亲手创造的儿女。

可是，大地广阔无边，如此这般一个一个地捏，到何年何月，才能到处都分布人类呢？女娲想换一种简便的方法，便从不远的山崖之上，拉下一根藤条，伸入泥潭，使劲搅动，然后拉起，朝地上一挥。呀！那一串串泥点，居然都变成了一个个活蹦乱跳的小人。

女娲激动异常，禁不住抡动藤条，蘸着泥浆，狂舞起来，那甩出去的无数泥点，转眼间就变成了男男女女。他们在女娲身边热闹一阵后，就一批批成群结队地四散开去。不久，广袤大地，各处都有了人的踪迹。[2]

女娲创造了人类，大地充满了生机，年复一年，平安无事。不料有一天，水神共工和火神祝融，不知为何事闹翻，忽然打起仗来，世间陷入一片混乱之中。

水神共工，人脸蛇身，性情狂暴，是个有名的恶神。他和祝融从九霄碧空一直打到地上，杀得天昏地暗。由于共工是水神，到地上后便以水乘木，鼓波推浪，调动虾兵蟹将，齐攻祝融。火神祝融，岂可欺侮，他一怒之下，燃起熊熊大火，向共工反击。共工及其手下兵丁，个个被烧得焦头烂额，死去活来，真所谓"水火不相容"。

共工被祝融打败后，气急败坏，怒不可遏，一头向西方不周山撞去。不周山是一根撑天巨柱，经共工这一猛撞，"哗啦"一声，拦腰折断，半边天立刻坍塌下来，砸得大地也裂开一道道巨大的深壑。随之，森林燃烧起炽烈的大火，洪水从地下喷涌而出。人类被烧的烧、淹的淹，加上凶禽猛兽的肆虐，经受了一场前所未有的灾难。[3]

共工怒触不周山，造成塌天大祸。女娲眼见自己创造和培育的儿女，经受如此惨烈灾难，心痛难忍，决心补好苍天，拯救人类。她不畏艰险，往返江河湖海，拣来许多五色石，又架起熊熊大火，连烧九天九夜，炼成五色石浆。女娲一趟又一趟，上天下地，用五色石浆，修补苍天。

残破天空完全补好后，女娲担心它还会塌下来，便抓住一只巨大乌龟，斩下四足，用来代替天柱，竖立在大地四方，把天牢牢支撑起来。她又四处砍伐芦苇，将其烧成灰末，堵塞大地上纵横交错的裂壑，制服了泛滥成灾的洪水。此后，她还不辞辛劳，四处奔波，驱赶各种凶禽猛兽。中原地区，有条黑龙，多年侵害人类，女娲捉住它后，毫不手软，斩首治罪。

由共工引发的一场灾难，总算被女娲一手平息了，她所创造的人类，终于死里逃生，得到拯救。[4]

女娲为民除害，人类重新过着安宁幸福的生活。可是在偏远的北方，在连绵起伏、高耸入云的天山地区，人们的日子却过得非常艰苦。原来太阳每天所走的道路，离这儿太远，此处始终见不到阳光，从早到晚漆黑一片，一年四季寒冷异常。

幸运的是，在天山脚下，住着一个勇敢的巨人，名叫夸父。为改变阴暗寒冷的恶劣环境，他决定去追寻太阳神，劝太阳改变行走路线，给这里送来温暖和光明。

夸父翻过无数座崇山峻岭，越过数不清的激流深涧，战胜重重艰难险阻，终于越走越亮，远远看到盼望已久的太阳。他高兴得一边狂呼，一边向太阳奔去。可是太阳神走得太快，一转眼工夫，就把他远远抛在后面。夸父毫不气馁，迈开大步，紧追不舍。追啊赶啊，脚磨破了，身后留下一串鲜红的脚印；腿累疼了，折一根粗大的桃枝当拐杖，咬紧牙关继续往前追赶。

离太阳越来越近，天气也越来越热，夸父被太阳烤得口干舌燥。走到黄河边上，他弯下腰，一口气把黄河水喝得一干二净；赶到渭水河畔，一张嘴又把渭河水喝得滴水不剩。然而，他仍然口渴难忍，只好一边追赶太阳，一边寻找湖泊大泽。

终于，在太阳就要落山的地方，他渐渐靠近了太阳。这时，天热得像火炉一样，夸父整个身体几乎被烤焦，但他仍用最后一丝力气，向太阳神诉说了自己的心愿，然后倒在地上，慢慢地闭上了双眼。他的拐杖滚到地旁，变成一片茂盛的桃林，枝上挂满了甘美的鲜桃，为后来追求光明的人纳凉解渴。

太阳神为夸父锲而不舍的精神深深感动，从此改变行走路线，给遥远的北方地区送去了温暖和阳光。[5]

类似这样神奇美妙的神话，在中国古代典籍里俯拾即是。《山海经·海内经》中，描绘"鲧禹治水"的故事，塑造两位敢于冒犯天威,为民治水的英雄形象。《淮南子·本经训》里,收录"后羿射日"的故事,反映人类使用弓箭等新工具,战胜干旱等自然灾害的壮举。《山海经·北山经》中,讲述"精卫填海"的故事,表现精卫鸟"不以东海为大,不以自身为小"的可贵精神,歌颂人类坚韧不拔,不屈不挠与自然斗争的顽强毅力。《山海经·大荒北经》里,记载"黄帝战蚩尤"的故事,间接地刻画了原始社会氏族或部落间的争斗,表现原始社会里人们要求扬善惩恶的强烈愿望。

今天看来,古代神话好像纯属主观幻想虚构,它对开天辟地、人类起源,以及原始部落之间的战争描述等,似乎过于离奇,与史实相去甚远,没有多少价值。事实上,诞生在人类童年时代的神话,是远古先民根据自己对大自然和人类社会的幼稚理解,以幻想的方式表达对自然和社会的一种早期认识,是富有很强艺术意味的口头创作,当时人创造它是很认真,甚至是很神圣的。

透过一个个奇妙的神话故事,今人不仅得以窥视远古历史的雪泥鸿爪,更可了解古代先民征服自然的惊人毅力和奋斗精神。

正如古希腊神话是西方文学的最初源头一样,中国古代神话也是中国文学的早期发端。神话中那些传奇式的英雄、壮美的丰功伟绩、大胆的幻想等,为后代作家提供了丰富的创作题材和艺术形象，启发了他们的艺术想象力。尤其是浪漫主义作家，如庄子、屈原、李白等人的创作，或采其故事，或用其典故，或借题发挥，或学其作风，写出了许多极富艺术感染力的作品。

后代小说、戏曲，如《柳毅传书》、《张生煮海》、《西游记》、《封神演义》，以及鲁迅的《故事新编》等，也与古代神话在选材或描写上，多有借鉴、承袭之处。至于各种民间故事传说，与古代神话的相似和联系，更是不胜枚举。古代神话对后世文学的影响，实为广泛而深远。[6]

诗三百集萃流芳泽

日月嬗递，斗转星移。漫长的中国上古历史，经过以狩猎为主的氏族社会，逐渐过渡到以农耕为主的商周时代。及至西周时期，周天子为了解民情，常常派专人到民间采诗，以观风俗，知得失，治天下。

这是西周末年的一个严冬，当时豳国（今陕西旬邑西部）的一座农庄大院里，一群农夫，面黄肌瘦，衣衫褴褛，蜷缩在一堆篝火旁取暖。他们又饿又冷，却只有秕糠野果充饥，只能在身上加些茅草御寒。他们不断地往火堆里添柴加草，仿佛那红艳、跳动的火苗，能把他们的饥寒和愁苦，烧得一干二净。

一个胡须花白的中年汉子，见大家都默默坐着，深深叹了一口气："唉！太闷了，咱们唱首诗歌吧！"说着，他便沙哑地哼了起来：

原　诗	译　诗
七月流火，	七月火星向西方，
九月授衣。	九月缝衣女工忙。
一之日觱发，	冬月北风刮得紧，
二之日栗烈。	腊月寒气刺骨凉。
无衣无褐，	粗布衣服无一件，
何以卒岁！	怎样过冬心悲伤！
三之日于耜，	正月赶快修农具，
四之日举趾。	二月大伙下田忙。
同我妇子，	约好老婆和孩子，
馌彼南亩，	送饭到田喷喷香，
田畯至喜。	田官老爷喜洋洋。

且说这首诗歌，名为《七月》，一共八段，此处节录的是第一段。全诗分月叙述农民一年到头无休止的辛勤劳动过

程与悲惨生活境遇,以及自然气候和农事项目的变化。诗歌出语自然,质朴明快,既勾画了周代农民劳动生活的完整图景,又表达了农民们对遭受剥削压迫的怨愤。那位中年汉子刚一开口,大家都跟着唱了起来。歌声抑扬顿挫,充溢不平之气,低沉而浑厚的旋律,随着火堆腾起的阵阵烟雾,在大院上空萦回、飘荡……

正在这时,一个老头背着大背兜,敲着木梆,顺着院前的小路走来。他一听到这深沉哀婉的歌声,两眼顿时露出惊喜神色,急忙赶到院落边停下,从背兜里拿出刻刀和竹简,把大家唱的歌词,一字一句地刻在竹简上。

老头儿正弯腰刻得起劲,院里一个小伙子抬眼看见他,连忙嚷道:"哎,大家看,院外那老头儿在干啥呀?"

老头儿见大伙围上来,连忙拱手施礼,自我介绍:"各位父老兄弟,老汉受朝廷之命到民间采诗,正把你们刚才唱的诗歌,刻于竹简,准备带回朝廷呢!"

老头儿说完,见大伙仍用惊奇、迷惑的目光打量他,便接着解释道:"咱们周王朝,设有专管礼、乐的太师官,太师手下养有一批采诗之人。这些人和我一样,都是些能够识文断字,又没有子女的孤单老人,由官府提供衣食,专门到各地民间,收集老百姓所唱诗歌,是为'采诗'。"

"你们采诗,有何用处?"刚才首先发现老头儿的小伙子,愣头愣脑地问。

"用处可大啦!"老头捋着银须,满脸自豪地笑着说:"我们采集的诗,从乡到邑,从邑到府,要一级一级呈报上去,直至献给咱们周朝天子。周天子了解这些诗,是想从老百姓所唱诗歌里,知道广大民众赞扬何物,怨恨何事,心里有何种想法,对国家有何等要求,以便顺乎民心,治理天下。这在朝廷里叫'观风',也就是观察了解民情风尚的意思。"

"噢,原来如此。怪不得人们常说:'王者不窥牖户而知天下'呢!"那位领头唱歌的中年汉子说。

"那当然。"老头儿接着道:"周天子不只广泛了解从民间采集来的大量诗歌,还在朝廷内部要求王公贵族和士子大夫们献诗呢!他们所献之诗,或由乐官配以音乐,在宴会及其他场合演唱,或由公卿大夫们,直接在天子面前吟诵。这些诗歌,多是逢迎献媚、歌功颂德的篇章;但也有直言不讳、针砭时弊之作,如大臣专横、政治动荡、官场倾轧,等等,无不在吟咏之列。"

"公卿大夫还敢指责朝廷,胆子真大!"

"对朝廷不敬不怕杀头吗?"

采诗老头见大伙议论纷纷,有些不太相信他的话,急忙说:"敝人所言,句句实情,不信背诵一首《北山》,请各位聆听。"

| 原　诗 | 译　诗 |

原诗：
陟彼北山，
言采其杞。
偕偕士子，
朝夕从事。
王事靡盬，
忧我父母。

溥天之下，
莫非王土？
率土之滨，
莫非王臣？
大夫不均，
我从事独贤。

……

或燕燕居息，
或尽瘁事国。
或息偃在床，
或不已于行。

译诗：
辛辛苦苦登上北山头，
都是为把枸杞子采摘。
堂堂能干强壮的士子，
从早到晚不息当差使。
王家的事儿无穷无尽，
父母无依我难解忧怀。

普天之下广阔无边，
何处不是君王土地？
四海之内人烟稠密，
哪个不是君王臣仆？
执政大夫待人不公，
偏教我独个儿劳碌。

……

有人坐家里安乐享受，
有人为国事筋疲力竭。
有人吃饱饭高枕无忧，
有人在路上日夜奔走。

或不知叫号，	有人从不知民间疾苦，
或惨惨劬劳。	有人忧国事朝暮操劳。
或栖迟偃仰，	有人悠悠然懒懒散散，
或王事鞅掌。	有人为王事手忙脚乱。
或湛乐饮酒，	有人寻欢作乐饮美酒，
或惨惨畏咎。	有人整天担心出纰漏。
或出入风议，	有人夸夸其谈说空话，
或靡事不为。	有人大小事情忙到晚。

  由内容观之，这首诗的作者，显然是个官位较低的"士"。他看到自己终日东奔西忙，而那些"大夫"们却整天悠闲享乐，觉得世间无公道可言，不平之气，郁闷心胸，于是唱出这首充满抗议之声的诗篇。它所暴露的统治阶级内部贫富悬殊、劳逸不均、分配不公的现象，正和下层百姓与地方官吏之间存在的不平等关系一样，因而老头儿一吟诵完，立刻博得众人喝彩。大家七嘴八舌，赞叹这位"士子"有胆量、敢直言，同时也夸奖老头儿记性强，如此长诗，一口气就背诵出来。

  老头儿见大家赞扬自己，谈兴更加浓厚，恨不得尽己所知，将所有关于诗的事儿，都倒出来，却又故意卖个关子说：

"各位是否知晓？朝廷收集诗歌，除了各地老百姓唱的民歌，公卿士大夫献的诗以外，还有不少宗庙祭祀诗呢！"

"庙堂祭诗？是怎么一回事？"

"快给咱们说说吧！"

老头儿见大伙果然被吊起了胃口，好不高兴，滔滔不绝地谈了起来："宗庙祭祀诗，乃是周天子或诸侯王，到宗庙祭祀鬼神、歌颂祖先、赞美朝廷功绩时，由专门歌舞队演唱的诗歌。这类诗，多半具有神异色彩，多是宣扬王侯威德之作，但也有些描绘周王朝及其祖先兴起和衰落的历史，起到了以诗记史的作用呢！"

老头儿清了一下嗓子，继续说道："比如一首鲁国祭祀诗，名叫《宫》，全诗共九章：第一章追溯周始祖因上帝而生后稷之神奇事迹，意在说明鲁国与周王室同宗共祖；第二章叙述周王族开基建国过程，然后讲到鲁国的分封，是鲁国的开国史；第三章从鲁侯受封写到鲁僖公，特别提到周王朝对鲁国的厚待，觉得无上光荣；第四章至第八章，依次写鲁国江山稳固，鲁僖公战功显赫，疆域扩大，国力强盛，以及举国多福的情景；最后一章则说明修建庙堂的经过和作诗赞颂的缘由。"

"一首诗讲这么多事，那该多长啊！"一位站在旁边的女子问道。

"问得好！"老头儿赞赏地看着这位女子，说道："这是我见过的最长的一首诗，共一百二十句，近五百字呢！此诗对鲁僖公有不少虚夸溢美之词，但也保留了西周时代鲁国发展演变的梗概。"

众人听了采诗老人的高谈阔论，都佩服他有学问、见识广。看看天色将晚，大家都邀他留下食宿。老头儿一摆手说："你们生活已够艰难，哪能再添麻烦。再说我们采诗之人，走到哪儿，哪儿的官府都管吃管住呢！"说着收拾好背兜，转身消失在雪地里。

却说从西周初年（公元前11世纪），到春秋中叶（公元前6世纪），经过五百多年积累，朝廷掌管礼乐的太师们，收集了大量诗歌。他们对这些诗歌，精心编选，分门别类，按"风"（民间诗歌）、"雅"（贵族官吏诗歌）、"颂"（宗庙祭祀诗歌）三大类，进行加工整理，最后选出三百零五首，编成一部诗歌总集。当时，这部诗歌总集就叫《诗》，或按其诗篇之整数，称《诗三百》。

春秋时代，群雄并起，各诸侯之间，合纵连横，交往频繁。许多王侯贵族、公卿大夫，以及穿梭于各国之间的游说家，为加强自己外交辞令，使语言含蓄婉转，且优美动人，常常借用诗句来表达意见和态度。这种风气越演越烈，以致一时形成时尚，上层人物说话办事，多引诗传情达意，证其得失，否则就觉得大失面子。

《左传》襄公八年（公元前565年）记载，晋国范宣子出使鲁国，意欲鲁国帮助晋国，讨伐郑国，但不便直接明言，同时也想探探鲁国对伐郑的态度，于是就吟了一段《诗经·召南·摽有梅》里的诗句：

原　诗	译　诗
摽有梅，	梅子一个个抛出去，
其实七兮。	果子剩下十之七呀。
求我庶士，	有心求爱的小伙子，
迨其吉兮。	不要错过好时机呀！

这首《摽有梅》，本是青年女子呼唤爱情的情歌。范宣子吟咏它，表示此时正是伐郑良机，希望鲁国与晋国一起，赶快行动。鲁国季武子听后，心领神会，立即赋《诗经·小雅·角弓》里的诗句予以回答：

原　诗	译　诗
骍骍角弓，	角弓调适绷紧弦，
翩其反矣。	卸弦就向反面弯。
兄弟婚姻，	兄弟骨肉和亲戚，

无胥选矣。　　　　相亲相爱别疏远。

　　由这几句诗，鲁国向晋国表示：咱们都是兄弟之国，你有事咱们自然不会袖手旁观。就这样，一场政治交易，由赋几句诗，就顺利办成了。

　　《左传》襄公十六年（公元前557年）还记载，晋平公即位不久，一次大宴诸侯，让赴宴诸位大夫，赋诗并配乐舞，还提出"诗歌必类"，即要求所赋诗歌，应符合宴会内容。谁知齐国大夫高厚，赋诗"不类"，晋大夫荀偃立刻拍案而起，怒声喝道："诸侯有异志矣！"认为齐国有叛逆之心，于是和赴宴其他大夫盟誓："同讨不庭！"只因赋诗不当，几乎引发一场大祸，可见熟稔《诗》在春秋时期，是何等重要！

　　据后人统计，一部《左传》，记载春秋时期政治、外交活动时，引诗之句，竟达二百五十条，其中百分之九十五，都出自《诗三百》。

　　正是在这种时代氛围中，孔子对《诗》推崇备至，不只授徒讲学，把它作为主要课本，还多次对儿子说："不学诗，无以言。"[7]

　　到了汉代，朝廷采纳董仲舒的主张，"罢黜百家，独尊儒术"。儒学开创者孔子的地位，一下子被抬得很高，直至奉为"圣人"。爱屋及乌，孔子推崇的《诗》，也被看作重要

经典，因而出现了《诗经》这一名称，并广为流传，沿用至今。

《诗经》是中国第一部诗歌总集，也是中国诗歌的光辉起点。它对中国上古时代的社会生活，作了相当深广的艺术反映，具有极高的史料价值和艺术价值。它所运用的"赋、比、兴"艺术表现手法，是诗歌创作的主要形象化方法，对后世诗歌创作，产生了至深至广的影响。

两千多年来，《诗经》如巨眼喷泉，一直流泽和滋润着中国诗歌这条源远流长的长江大河，哺育着众多才华卓绝的文人墨客。它不仅是中国文化的一份宝贵遗产，而且早在古代就流传到日本、朝鲜、越南等国；十八世纪时，还传播到了欧洲。时至今日，世界上各种主要文字，都有了《诗经》的翻译本，《诗经》已成为世界文化宝库中的一份珍贵财富。[8]

[1] 这段"盘古开天辟地"的神话，见于《三五历记》、《绎史》、《述异记》等古籍。
[2] 此为"女娲造人"的神话，见于《山海经·大荒西经》、《太平御览·风俗通义》等典籍。
[3] 这段"共工怒触不周山"的神话，见于《列子·汤问》、《山海经·大荒西经》、《史记·三皇本纪》等史籍。
[4] 这段"女娲补天"的神话，《淮南子·览冥》、《山海经·大荒西经》对它有生动的记叙。

[5] 这段"夸父逐日"的神话,见于《山海经·海外北经》、《列子·汤问》。
[6] 主要参考资料:《山海经》、《淮南子》、《太平御览》、闻一多《神话与诗》、袁珂《中国古代神话》。
[7] 这句话中的"诗",不是泛指一般诗歌,而是专指《诗》,即《诗三百》。全句话的意思是:不学习《诗》,就无法与人交际。
[8] 主要参考资料:《毛诗注疏》、《左传》、高亨《诗经今注》、孙作云《诗经与周代社会研究》。

【第 2 回】

兴诗教孔孟尚致用
乐逍遥老庄崇无为

兴诗教孔孟尚致用

却说西周后期，礼崩乐坏，天下大乱，周天子名义上虽然仍高踞各国诸侯之上，实际上不过是个傀儡。各诸侯国分裂割据，明争暗斗，竞相称霸。彼此间的斗争，错综复杂，异常激烈。正是在这高山为渊，深谷为陵，邦无定交，士无定主的动荡时代，降生了一位名垂千秋的伟大人物。

那是公元前551年的深秋时节，鲁国昌平乡（今山东曲阜）一带，一连数旬，晴空万里，烈日当头，土地龟裂，旱灾严重。

到了八月二十七日这天正午，一阵闷雷滚过晴空，大团乌云很快遮住了毒辣辣的太阳。人们都翘首望天，急盼老天显灵，快降甘霖。

正当此时，昌平乡南山一处杂树掩映的石洞里，传出了"呱、呱"的啼哭声。早已等候在外的一位六十多岁的汉子，闻声急步跨入洞内。"果然生了个儿子！"老汉喜不自禁，仰天大呼："皇天有眼！"说也凑巧，随着他这声大呼，"噼里啪啦"，一阵大雨从天而降。

原来这老汉姓孔名纥，字叔梁，祖上是宋国贵族，只因宋国内乱，迁居鲁国。孔纥壮年，曾在鲁国从军，立下战功，当过小官。他的元配夫人施氏，一连九胎，皆是千金。续娶一妾，虽生一男儿，却脚有残疾，天生愚钝。

孔纥望子心切，六十多岁时，又娶小妾颜氏，只盼得一贵子，继承孔门家业。谁知两人同居经年，始终无孕，颜氏终日忧闷，心神不宁。一天夜里，梦见山神驾着祥云，口中喃喃有词："祷尼丘得贵子，继衰周而素王，择空桑为产地。"颜氏从梦中惊醒，连忙推醒身边的孔纥，叙说梦境，两人将信将疑，又惊又喜。

次日早晨，两人赶紧遵照山神降谕，徒步登上不远的尼丘山，叩首祈祷，赐生贵子。没想到隔不多日，颜氏果然受孕。数月之后，即将临盆，他俩想起"择空桑为产地"的神谕，连忙搬出房前屋后都是桑树的孔府，来到净是杂树，无一桑苗的南山。一日过去，颜氏分娩，果然生下了渴望已久的贵子。

该给孩子取个什么名字呢？孔纥想：此子祷于尼丘山而受孕，又见他天庭突出，顶如反宇，正像那中间低四周高的尼丘山，就叫他"丘"吧。儿子中，他排行第二，字称"仲尼"。

当年这对老夫少妻也许万万想不到，他俩生下的这位孔丘，后来成了儒家学派的创始人，被公认为是中国历史上最杰出的思想家和教育家。

不料孔丘生来命运多舛，三岁时就死了父亲，家境从此败落下来，致使小小年纪，就不得不为生活而奔波。他放过牛羊，看管过仓库，当过丧事吹鼓手。然而他智慧过人，胸怀大志，身处逆境之中，虚心求教，发愤苦学，很快成了远近闻名的博学多才之士。

三十多岁时，孔丘首创私学，设置讲坛，广授门徒，毕生不辍。他接纳弟子，不分贵贱，因材施教，诲人不倦，因而各方学人，趋之若鹜。传说他先后有三千弟子，七十二贤人，可见其教书育人，成绩卓著。

孔子很想用自己以"仁"为核心的治国方略，来匡救时弊，整治乱世。然而他在鲁国一直未得到重用，虽当了几年"司寇"一类的小官，乃系大材小用，无法施展政治抱负。孔丘渴望遇到明主，得到用武之地，于是带着一大帮学生，乘着牛车，风尘仆仆，周游列国，向各国诸侯宣传自己的政治观点和学术主张。

这天，他们来到一条河边，正在寻找渡口，看见两位避世隐者长沮、桀溺[1]，在路旁执耜耕作。孔子忙让学生子路，前去问津。

子路拱手施礼，说明来意后，长沮问子路道："坐在车里的人是谁啊？"

子路答道:"是孔丘。"

"就是那个鲁国的孔丘吗?"

"正是!"

长沮不以为然地哼了一声,语中带刺地说:"像他这样整天东奔西跑,周游列国之人,难道还不知渡口在哪儿?"

子路无法,又去问桀溺。

桀溺知道子路是孔丘的门徒后,更是直接劝子路说:"你与其跟着孔丘到处逃避坏人,寻求贤主,还不如跟着我们,逃避整个社会,当避世隐士呢!"说完再也不理子路,只顾自己埋头耕作了。

子路回到车前,把这些话禀告老师。孔丘闻言,神情怅然,怅惘失意,却反驳说:"我既然不隐居山林,与鸟兽同群,不同世人交往,又与谁打交道呢?如果天下太平,政治都合乎轨道,我也就不会终日忙碌,参与治理天下了。"

如此冷遇和讥讽,孔丘在周游列国的途中,不知遇到过多少起。这段记载在《论语·微子》里的小故事,不只描写相当简洁生动,更反映了面对当时现实,有两种不同的社会思想:一种像孔子一样,志在救世,讲求致用;一种像长沮、桀溺一般,消极避世,隐居山林。

这两种社会思想,后来成为中国知识分子的两种基本生存方式,即"济世"和"隐逸"的生存方式。前者以屈原、杜甫为代表，后者以陶渊明、孟浩然为典范。由此观之，可说孔子铸就了中国文人的一种人生态度和文化性格。

正是有了这种积极济世的人生态度和性格，孔丘不愿像长沮、桀溺那样，遁世隐居，而是希望用自己的知识和才华，为匡辅社会、治理天下起作用。

他在十四年里，颠沛流离，四处游说，到过宋、卫、齐、郑、陈、蔡、楚等七个国家，但没有遇到一个真正接受他政治主张的国君。有的国君表面上对他恭敬有加，可是对他的见解却不屑一顾；有的国君则把他视为丧家之犬，公开表现出对他的鄙视和轻蔑。

孔子虽然胸怀济世之志，但遍访明主而不得，内心十分痛苦，终于在晚年回到鲁国，专心于整理典籍，致力教育。他整理了《诗》、《书》、《礼》、《易》等古代文献，将鲁国史官所记《春秋》，加以删修，编成中国第一部编年体的史书。公元前479年，孔子在郁闷中辞世，享年七十三岁。

孔丘虽然一辈子未能充分施展自己的政治抱负，用他的"仁政"思想治理天下，但他死后，其弟子尽各人所记，将先师的思想言论和主要活动等，辑录为一书，名为《论语》。这本书是儒家学派的重要经典，其中许多对社会和人生的看法，被后代统治者当作中国封建社会的正统思想。

《论语》的内容，以哲学、政治、伦理、教育为主，但也有一系列关于文学艺术的精辟见解,成为中国最早的文学批评,被后人奉为圭臬。孔子文艺思想的核心,是强调"诗教"。一次,他教导学生们说:

> 小子何莫学夫诗?诗,可以兴,可以观,可以群,可以怨。迩之事父,远之事君;多识于鸟兽草木之名。
> ——《论语·阳货》

这段话的大意是:学生们为何不多学习诗呢?读诗,可以启发和培养人的联想力,可以观察了解民情风尚,可以增加交际能力,可以讽谕执政者的弊端。近呢,可以运用诗中的道理来侍奉父母;远呢,可以用诗来服务于君主;而且从中可以认识各种鸟兽草木的名称和特性。

此处所说的"兴、观、群、怨",实际上就是今天人们常谈的文艺的审美作用、认识作用和教育作用。由于孔子对文艺的社会功能有如此充分的认识,所以在他看来,文艺既是道德修养的教科书,又可发挥政治教化的作用。他还说:"兴于诗,立于礼,成于乐。"(《论语·泰伯》)认为文艺对修身端行,具有重要意义。

孔子的这些文艺观点,被后世发挥,形成一套"经世致用"、"文以载道"的正统文论,对中国古代文学思想的发展,产生了极为深远的影响。

《论语》是一本语录体的散文集,不仅内容博大精深、充满睿智,而且语言描写简洁凝练,意蕴隽永,有一种温柔敦厚、和顺含蓄的风格。如《子罕》篇记载,孔丘在逆境和困苦中,还谆谆教导学生,"三军可夺帅也,匹夫不可夺志也",强调树立远大志向和顽强意志的重要作用。他用松树比喻人的节操,勉励学生:"岁寒,然后知松柏之后凋也!"这是对松柏的礼赞,更是对人的坚贞不屈性格的歌颂。后世不少诗人借松柏吟咏人的高洁品格,无不从孔子的这一深刻观察中得到启示。

孔丘也是伟大的教育家,关于学习,他更有许多精辟之论,如"学而不厌,诲人不倦"、"三人行,必有我师焉:择其善者而从之,其不善者而改之"(《述而》),"知之为知之,不知为不知"、"学而不思则罔,思而不学则殆"(《为政》)。这些语句,不仅概括了十分可贵的人生经验,而且语言相当优美动人,可以说是千古至理名言,历来为人们传诵。

却说孔子去世以后,儒家如倒了顶梁柱,很快就失去往日兴旺景象。代替儒学盛行于世的,是墨子的"兼爱"思想和杨朱的"贵己"主张。直到一百多年后,约公元前372年,离孔子家乡不远的邹国(今山东邹县)出了个孟轲,才使儒学重新崛起,得到进一步发扬光大。

孟轲是孔子的孙子子思（孔伋）的再传弟子，是孔子以后儒家学派最有名望的代表人物。他像孔子一样，自幼勤奋苦读，学成以后，一面广授门徒，一面周游列国，到处宣扬自己的"仁政"主张。他曾游说梁惠王，未被重用；乃见齐宣王，虽受礼遇，亦终不见用；不得已离开齐国，又出游宋、滕、鲁等国。

当时之世，秦用商鞅，富国强兵；楚、魏用吴起，战胜弱敌；齐威王用孙子，威震诸侯——天下都崇尚法家，变革争强，合纵连横，相互攻伐。而孟子却讲述"唐虞三代之德"，自然与世风相背，受到冷遇。于是他"退而与万章之徒，序《诗》、《书》，述仲尼之意，作《孟子》七篇"（《史记·孟子荀卿列传》）。

《孟子》一书在文学上的贡献，主要是提出了精湛的文学批评理论。在《万章》上篇里，他向学生讲解如何读诗时说："故说诗者，不以文害辞，不以辞害志；以意逆志，是为得之。"这就告诉我们，不论是读诗或解释诗歌，都不应拘泥于文字而误解辞句，也不应死抠辞句而曲解原意。用自己的切身体会去推测作者本意，这才是正确的解诗方法。

在《万章》下篇，孟子还说：

> 颂其诗，读其书，不知其人，可乎？是以论其世也，

是尚友也。

这段话,本是交友之论,因涉猎"颂诗读书"与"知人论世"的关系,受到历代文论家的重视。它的大意是说:吟咏某人诗歌,研读他的著作,不了解其为人,难道可以吗?要真正理解某人的诗书,就必须知道他的人生经历,了解他所处的时代。孟子提出"以意逆志"和"知人论世"的观点,是对文学批评方法的慧眼总结,对中国后世文学批评和创作,影响极其深远。

作为语录体散文,《孟子》的写作技巧,比《论语》有明显发展。它不单以简约含蓄取胜,而且气韵流溢,说理严密,跌宕起伏,行文感人。如《梁惠王》上篇问齐宣王最大欲望是什么一段,针对对方心理,婉转说来,步步紧逼,不仅画出了一个富有智慧和辩才的大思想家的形象,而且就写作艺术而言,也可谓曲折尽情、波澜壮阔,显示了高度的写作技巧。

《孟子》一书,尤其善于运用形象生动的比喻,来增强文采和感染力。这些比喻,有的直接以物喻理,如《告子》篇上:"鱼,我所欲也;熊掌,亦我所欲也。二者不可得兼,舍鱼而取熊掌者也。生亦我所欲也,义亦我所欲也,二者不可得兼,舍生而取义者也。"有的整个以一则寓言故事来含蓄说明道理，像脍炙人口的"揠苗助长"（《公孙丑》上篇）、"齐人乞墦"（《离娄》下篇）等，都既亲切又新颖，深刻地表达了作者的观点。东汉赵岐在《孟子注题辞》中说，孟子的文章"长于比喻，辞不迫切，而意以独至"，可以说是对《孟子》很高而又很中肯的评论。

《孟子》具有如此文学价值，自然颇受后代文学家重视。唐宋古文运动的代表人物韩愈、柳宗元、苏洵、苏轼等，都十分推崇孟轲，不独在思想方面深受其影响，在文章方面也多奉其为楷模。[2]

乐逍遥老庄崇无为

公元前510年前后的一天，周都洛邑的朝廷守藏室（保管朝廷文书档案的地方）里，四壁整齐地排放着一捆捆竹简、帛书，一位须发银白，颇具仙风道骨的老者，正在和一位温文儒雅的中年书生谈话。这位长者就是被道家学派奉为宗师的老子，中年书生则是儒家学派的开创者孔子。

孔子向老子谈论他所推崇的六经，见老子面露不屑神色，赶紧收住话题，简要地说："我讲的内容，可用两个字概括，就是'仁义'。我是想用仁义来引导人心向善。"

长者微微一笑:"请问,什么叫仁义呢?"

"愿万物安乐而无怨,泛爱众人而无私,这就是仁义的要义。"

老子摇摇头说:"噫,你的话可真是扰乱人心啊!你要引导人心向善,那就要人不失其本性。人本来是无私无欲的,一切顺自然而行。无知,也就不知道诈巧;无欲,就没有额外的追求。无诈、无求,就没有贪欲和罪恶。而你却要救世,要讲仁义,到处游说,这本身就违反人的本性。只有守静,无知无欲,才能使人的朴实本性得以实现。这就是我说过的:'少私寡欲,绝学无忧。'"

孔子听了迷惑不解,忍不住问道:"我讲求仁义,引导人心向善,参与治理天下,怎么是扰乱人心呢?"

老子沉思片刻说:"白鹤不必天天洗才白,乌鸦不必天天染才黑。它们的黑白本性,无须人为而存在。治理国家和天下,道理也一样。只有无为,才能无所不为。治理天下的人,要以不骚扰人民为治国之本。古人就说过:我无为,人民就自然顺化;我好静,人民就自然纯正;我不扰民,人民就自然富足;我没有奢欲,人民就自然淳朴。"

孔子这时已届不惑之年,对社会和人生已形成自己的独立看法。对于老子非议救世,鄙薄仁义,标举自然,崇尚无为的观点,当然不以为然;但又深感其中蕴涵着难以反驳的道理，自己一时无言以对，只得暂存分歧，返回客舍。

这一段孔子问学于老子的故事[3]，集中体现了儒家学派和道家学派不同的社会观点和人生态度。儒家热心救世，倡导仁义；而道家却消极避世，绝学弃智。反映在文学观点上，儒家倡导诗教，讲求致用；而道家却尊崇自然，标举无为。这两种不同的文艺思想，在后世中国文学发展中，成为两股时而彼此对峙，时而互相激扬，时而融会吸收的内在文学精神。

老子约生于公元前六世纪，姓李名耳，又称老聃，楚国苦县（今河南鹿邑）厉乡曲仁里人。他自幼勤奋好学，步入中年，因学识渊博而名扬京师。他曾任周朝"守藏室之史"（管理朝廷藏书的史官），这使他有机会接触大量商周典籍，从中吸取精华，形成自己对社会和人生的独特见解。

他认为世间的各种战乱、纠纷，都是人们好胜逞强、争权夺利造成的。这种纷争使他十分痛心，却又无力改变，因而他尽量躲避尘嚣，清静自守。到了晚年，他见诸侯并起，战火连绵，周朝日益衰败，便决意弃官辞职，过隐居生活。

离职以后，老子安排好家事，独自一人，骑着一头青牛，告别周都洛邑，悠悠西去。临出函谷关（今陕西桃林西南），他遇到老友关尹子。两人畅论世事，切磋学术，甚为投合。

关尹子认为老子是绝世高人，对其关于社会和人生的见解,佩服之至,请求他写下来传给后世。按老子本意,他是不想留任何文字的,但经不住关尹子的劝说,终于在函谷关住了些日子,认真总结自己的思想,写出五千言,分上下两篇。一篇以"道可道,非常道,名可名,非常名"起首,被后人称为"道篇";另一篇以"上德不德,是以有德,下德不失德,是以无德"开头,被后人称为"德篇",合称《道德经》,又名《老子》。

老子在《道德经》中,认识到一切事物都含有矛盾,并且会互相转化:"物或损之而益,或益之而损","祸兮,福之所倚;福兮,祸之所伏",这些都包含了深刻的辩证法思想。他还说:"民之饥,以其上食税之多,是以饥;民之难治,以其上之有为,是以难治",体现了同情下层百姓,憎恶剥削者的进步观念。但他的理想却是倒退到小国寡民的原始社会,"使民复结绳而用之;甘其食,美其服;安其居,乐其俗。邻国相望,鸡犬之声相闻,民至老死不相往来"。

《道德经》不仅对自然、社会和人生有着独特的见解,而且以诗体行文,文字简练优美,读来朗朗上口,堪称一首长篇哲理诗。随手摘录几段,以领略其风采:

知人者智,自知者明。
胜人者有力,自胜者强。

知足者富,强行者有志。

不失其所者久,死而不亡者寿。

——"道篇"三十三章

天之道,其犹张弓乎?

高者抑之,下者举之。

有余者损之,不足者补之。

天之道,损有余而补不足。

人之道则不然,损不足而奉有余。

——"德篇"七十七章

信言不美,美言不信。

善者不辩,辩者不善。

知者不博,博者不知。

圣人不积。

既以为人,己愈有。

既以与人,己愈多。

天之道,利而不害。

圣人之道,为而不争。

——"德篇"八十一章

    统观中国文化史,以韵文的形式来写哲学思想,老子可谓首开先河。他将生动的想像、巧妙的比喻、深刻的哲理、精辟的见解，紧密融合，使之相映生辉，相得益彰，达到很高的艺术境界。

在中国诗歌史上，流传在《诗经》中的周诗，多以四言体为主，而老子却吸收南方民歌的表现手法，多用长短参差、形式自由的句式，完全突破了四言体的限制。这对屈原后来创作骚体诗，提供了借鉴之资；对汉代赋体文学的发展，也产生了不小的影响。

却说老子在函谷关写了《道德经》，当时就托付给关尹子保存。关尹子把它视为至宝，临终时传给了自己的门徒列子，后辗转流传，为庄子所窥。庄子读罢《道德经》，觉得深得其心，于是倾毕生精力，阐发老子学说，《道德经》的观点，由此才逐渐流播开来。

庄子姓庄名周，约生于公元前369年，卒于公元前286年，是宋国蒙城（今安徽蒙城，一说河南商丘）人。庄周年幼时家里贫穷，为了糊口，曾以编织草鞋为生。街坊邻里，有些人瞧不起他，可他却毫不介意。一有闲暇，便埋头苦学。时至青年，虽然家中仍然穷困，但他却以学富五车、知识渊博而闻名遐迩。

他瞧不起当时各家学说，尤其藐视孔子，唯独对老子表示崇敬，称他为"博大真人"。恰如司马迁《史记》所说："其学无所不窥，然其要本归于老子之言。故其著书十余万言,大抵率寓言也。作《渔父》、《盗跖》、《胠箧》,以诋訾孔子之徒,以明老子之术。"

庄子思想的特点,是崇尚自然,反对人为。他认为:现在这世道,很难分贵贱,更没有什么是非标准。那些达官显贵,吃得好,是从老百姓口中抢来的;穿得好,是从老百姓身上剥来的。别看他们今天处死这个小偷,明天杀死那个强盗,仿佛是在主持正义,其实他们自己恰恰是真正的大盗,即人们常说的"窃钩者诛,窃国者为诸侯"。

他还觉得,那些诸侯,今天联络这国,明天攻打那城,互相之间,又拉又打,说的是为国为民而战,实际上乃是为了满足自己掠夺扩张的野心。君王之间、大臣之间,都是在争权夺利、相互欺骗,充满了尔虞我诈的行径。

于是,庄子鄙薄利禄,厌弃做官,虽满腹经纶,却自甘清静。公元前339年,楚威王听说他是位贤人,特地派两位大夫带着厚礼,请他到楚国去当宰相。其时,庄子正穿着蓑衣,在河边钓鱼。他得知两位大夫的来意,头也不回地笑着说:

"千金,很厚的报酬;宰相,很高的地位。但你们见过用来祭祀的牛吗?人们精心喂养它数年,最后总要被宰掉,装饰一番后送进宗庙当祭品。这时,它就是想变成在烂泥里打滚的小猪,也来不及了。你们赶快回去,不要再玷污我了。

我宁愿像小猪一样在泥潭中自娱,也不愿被一国当权者所束缚。终身不做官,这就是我的最大志愿!"

庄子隐居南华山时,妻子死了,他非但不悲伤,反而坐在地上敲着盆子唱歌。老朋友惠施前来吊丧,见状大为恼火,责怪庄子说:"她和你相濡以沫,过了一辈子,她辞世你不哭倒也罢了,反而鼓盆而歌,这太不像话了!"

庄子闻言反驳道:"唉!惠施,看来你还不懂其中的道理。人死了,生命就离形体而去,这是自然的变化。妻子从自然中而来,现在又回到自然里去,这如同春夏秋冬四季流转,完全是顺乎自然之事,没什么值得大惊小怪的,更不值得悲伤。"

庄子晚年,一次同弟子们商量自己的后事。弟子们认为,老师是旷世奇人,一定要厚葬。但庄子怎么也不同意,坚持要弃尸野外。他说:"我以天地为棺椁,以日月作双璧,将星辰当珠玑,用万物做殉葬,难道我的葬具还不齐备吗?"

弟子们说:"那老师的贵体被乌鸦吃掉怎么办呢?"

庄子听后笑了起来,狡黠幽默地反问道:"可是我埋于地下,不也要被蝼蚁吃掉吗?你们为什么要偏袒蝼蚁而怠慢乌鸦呢?"

庄子写文章也和他为人处事一样,超凡脱俗、狂傲不羁,具有自己特异的风貌。他尤其擅长运用寓言故事,以生动的形象、奇特的想象、浓郁的诗意，来描绘自己对社会和人生的精湛见解。表面看来，这些寓言故事似乎并不直接阐明某种观点，其实却蕴涵着极深刻的思想。

有一天，庄子来黄河岸边，时值深秋，河水滔滔。他触景生情，文思泉涌，顷刻之间，写成一篇名为《秋水》的散文：

秋水时至，百川灌河，泾流之大，两涘渚崖之间，不辨牛马。于是焉河伯欣然自喜，以天下之美为尽在己。顺流而东行，至于北海，东面而视，不见水端。于是焉河伯始旋其面目，望洋向若而叹曰："野语有之曰，'闻道百，以为莫己若者'，我之谓也！且夫我尝闻少仲尼之闻，而轻伯夷之义者，始吾弗信。今我睹子之难穷也，吾非至于子之门，则殆矣！吾长见笑于大方之家。"

北海若曰："井蛙不可以语于海者，拘于虚也；夏虫不可以语于冰者，笃于时也；曲士不可以语于道者，束于教也。今尔出于崖涘，观于大海，乃知尔丑，尔将可与语大理矣……"

这段文字大意是说：秋水暴涨，许多小河之水，都汇聚到黄河之中，黄河顿时变得特别宽阔，连对岸牛马，也分辨

不清了。于是黄河之神河伯沾沾自喜,以为普天之下,唯己独尊。结果他顺流东行,来到渤海,看见大海无边无际,才感到十分惭愧,不禁仰天向海神感叹道:

"听了许多道理,便自以为是,觉得谁也不如自己,我就是如此之人啊!起初,我听说孔子学问广博,伯夷气节高尚,却有人瞧不起他们,对此我并不相信。现在看到你这样一望无际,才感到天下广阔无边。我要不是到你这儿来可糟了,那可要永远被有学问、有修养的人见笑了!"

北海之神对河伯说:"井中之蛙,是无法和它谈论大海的,因为它受环境的限制,根本不知道什么是海。夏天之虫,不可能让它明白冰是什么,因为它受时令的限制,天一冷就要死去,根本不知道寒冬腊月。孤陋寡闻之人,难以同他谈大道理,因为他受教育程度低的限制,根本不懂得什么是真理。你现在离开褊狭的河道,来观看大海,觉悟到自己幼稚可笑,这便是很大进步,将可以和你谈论大道理了……"

《秋水》篇整篇文章约两千字,都是这样由黄河之神与北海之神的对话组成,行文有时如风行水上,虽波澜起伏,却自然流畅;有时如巨眼喷泉,虽汪洋恣肆,却妙趣横生,既有激动人心的形象和情感,又有令人沉思的哲理和思想,使人在获得艺术享受的同时,自然而然地接受了文章的观点。它用河伯望见大海时的惊叹,含蓄地传达了这样的看法:一些自以为是的人，其实见闻很狭窄，宇宙间的"道"，难以穷尽，就是孔子的知识也很有限，伯夷之义也不足道。这表现了庄子对儒家学派的怀疑和否定，包含了很深的思想和寓意。至今活跃在人们口头的"望洋兴叹"、"北海难穷"、"大方之家"、"贻笑大方"、"河伯见海若"、"井蛙之见"等成语，都出自《秋水》，可见其影响深远。

庄子的另一篇著名文章《逍遥游》，开头就塑造出一条叫鲲的大鱼，长达几千里，又变作一只大鸟，叫鹏，遨游于九万里之上，其形状、其变化、其气势，莫不令人震骇。然而，大鹏展翅奋飞之时，蝉、斑鸠、飞虫、小鸟等，竟讥笑鹏飞得太高、太远，认为像它们那样在草丛中穿来转去，已经够逍遥的了。庄子用这则寓言故事，来夸赞志向远大、奋力上进的人，同时也讽刺了目光短浅者的浅薄无知。

《逍遥游》想象奇特、境界博大、蕴蓄丰富，写得十分精彩，是中国文学史上最杰出的文章之一。人们常说的"鹏程万里"、"鲲鹏之志"、"扶摇直上"、"斥鷃不知大鹏"等成语，就来自这篇寓言。

据《汉书·艺文志》记载，《庄子》共五十二篇，但现存只有三十三篇。其中最后一篇《天下》，有人说是《庄子》全书的自叙，除总结了先秦各家学派的得失外，其夫子自道，最为亲切。此据其意，陈述如下：

"他以悠远的论说,荒唐的言论,不着边际的辞句,经常信口开河,不管如何收场,也不表示任何倾向。他认为天下沉浊,无法讲庄严的话,所以用无心之言来敷衍,有意说重话让人觉得真实,运用寓言来推广道理。他独自与天地精神往来,却不傲视万物,不介意任何是非,以此和世俗相处。他的书虽然旨意高远、议论恢宏,却对人无所损伤;他的言辞虽然变化多端、奇特滑稽,却给人妙趣横生之感。他内心充实,不懈追求,上与造物者一同遨游,下与置生死名利于度外者做朋友。"

这段文字,可以说是庄子对自己思想和文章风格的自述,也可说是中国最早关于浪漫主义文学特征的精彩描绘。庄子为文,常常凌空虚设,海阔天空,恣肆自由,恢宏壮丽,幽默诙谐。大鹏展翅万里(《逍遥游》)、北海虚怀若谷(《秋水》)、盗跖声色俱厉(《盗跖》)、庄周梦化蝴蝶(《齐物论》),凡此种种,无不表明他善于用丰富的想象、离奇的夸张,以及大量比喻和拟人的手法,富有魅力地写意抒怀。

在构思谋篇上,他的文章放得开,收得住,文思跳跃,散而有结,开阖无端,承转寥迹。恰如刘熙载《艺概·文概》所说:"文之神妙,莫过于能飞。庄子之言鹏曰'怒而飞',今观其文,无端而来,无端而去,殆得'飞'之机者。"

《庄子》在先秦诸子散文中，或许是艺术价值最高的一部作品，也是中国文学史上最富艺术魅力的一部散文集。金圣叹把它列为"第一才子书"，可谓当之无愧。不论在思想上或艺术上，后代大作家几乎都从《庄子》中吮吸了许多营养，获得了无穷启迪。[4]

[1] "长沮"、"桀溺"不是真名，古无"长"、"桀"姓氏。俞樾在《古书疑义举例·寓言例》中说："夫二子者，问津且不告，岂复以姓名通于吾徒哉？特以下文各有问答，故以假设之名以别之。曰沮曰溺，惜其沉沦不返也。桀之言杰然（魁梧）也，长之言高大也；长与桀，指目其状也。"
[2] 主要参考资料：《论语》、《孟子》、《左传》、《史记·孔子世家》、《史记·孟子荀卿列传》。
[3] 关于孔子问学于老子的有关记载，可参见《史记·孔子世家》、《庄子·天道》、《礼记·曾子问》。
[4] 主要参考资料：《老子》、《庄子》、《列子》、《史记·老庄申韩列传》、刘文典《庄子补正》。

【第3回】

表丹心屈原撰楚辞
恃高才相如陈汉赋

表丹心屈原撰楚辞

镶嵌在江汉平原上的明珠洞庭湖,八百里水域,衔远山,吞长江,浩浩荡荡,横无际涯,大有连天接地之势。

公元前278年初夏,洞庭湖畔,风和日暖,林木葱郁,一派生机。湖边行走的一位老人,披头散发,步履沉重,身心憔悴,满面愁容。他一边走,一边低吟着诗句,洞庭湖的美好景色,丝毫引不起他的兴趣。

"哟,您不是三闾大夫屈原吗?何故至此?"渔夫摇着小船,经过老人行走的湖边,停下问道。

老人深深地叹了一口气说:"举世混浊我独清,众人皆醉我独醒,所以我被流放出来了。"

"常言道:识时务者为俊杰。聪明人的处世之道,该是善于顺应时变。举世混浊,您为何不随波逐流,为什么非坚持'清醒',使自己遭受流放之难呢?"渔父不解地问道。

屈原盯着渔夫看了好一会,慢慢说道:"刚刚洗过头的人总要把帽子弹弹,新洗过澡的人不免要抖抖衣服。谁愿意将自己干净的身躯弄脏呢?我堂堂清白之人,宁愿在流放中葬身鱼腹,又岂能让世俗的尘垢玷污呢!?"

屈原说完，拖着迟缓的脚步，继续朝前走去。这年农历五月五日，他漂泊到湘江支流汨罗江边，听说秦国派大将白起，已攻克楚国郢都，顷襄王已弃城而逃，不禁悲痛欲绝。他不愿看到自己的楚国惨遭沦亡，感叹世事，满怀悲愤，抱起一块大石头，纵身跳入汨罗江中。

当地百姓听说屈原投江自杀，纷纷划着船来救他。没有救起屈原，又赶紧用粽叶裹着米投进水里喂鱼，以便鱼吃饱了不再去吃屈原的尸体。此后每年的五月初五，当地群众都要举行划龙船比赛，同时还要吃一种特制的食物，即用粽叶裹糯米包成的粽子。据说，划龙船比赛是表示救屈原的意思，而吃粽子也是为了祭祀屈原。这两种风俗流传开来，形成了中国的一个重要传统节日——端午节。

广大民众为什么如此敬仰和怀念屈原，以致每年都要以过端午节的形式来祭祀他呢？这话说起来可长了。

屈原姓屈名平，原是他的字。他于公元前340年出生于现今的湖北省秭归县，是战国时期楚国人。他出身贵族，和楚王同宗共祖，从小家教极严，自己也勤奋努力，年轻时，便以"博闻强志，明于治乱，娴于辞令"而闻名四方。所以他步入朝廷不久，就获得楚怀王的赏识和信任，让他当了"左徒"这一相当于副丞相的要职。《史记·屈原贾生列传》说他"入则与王图议国事，以出号令；出则接遇宾客，应付诸侯",可见楚怀王开始是很重用他的。

当时,经过春秋时期的长期征伐,相互兼并,至战国时,中国基本上形成了七雄并峙的局面。秦、魏、赵、燕、齐、楚、韩七国,各占一方,彼此争雄,每国都想消灭对手,壮大自己。七雄当中,位于现今陕西一带的秦国,实力最强,野心也最大,它对六国采取又拉又打,各个击破,逐步蚕食的手段,企图统一全国,称王称霸。

楚国地处长江中下游地区,本来就幅员辽阔,土地富庶。屈原辅佐怀王执政后,对内实行政治改革,推行富国强兵政策,对外善处各国关系,执行联合抗秦方针,因而在七国争雄中,不但很快成了仅次于秦国的新兴强国,而且还是六国联合抗秦的"合纵长"。

屈原年轻得志,事业成功,也遭到了上官大夫靳尚及一些贵族官僚的嫉恨。一天,怀王对屈原说:"你对治理楚国,有一整套很好的打算,你可拟一个《宪令》草稿,待我过目,便可定夺。"几天以后,屈原正在家里誊清《宪令》,忽然上官大夫靳尚前来拜访。寒暄过后,靳尚便转弯抹角地探问《宪令》的内容,未能如愿,又花言巧语地想索取底稿看。

屈原与靳尚原来关系就不投合,见他想索取《宪令》底稿,自然更是警惕,便说:"为国王起草政令,在呈交国王之前给别人看,岂不犯欺君之罪?"

靳尚本想探得《宪令》内容,据为己有,先向怀王争功;现在碰了钉子,不禁恼羞成怒,就编造谎言,诬蔑屈原。他对怀王说:"大王让屈原起草政令,众人皆知,每一令出,他都狂妄地把功劳归于自己,并夸下海口:'非我莫能为也。'"

楚怀王是个没什么主见的人,他听了谗言,信以为真,不加明辨,就疏远屈原。后来,怀王又找个借口,免去了屈原"左徒"的官职,要他去任"三闾大夫",名义上是让他管理宗族事务,教育贵族子弟,实际上是把他赶下相位,不让他参与国务大事。

秦国本来就害怕楚国强盛,现在一看屈原失势,靳尚等一批奸臣得宠,马上派宰相张仪到楚国挑拨离间,分裂联合抗秦的统一战线。

张仪和楚怀王一见面就说,他此次来是为了秦楚两国结盟友好,怀王听了很高兴,并对他失去了戒心。张仪见怀王上了自己的圈套,接着说:"秦国最恨齐国,你们只要与它断绝关系,秦国不但和楚国结为友好同盟,还愿送六百里地给你们。"

张仪见怀王有些动心,但还没有最后拍板答应,便又私下用重礼贿赂怀王的爱姬郑袖和上官大夫靳尚等,让他们煽动怀王亲秦绝齐。

屈原当时一眼就看穿了张仪的诡计,劝怀王千万不要上当。可是,目光短浅、毫无主见的怀王为了得到六百里地,居然改变对外方针,真的与齐国绝交了。结果,楚国失去了一个同盟大国,却根本没有得到约定的土地。

怀王一怒之下,轻率发兵攻打秦国,由于没有齐国的支援,被秦国打得落花流水,并丢失了原属楚国的汉中地区。

吃了这次大亏,怀王才感到联齐抗秦的重要,于是再次起用屈原,派他出使齐国,完成恢复邦交的重任。秦国得知楚国与齐国重新和好,非常不安。秦昭王又假惺惺地提出与楚国联姻结亲,请怀王到秦国去会面。

屈原看出这又是一个阴谋,立即阻止说:"秦乃虎狼之国,不可轻信,大王还是不去为好。"但怀王的小儿子子兰却极力怂恿怀王赴秦,他说:"秦国好意来通亲,为什么要拒绝?"

果然不出屈原所料,怀王一入秦国,伏兵四起,断了他的退路,硬逼怀王割地。怀王不答应,就被禁闭起来。本想成为女婿,反倒当了囚犯,怀王这才后悔没听屈原的话,但为时已晚。

后来,怀王瞅了个机会,换装逃到赵国境内。不想赵惠王胆小如鼠,怕惹怒秦国,不敢收留他。怀王无可奈何,只好转头再跑，半路上被秦兵捉住，押回咸阳。怀王被囚监狱，连气带病，不久就死在秦国。

怀王去世后，长子顷襄王继位，让他的弟弟子兰当了"令尹"（相当于宰相的高官）。当时，楚国上下都十分拥戴屈原，责怪子兰劝怀王入秦的错误。可是，子兰不但不思过错，反而唆使上官大夫等人向顷襄王诽谤屈原。顷襄王是个比他父亲更加糊涂的昏王，他轻信谗言，把屈原赶出都城，削职流放到边远荒僻地区。

从此，屈原颠沛流离于沅、湘一带（今湖南地区）达九年之久。他远离故国，虽有济世之才、报国之志，却因奸臣当道，无法施展抱负，只有空怀悲叹而已。这当中包含的痛苦和愤怒，在他的绝命辞《怀沙》一诗中，表现得十分深切感人：

原　诗	译　诗
变白以为黑兮，	黑白全都混淆，
倒上以为下；	上下统统颠倒；
凤皇在筴兮，	凤凰关进竹笼，
鸡鹜翔舞！	鸡鸭展翅舞蹈！
同糅玉石兮，	宝石混同石蛋，

一概而相量；　　　　　　一概等量齐观；
夫唯党人之鄙固兮，　　　奸臣如此鄙劣，
羌不知余之所臧！　　　　怎知我的美善！

任重载盛兮，　　　　　　本可负重挑大梁，
陷滞而不济；　　　　　　陷在泥中无法想；
怀瑾握瑜兮，　　　　　　怀里手里皆美玉，
穷不知所示。　　　　　　不知该叫谁欣赏。

邑犬之群吠兮，　　　　　村里狗儿成群吠，
吠所怪也；　　　　　　　只因少见多惊奇；
非俊疑杰兮，　　　　　　否定俊才疑豪杰，
固庸态也。　　　　　　　向来庸人有惯技。

文质疏内兮，　　　　　　外表内心都朴实，
众不知余之异采；　　　　谁知我独放异彩；
材朴委积兮，　　　　　　栋梁之材空堆积，
莫知余之所有。　　　　　无人赏识我才干。

重仁袭义兮，　　　　　　日积月累求仁义，
谨厚以为丰；　　　　　　充实自身不停息，

> 重华不可遌兮,　　虞舜不能再相逢,
> 孰知余之从容?　　谁知我磊落心胸?

怀着这样的心境,屈原在返回楚都无望,远游求贤无门的情况下,无可奈何,决心以死殉国,表明忠贞爱国之心。他在《怀沙》的最后写道:"知死不可让,愿勿爱[1]兮"(明知前面只有死路一条,我愿舍身取义把命抛)。于是,他自沉于汨罗江中,结束了自己六十二岁的生命。

屈原不仅是一个杰出的政治家和卓越的爱国者,更是一个伟大的诗人。他一生写了许多光辉诗篇,流传下来的号称为其作品的有二十五篇。其中《九歌》、《天问》、《离骚》三篇,可作为屈原作品三种类型的代表。

《九歌》属早期作品,是屈原根据楚国民间祭神乐舞歌辞,加工创作而成的。它所吟咏的是各种神灵,有天神、云神、日神、月神、司命神、河神、山神、人鬼等。作品虽然写的是超越人间的神,但作者赋予这些神灵以人的性格,写出了他们丰富多彩的思想和活动。那肃穆奇异的显灵、声势显赫的出巡、柔情似水的爱情、勇猛壮烈的战争,既庄重典雅地表现了神秘的祭祀情调,又反映了楚地优美动人的文化风俗。其中《国殇》一篇,描写为国捐躯的战死者之神,悲壮激烈,尤为感人:

原　诗	译　诗
操吴戈兮披犀甲，	举吴戈啊穿犀甲，
车错毂兮短兵接。	战车碰撞劈面杀。
旌蔽日兮敌若云，	军旗遮日敌如云，
矢交坠兮士争先。	箭镞如雨士争先。
……	……
天时坠兮威灵怒，	天要坍塌神灵怒，
严杀尽兮弃原野。	勇士阵亡尸遍野。
出不入兮往不反，	壮士出征不回头，
平原忽兮路超远。	一路风尘无穷尽。
带长剑兮挟秦弓，	带着长剑挟大弓，
身首离兮心不惩。	身首分离心不悔。
诚既勇兮又以武，	勇敢威武令人叹，
终刚强兮不可凌。	刚强坚毅不受侮。
身既死兮神以灵，	肉体死亡浩气存，
魂魄毅兮为鬼雄。	魂魄永生为鬼雄。

　　这篇哀悼为国阵亡将士的诗作，前面写战争的惨烈情景，勾勒了战士们奋不顾身、英勇争先的场面；后面则表现战士们壮烈牺牲、义无反顾的气概，歌颂了死者的伟大精神。如果说《九歌》是一部爱国祀典的祭词，那么《国殇》可谓它

的主题歌。它是中国古代描写战争最杰出的诗篇之一,也是体现屈原爱国情操的典范作品。

《天问》是中国古代诗坛里的一朵奇花异葩,全篇几乎全以问句构成。诗作从天地未形成的远古,问到楚国的现状,开篇写道:

原　诗	译　诗
曰遂古之初,	请问那远古的开端,
谁传道之?	谁能传告给后代?
上下未形,	那时天地未形成,
何由考之?	凭什么考证出来?
冥昭瞢暗,	黑沉沉日夜未分,
谁能极之?	谁人能知道根由?
冯翼惟象,	无形运动的大气,
何以识之?	要怎样才能辨认?

如此一问到底,先问天文地理,次问神话传说,再问历史兴亡,一口气提了一百七十多个问题。在屈原时代,非但无人能够解答这些问题,就是提出这些问题本身,也是件不简单的事。这表明屈原确实学识渊博,对自然和社会的研究,

有一股强烈的追根穷源的探索精神。

艺术上值得称道的是,像《天问》这样的内容,实在不易入诗,也很难成诗,但屈原却赋予它以诗的形象、诗的感情、诗的格律,并且在想象丰富、形式奇特、语言洗练方面,均令人叹服。鲁迅在《摩罗诗力说》中曾这样赞扬它:"怀疑自遂古之初,直至百物之琐末,放言无惮,为前人所不敢言。"

《离骚》是屈原最重要的作品。除《九歌》和《天问》外,屈原的其他诗篇,如《九章》、《远游》、《卜居》、《渔夫》等,均可与《离骚》列为一类。它们的内容和风格,基本属于有事可据,有义可陈,重在表达内心情愫的抒怀诗。《离骚》全诗长达三百七十三句,二千四百九十个字,是中国古代抒情诗中最长的宏篇巨制,也代表了屈原文学创作的最高成就。

"离"指离别,"骚"指忧愁;"离骚"就是离家去国,满怀忧愁的意思。在这篇宏伟诗章里,诗人回顾自己一生的坎坷经历,表明执著追求光明理想,绝不与恶势力同流合污的高尚人格,抒发了忧国爱民、不惜牺牲自己一切的深挚感情。由于诗篇曲折尽情地抒写了诗人的身世、思想和遭遇,也有人把它看作屈原生活历程的形象记录,称它为诗人的自叙传。简要地说,全诗可分为两个部分:

第一部分从诗人的家世出身、生辰姓名、能力才学写起，说到如何立志推行"美政"，辅助楚怀王进行政治改革；但因触犯贵族集团的利益，遭到重重迫害和打击；可是诗人绝不向恶势力投降，表明了忠于理想，至死不屈的坚定信念。他在诗中写道："亦余心之所善兮，虽九死其犹未悔"（美政就是我衷心所爱，叫我死数次也不悔改！）；"虽体解吾犹未变兮，岂余心之可惩！"（把我肢解了仍然不变，我的心绝不会被压服！）

　　第二部分主要描写诗人被贬逐后的苦闷彷徨和对未来道路的探索。他在诗中唱道：

原　诗	译　诗
跪敷衽以陈辞兮，	衣襟铺地，跪吐衷肠，
耿吾既得中正。	求得真理，心里光明。
驷玉虬以乘鹥兮，	驾四龙，乘五彩凤凰，
溘埃风余上征。	尘飞风卷，我到了天上。
朝发轫于苍梧兮，	早晨启程离开了苍梧，
夕余至乎县圃。	傍晚来到昆仑的悬圃。
欲少留此灵琐兮，	多想在这神山留片刻，
日忽忽其将暮。	无奈那太阳匆匆入暮。

吾令羲和弭节兮，	我令太阳的车夫把鞭停，
望崦嵫而勿迫。	不要急向日落神山靠近。
路曼曼其修远兮，	面前的途程啊修远漫长，
吾将上下而求索。	我将上天下地寻求理想。

于是，他问天叩地，向各种神话传说人物申述自己的理想追求，探询各种可行出路，最后按照神灵的指示，打算离开楚国，遨游世界。但正当他驾车上升云端，准备启程远游的时候，回头看着自己的楚国故乡，他的爱国情感油然而生，终于不忍离去。通过一系列虚构的境界，诗人对与他爱国情感和美政理想相矛盾的一切道路，都予以坚决否决，所以最后作出了以死来坚持理想，反抗黑暗现实的壮烈之举。

《离骚》思想内容十分精彩，艺术上也有极高造诣。

诗人既植根现实，又富于幻想，以铺陈描叙的手法和丰富大胆的想象，把现实人物、神话人物、历史人物交织在一起，使地上和天国，人间和幻境，历史和现实熔为一炉，构成了瑰丽独特、灿烂多姿的神奇世界，从而产生了强烈的艺术魅力。

诗篇还大量运用比兴、夸张等艺术手法，如以香草比喻优美品德，以栽种香草比喻培养人才，以禽兽好坏比喻人的善恶，以车马翻倾比喻国家衰亡，等等，把难于描绘的抽象精神品格和复杂的现实关系，表现得异常生动，具有极高的艺术价值。

语言形式上，诗人打破了《诗经》以四字句为主的格局，吸取民间文学营养，创造了句法参差错落，灵活多变的新体裁，为骚体文学的兴起，奠定了基础，是中国诗歌形式的一次大变革和大解放。

在屈原以前，中国文学史上所提到的各类作品，多以无名氏集体创作的面貌出现，或者与哲学、历史等著作交织在一起。第一个以个人文学活动和杰出创作实绩彪炳史册的，不是别人，正是伟大的屈原。因而古代以经、史、子、集为书籍分类时，一般都将屈赋列为集部之首，屈原确实可以说是中国第一大诗人。

屈原作为中国第一大诗人，还是楚辞这种新诗体的开创者。"楚辞"这名词有两种含义：一是指由屈原开山的、战国后期在楚国流行的一种新诗体；二是指以屈原作品为代表的一部古代诗歌总集。不管是作为诗体的名称，还是作为诗集的名称，楚辞都是和屈原的名字紧紧联系在一起的。屈原死后，楚国出现了宋玉、唐勒、景差等一批辞赋作家，基本都是以屈原为榜样而进行创作的。

司马迁在《史记》中称赞，屈原的作品，可"与日月争光"；唐代大诗人李白也说，"屈平词赋悬日月，楚王台榭空山丘"(屈原的诗歌像日月一样高悬天际,楚王的楼台馆阁却早成一片荒丘)。这些极高的评价,反映了屈原在中国文学史上的重要地位和巨大影响。[2]

恃高才相如陈汉赋

中国文学演进到汉朝,产生了一种贵族化的宫廷文学,这就是"赋"。

赋是一种很特别的文学体裁,它既像诗又像散文。说它像诗,是因为它要押韵,也在一定程度上讲究对仗;说它像散文,是因为它在写法上讲究铺陈扬厉,撒得很开,没有诗那么凝练。汉朝时期,赋是士大夫间最流行的文体,在各种文学形式中发展最为兴盛,其代表作家就是写赋名家司马相如。

说到司马相如,人们都会想到他"琴挑文君"的佳话。这段佳话发生在当时临邛(今四川邛崃)富豪卓王孙的家里。

汉文帝和景帝时期,蜀郡的临邛一带,十分繁荣富庶。其中首富卓王孙,以开矿产冶炼起家兴业,家中单是僮仆就有八百多人,家产更是不计其数。汉景帝后元二年(公元前

142年)的一天,卓王孙和几位富豪谈心,听说县令王吉处来了一位贵宾,名叫司马相如,便商议将他请到家中欢聚。

这天,卓王孙家八珍罗列,丝竹并奏,高朋满座,好不热闹。可是日至正午,县令王吉和其他宾客都到了,"主角"司马相如却不见人影。卓王孙差人去请,司马相如竟称病不往。这可急坏了卓王孙,他跑到县令桌边说:

"王大人,您面子大,又和相如是好友,烦您亲自去跑一趟行吗?"

"本官就去。不过我和司马相如虽是旧交,但有时到他那里,也吃闭门羹,这回能否请来,也没把握。"

县令王吉说完就匆匆走了,大厅里顿时像开了锅:

"这司马相如是何许人?竟有这么大的架子!"

"噢,他是蜀郡成都(今四川成都)人,生于汉文帝刘恒前元元年(公元前179年),今年三十六七岁了。听说他自幼胸怀大志,酷爱读书,也学过剑术,希望长大成为一个文武双全的人。"

"他本来姓'司马',名'犬子',因倾慕战国时代机智勇敢的赵国著名宰相蔺相如,便改名叫'司马相如'。"

"二十来岁的时候,他从成都跑到长安,最初花钱捐了个小官做;景帝即位,升为武骑常侍(皇帝的警卫侍从)。他生性不爱舞枪弄棒,就喜吟诗作赋,可是汉景帝对辞赋却毫无兴趣,因而司马相如在朝廷里郁郁不得志,一直想换个事做。"

"这时,梁王刘武到长安朝见皇帝,一班跟随的人如邹阳、枚乘、严忌等,都是辞赋好手。司马相如与他们志趣相投,一见如故,于是便托病辞职,离开京城,赶到河南开封,投奔梁王去了。"

"梁王刘武素来喜欢附庸风雅,结交文士,对司马相如犹为厚待。他每日与邹阳、枚乘等研讨辞赋,诗酒逍遥,后写了有名的《子虚赋》,甚为人们称赞。"

"唉,可惜好景不长,没过几年,梁王辞世,这帮文人失去靠山,只好各奔东西,自寻出路,司马相如也回到了老家。他家本来就比较清贫,加上回家后无事可做,自然穷困难熬。咱们县令大人可是个有眼光的人,料定司马相如将来必有大出息,因而把他接到临邛,每日以上宾相待。"

"对,他写的那篇《子虚赋》,就是出手不凡,假托子虚、乌有先生相互辩论,夸赞诸侯游猎之盛,洋洋洒洒,满篇锦绣,堪为天下至文。"

……

众人正在七嘴八舌、议论纷纷,忽报县令大人陪同司马相如驾到。那司马相如原来就有学问,加上曾在皇宫混过好几年,见过大世面,自然风度翩翩,气度不凡。他跨入大厅,

几句寒暄,便令土财主们大为倾倒。

县令王吉知道相如有些口吃,不喜欢交谈,但善著文章、精于音律,便在酒过三巡后,站起来说道:"诸位,司马相如乃当今名流,不光是辞赋大家,也是弹琴高手,何不请相公抚弄一曲,让吾等一饱耳福。"

当时,卓王孙的女儿卓文君,刚死了丈夫,住在家里。司马相如早听说她貌美贤惠,工于辞赋,爱好音乐,只恨无缘相会。"今日她肯定知道我来,也许正在后房,何不寄心于琴,表达爱慕之意?"相如这样想着,便弹了两首动听的"凤求凰"曲:

凤兮凤兮归故乡,遨游四海求其凰。
时未遇兮无所将,何悟今夕升斯堂。
有艳淑女在此方,室迩人遐独我伤。
何缘交颈为鸳鸯,胡颉颃兮共翱翔!

凰兮凰兮从我栖,得托孳尾永为妃。
交情通意心和谐,中夜相从知者谁?
双翼俱起翻高飞,无感我思使予悲。

这两首"凤求凰"曲,是楚音骚体,用比喻手法,表现了凤求凰的爱情：凤遨游四海，寻觅雌凰，佳偶难遇，只好回归故乡；谁知今日到此，幸会美艳淑女，无奈咫尺天涯，没法接近，令人好不悲伤。如何才能使凤凰配成鸳鸯呢？对，办法有了！半夜里你跟我走吧！人不知，鬼不晓，你我比翼双飞，远走他乡。美艳的淑女啊！你如果没有领会我的心意，将使我痛断肝肠。

果然，司马相如刚到，卓文君已在后房隔帘偷看，见相如眉目清秀，温文尔雅，一表人才，顿生好感；琴声一起，春心萌动，更加心心相印。于是，她当晚就在丫鬟的帮助下，不顾一切地带着细软包裹，跑到相如所住客舍。第二天一早，两人便逃回成都，在那儿结了婚。

这就是历史上有名的司马相如琴挑文君，卓文君私奔的佳话。传统戏剧里还有一出戏《卓文君》，演的就是她反对封建礼法，争取婚姻自主的事儿，很受人们喜爱。

不过，司马相如家境贫寒，俩人在成都的生活非常窘困。于是卓文君提议还是回到临邛，看能否得到亲友的接济。卓王孙本来就对女儿私奔的事大为恼火，自然不肯帮助他们。小俩口没办法，就卖了车马，在街上开了一家小酒馆。文君坐柜台打酒当掌柜，相如穿着围裙，和仆人一道端盘洗碟。

豪富卓王孙的女儿和女婿，竟然开小酒馆糊口，这事在临邛一时成为奇闻，弄得无人不知，满城风雨。卓王孙深以为耻，闭门不出；最后无可奈何，只好分给文君僮仆百人、钱百万缗，以及她出嫁时的所有衣物。两人得了这一大笔财富，关了酒店，搬回成都，买田造屋，俨然也是个富豪了。

关于司马相如和卓文君的这段经历，最早见于司马相如亲笔写的《自叙》，司马迁著《史记》时，即采其事而加以点染。后世对其多有议论，受历史条件限制，其中自然多属道学家的看法，但也不乏精彩高见，读来甚为有味。

唐代刘知几在《史通·序传》中说："相如《自叙》，乃记其客游临邛，窃妻卓氏，以《春秋》所讳，持为美谈。虽事或虚，而理无可取，载之于传，不其愧乎！"当代学者钱锺书在《管锥篇·司马相如列传》中说："虽然，相如于己之'窃妻'，纵未津津描画，而肯夫子自道，不讳不愧，则不特创域中自传之例，抑足为天下《忏悔录》之开山焉。"

却说司马相如大发其财，回到成都时，汉景帝已死，武帝刘彻接了皇位。汉武帝不仅是历史上著名的雄才大略的皇帝，而且常常雅重文学，喜欢作辞写赋。他创作的《秋风辞》、《悼李夫人歌》，还写得相当不错。一天，他偶然读到司马相如的《子虚赋》，大为欣赏，以为出自古人手笔，便感叹道："真遗憾，朕不能和这人同生一代！"

恰巧，他身旁有位做"狗监"（替皇帝驯养猎狗的小官）

的四川人,名叫杨得意,听后禀报道:"陛下,我的同乡司马相如说这篇赋是他所作。"武帝听了大喜,连忙下令召见,于是司马相如又第二次进了京城长安。

相如到了皇宫,武帝见他相貌堂堂,一表人才,顿生好感。谈起《子虚赋》,相如陈奏道:"陛下,这赋不过写一些诸侯游猎之事,实不足道。承蒙陛下错爱,实在有渎陛下清神。若准臣陪陛下游猎,臣可写出天子游猎赋,敬献陛下。"

武帝听后十分高兴,第二天就带他到皇家园林上林苑游猎。回来后,司马相如揣摩武帝心理,又作了篇《上林赋》,深得武帝欢心。不久,武帝就封他为"郎",后又升为中郎将;他也跟着献了《大人赋》、《美人赋》、《长门赋》、《哀二世赋》等,一度很受武帝信任和器重。

其时,巴蜀一带(今四川、重庆),因官府搜刮民脂民膏,老百姓怨声载道,各少数民族也纷纷起兵,形势非常紧张。汉武帝派司马相如两次出使西南,安抚军民,平息争乱,开发边疆。这两次出使,他传布檄文告示[3],散发锦缎财物,招抚地方首领,使西南边陲各部,都表示愿意归附朝廷,向汉武帝称臣。

当时,相如路经蜀郡各地时,太守以下的官员,都到郊外接送。这时卓王孙脸上的风光可不用说了,临邛的绅士财主们都到他家献牛献酒,竭力巴结他。卓王孙也感叹女儿嫁他嫁晚了，又给了卓文君一大笔钱，以取悦于司马相如。

相如出色完成了安抚西南边陲的任务，对沟通和发展朝廷与西南少数民族的关系，拓广国土疆域，做出了积极贡献。汉武帝大喜过望，拜他为孝文园令，管理朝廷案行文书等事。从此，相如官高爵显，僮仆满门，日子过得非常优裕。

不想，忽有一日，祸从天降，有人揭发他在巴蜀期间曾接受贿赂，所以很快被削职免官。他从事业上的高峰霎时跌落下来，此后虽然又被召为"郎"，却再也没有担任过重要职务，独当一面地处理过重大事情。

这时，司马相如已年近六旬，受此打击，情绪消沉，便告老还乡，移家茂陵，修筑一座大花园。那园内有奇花异草，良禽珍木，假山鱼池，楼台亭阁。他每日徜徉其间，吟诗作赋，饮酒赏花，颐养天年。汉武帝元狩五年（公元前118年），他病逝于长安，享年六十一岁。

司马相如的一生，虽然在政治上有一定作为，但成就远远不如文学创作方面杰出。《汉书·艺文志》说他写了二十九篇赋，但现存的仅有七篇，其中《子虚》、《上林》两篇最为出色。

《子虚》和《上林》两赋，在内容上是上下承接的。它们的大意为：有一个"子虚先生"，是楚国派往齐国的使者。齐王为了显示阔绰，故意事先把狩猎场面安排得非常宏大，然后请这位子虚先生与其一同游猎。归途中，齐王问子虚："你们楚国打猎的规模比得上我们吗？"子虚为了给自己楚国争面子，就打肿脸充胖子，极力夸张渲染楚王的狩猎场面，说其巨大无比，无奇不有，无珍不备，比齐王的气派多了。这番话惹恼了齐国的"乌有先生"，他又更加不着边际地夸耀齐国土地之广、物产之丰、事物之奇，以至任何人都无法计算其数量。

其实，子虚和乌有都是在信口开河、随意夸口，所以后人就把虚构的人和事，叫做"子虚乌有"。

听了子虚和乌有的争辩，"亡是公"[4]又出来发表意见。他先批评子虚和乌有不过来自小小的诸侯国，本应老老实实、规规矩矩地"明君臣之义，正诸侯之礼"，却正事不干，在那里夸耀"游戏之乐，苑囿之大"。接着，他又以子虚和乌有还没有见过汉天子的"上林苑"为由，把上林苑的珍奇壮阔和天子射猎的盛况，极力铺陈夸饰一番，胡吹乱侃的程度更胜于子虚、乌有，以表明诸侯之事微不足道，而中央皇朝却有无可比拟的声威和气魄。赋末作者笔锋一转，委婉致讽，流露了一种进步的思想：

若夫终日驰骋，劳神苦形，罢车马之用，抏士卒之精，费府库之财，而无德厚之恩，务在独乐，不顾众庶，忘国家之政，贪雉兔之获，则仁者不繇也。从此观之，齐楚之事，岂不哀哉！地方不过千里，而囿居九百；是草木不得垦辟，而人无所食也。夫以诸侯之细，而乐万乘之侈，仆恐百姓被其尤也。

显然，司马相如写这两篇赋，都有劝谏帝王不要沉溺于游乐享受，应注意节俭治国的意图，这表明了他对仁政的向往。但是，这意图和向往仅在末尾说一下，前面的大部分篇幅，都以赞赏的笔调来夸饰游猎壮阔、富华的盛况，客观上又起着张扬奢侈享乐的作用。西汉时期的另一位大文学家扬雄，在分析这两篇赋时，说它们的特点是"劝百讽一"，即鼓吹的成分占一百，讽戒的成分只有一分，是很有眼光的。

从艺术上看，这两篇赋虽有过分夸奇炫博，流于空泛失真的弊端，但结构宏伟、气魄雄大、词汇丰富、描绘绚丽，都是其不可抹煞的特长。司马相如曾说："赋家之心，包括宇宙，总览人物"，这说明他作赋很讲究描写的广博和气魄。子虚、乌有和亡是公三人，夸口一个比一个大，赋文一浪高过一浪，一层压倒一层，这样洋洋洒洒，铺陈描绘，自然形成了壮阔的气势。此外，文中以大量的连词、对偶、俳句，浓墨重彩，层层渲染，不仅使文章显得富丽堂皇，同时更加增强了它的气势。例如：

  撞千石之钟,立万石之虡;建翠华之旗,树灵鼍之鼓;奏陶唐氏之舞,听葛天氏之歌;千人唱,万人和;山陵为之震动,川谷为之荡波。

  这种排比对偶的文句,气韵充沛,音调铿锵,不仅把汉天子游猎时的音乐舞蹈盛会,写得有声有色,令人陶醉,而且笔走龙蛇,气壮山河。其声势、其格调,体现了西汉盛世的宏大气魄。

  赋作为一种文学体裁,虽然早在司马相如之前就有人写了,如宋玉的《高唐赋》、贾谊的《鸟赋》、枚乘的《七发》等,都是传世赋文;但真正使赋成为一种比较成熟的文学形式,并在铺陈扬厉方面登峰造极者,却不能不首推司马相如。

  司马相如的文学创作活动,丰富了汉赋的题材和表现手法,使汉赋继《诗经》、《楚辞》以后,成为一代鸿文。后代描写帝王都城、宫苑、狩猎、巡游的赋文,多半步其后尘,加以模仿,但不论文采、气魄或规模、影响,都无人技高一筹,超过相如。所以,鲁迅在《汉文学史纲要》里称赞他说:"不师故辙,自摅妙才,广博宏丽,卓越汉代。"[5]

---

[1] "爱",吝啬。"勿爱",指为了成仁取义,不吝啬自己的生命。

［2］主要参考资料：《史记·屈原贾谊列传》、朱熹《楚辞集注》、闻一多《离骚解诂》、姜亮夫《楚辞通故》。

［3］当时，司马相如写有《谕巴蜀檄》、《难蜀父老》，均是散文佳构。

［4］这里的"亡"通"无"，"亡是公"也就是"没有这个人"的意思。

［5］主要参考资料：《史记·司马相如列传》、《汉书·艺文志》、《汉魏六朝百三家集·司马文园集》、《玉台新咏》卷九、鲁迅《汉文学史纲要》。

【第 4 回】

司马迁发愤著史记
父兄妹笃志编汉书

司马迁发愤著史记

话说雄才大略的汉武帝,经过多年改革政治,繁荣经济,平定边患,拓宽疆域,使大一统的汉帝国,呈现出百业兴旺,盛极一时的景象。元封元年(公元前110年),武帝为了夸耀汉朝雄威,鼓舞民心,震慑匈奴,也为了祈求上天福佑,长生不老,永享富贵,决定前往泰山祭祀天地,举行封禅大典。

武帝离长安东行那天,十八万骑兵组成的仪仗队,乐鼓齐鸣,人欢马叫,浩浩荡荡,旌旗招展数百里。跟随武帝左右的文武百官中,太史令司马谈虽年迈体弱,力有不济,却两眼放光,面露喜色。他望着枪戟如林、旌旗蔽空的队伍,想到晚年还能赶上如此旷世盛典,心中十分高兴。可是,毕竟年纪不饶人,才到洛阳,他就一病不起,无法前行了。

身为太史令,记载国家大事,责无旁贷,可是现在却不能亲赴泰山,参加封禅大典,司马谈感到万分失望和悲痛。躺在病榻上,他觉得自己气数将尽,却怎么也合不上眼。他已请多人四处寻找自己的儿子司马迁,只等最后见上儿子一面,并托付终身未竟之业。

司马迁这时刚从西南出使归来，正欲从长安出发，追赶封禅队伍。忽闻父亲病危，快马加鞭，日夜兼程，赶到洛阳。气息奄奄的司马谈见到儿子，苍白的脸上露出欣慰的笑容。他颤抖地紧紧抓住儿子的手，泣不成声地说：

"我家祖先，远在周朝时就当太史，先辈曾管理过天官之事，显功名于虞夏之时。我死后，你定要接替我当太史令，继承祖先的事业。孔子以后，至今四百多年来，诸侯兼并，战乱不止，没有一部像样的史书。如今汉朝兴盛，海内一统，我身为太史，未能将这空前盛世，以及明主、贤君、忠臣、义士等记载下来，深感有愧。唉，我真担心天下之史从此绝录……你可千万要把这事搁在心上啊！"

司马迁俯首流涕答道："儿虽愚笨无才，但定要继承前辈之志，将先人的历史详录下来，绝不敢半点疏忽！"

司马谈听后，面露微笑，慢慢合上双眼，与世长辞了。司马迁望着父亲饱经风霜的脸庞、想着他临终前的嘱咐，心潮起伏，感慨万千，不禁回忆起自己的家世和几十年来所走过的道路。

原来，司马迁是夏阳龙门（今陕西韩城南）人，字子长，约生于公元前145年。其父司马谈作为专管天文、历法和历史文献的太史令，博学多才，富有见识。他的传世名文《论六家要旨》，将春秋战国以来的"百家之学"，概括出阴阳、儒、墨、名、法、道六家,并作了精到的分析和评论。他在文中肯定道家之学,认为它兼有其他五家之优长而无其弊端,这在当时汉武帝罢黜百家,独尊儒术的气氛下,实在是一种大胆的议论。

司马迁从小受父亲的影响,酷爱读书。童年在黄河边的龙门山麓时,他一边帮助家里放牧,一边总是缠着家乡有文化的人,教他识文习字。远在京城朝中任职的父亲,得知儿子如此好学,欣喜万分。当儿子十岁那年,便将他接到长安,亲授其古文。随之,司马谈又让他先后拜著名大学问家董仲舒、孔安国为师,研习古今学术,贯通百家经典,使他年纪轻轻,就成了博古通今,满腹经纶的学者。

二十来岁时,父亲又鼓励他放足远游,以开阔眼界,增长见识。他下江淮,上会稽,在今天浙江一带探寻传说中的"禹穴",又在今天湖南一带凭吊屈原墓,随后又上九嶷山考察有关历史故事,在姑苏城采集吴国忠臣伍子胥的事迹;接着,他又驱马北上,在今天的山东曲阜参观儒学宗师孔子的故居,到今天的江苏沛县东部拜访汉高祖刘邦的家乡,再到魏都大梁,瞻仰信陵君门客把守过的"夷门"。

这次远足北游,他亲身领略祖国壮美的自然风貌,深入了解民众百姓的实际生活,实地查访各地的名城古邑和风土人情,收集许多以往记载中含混不清或遗漏未写的史实,大大增强了他对社会现实的认识。

漫游回长安不久,司马迁在朝廷当了"郎中"。这个官阶虽不高,却是在皇帝左右侍奉的亲信,有时还能代表皇帝到地方上视察或传达圣旨,因而在人们眼里是一个很好的职位。

司马迁进入朝廷后,很快就以自己的聪明才智和渊博学识,博得了汉武帝的赏识。元鼎六年(公元前111年),司马迁刚刚三十四岁,武帝就委派他代表汉王朝去视察夜郎(今贵州西部),安抚西南少数民族(今云南)地区,这使他有机会游历祖国的西南大部,弥补了实地考察知识中的欠缺。至此,司马迁可说真正做到了读万卷书,行万里路,不论是有字之书或无字之书,他都已烂熟于心,可以如数家珍了。

父亲死后第三年(元封三年,公元前108年),司马迁被任命为太史令。为实现父亲的遗嘱和自己的誓言,他每天一有空,就钻到"石室金匮"(皇家藏书处)里,翻查一堆堆杂乱的断简残篇,整理各种历史文献。经过四五年的辛勤准备,他在完成了主持改革历法的工作后,于太初元年(公元前104年),正式动笔写作《史记》。

谁知《史记》刚刚写了一小半,司马迁四十八岁那年,一场滔天大祸降临到他头上。

原来,当时北方匈奴民族中,有个叫旦鞮侯的单于(国王），早有反汉之心，却假意说愿与汉朝和好。武帝信以为真，派苏武出使，不料被匈奴扣留，威胁诱降，苏武不屈，被流放到北海牧羊。武帝知道后，决定派李陵率五千步兵，担任汉朝军队一翼，讨伐匈奴。

且说这李陵，是著名"飞将军"李广之孙，武艺高强，耿直忠烈。这次他深入敌方几千里，与汉军主力失去联系，被匈奴八万骑兵围困山谷，大战几天，杀敌无数，最后因矢尽粮绝，伤亡惨重，被迫投降匈奴。

李陵投降的消息震动了朝廷。汉武帝闻之大怒，把他的母亲、妻子等统统抓入监狱，并召集群臣，议论罪行。众位大臣，见武帝怒气冲冲，都顺着他的话，大骂李陵贪生怕死。

司马迁凭着自己对李陵的了解，觉得事实并非那样简单，便挺身而出，仗义执言：

"李陵率部五千，抵杀敌军数万，已足可向天下人交代了。最后实在寡不敌众，兵败而降，臣料他绝不会真心叛降，定然暗打主意，日后将功赎罪，报答皇上！"

武帝一听，立刻变了脸色，大声责问道："太史令如何知道李陵暗打主意？依你之言，岂非谁都可以投敌？这分明是为降将辩护！"武帝吆喝一声，命卫士拿下司马迁，关入狱中，并判处腐刑。"腐刑"又叫"宫刑"，就是剜掉男子生殖器。这种刑罚不仅很残酷，而且对人格是极大的侮辱。

依照司马迁的性格，他宁可自杀，也不愿受此酷刑，蒙受奇耻大辱。但是，他想到为世人留下一部空前史书的任务尚未完成，便"隐忍苟活"下来。

他纵观历史，无数先哲的形象跃动于眼前：西伯被囚羑里，而演《周易》；孔子困厄不遇，乃作《春秋》；屈原放逐，遂著《离骚》；左丘失明，厥有《国语》；孙子膑脚，修治《兵法》；吕不韦贬蜀，世有《吕览》（《吕氏春秋》）；韩非拘秦，乃传《说难》、《孤愤》……这些先哲，都曾蒙难受害，可是他们却能忍辱而不羞，并立言后世，成为千古伟人，我司马迁为什么不能像他们一样呢？

想到这里，一个坚定的声音在他脑中轰响起来："活下去！活下去！发愤著书！"

出狱后，他升任中书令，这是比太史令品序高得多的官职，但因这一职务当时都由宦官担任，使司马迁常常想到受腐刑的耻辱，因而他对朝廷事务毫不关心，只是专心于自己的著述。他在《史记》中以犀利的笔锋，谴责历史上和当时的黑暗现象，发泄自己的愤懑和不平；又以满怀激情的文字，赞颂一位位英雄豪杰和劲节之士，哪怕是毫无地位的下层平民，也表现了对他们的崇敬之情。正是这种忍辱不屈，发愤著书的精神，使他著作的内容洋溢着一种无比动人的情怀。

大约在司马迁五十三岁时，他终于用自己的生命和血泪

写完了全书的最后一卷。他兴奋异常,叫来唯一的女儿,指着面前堆得像小山似的竹简说:

"孩子,我写的这部旷世史书总算完成了!它从传说中黄帝起笔,一直写到当今时代(汉武帝时期),记载了中国三千年的历史。全书一百三十篇,五十二万多字,除了写各式各样的历史事件和历史人物外,还写了西汉以前历代的天文、地理、历法、礼制、音乐、财政、水利等各类情况;除了写咱们中原地区各个朝代的发展演变外,还写了偏僻地区少数民族的状况和风俗,可说是迄今为止最详细、最全面的一部史书。"

"这么多事,这么多人,这么长的历史,父亲是怎样写的呢?"

"这正是我煞费苦心的。为了把这么多内容安排好,让人看起来眉目清楚,便于查检,印象深刻,我把全书分'本纪'、'表'、'书'、'世家'、'列传'五大部分。'本纪'是写帝王之事,大体反映了中国历史演进的大纲;'表'是分年排列帝王和侯国的大事记,录述了历史上发生的重要事件;'书'是关于各方面问题的专题论文,叙述了礼乐刑政历法的变迁;'世家'是描写各个诸侯[1]的行止,可谓各诸侯国演变的小史;'列传'是写各种人物的传记,刻画了许多精彩的历史场面和人物形象。"

司马迁细细地回答了女儿的问题，充满自信地吁了一口气道："这种史传结合的编写历史的方法，是我的独创，是尔非尔，相信历史自有公论！"

其实，司马迁所开创的这种史传结合的写史方法，历史早已给了它公论——反映整个中国历史的二十五史，《史记》是其中的第一部，其他二十四部，自《汉书》到《清史稿》，基本上都是仿效《史记》的体例来写的，可见历代史家对史传结合体例是何等推崇，同时也表明这种体例对中国史学产生了何等深远的影响。

却说司马迁谈得兴起，又对女儿说："我曾在给好友任安的信里，讲到写这部书的目的，即'究天人之际，通古今之变，成一家之言'。这是我写这部书的崇高追求，也是它将来必定流传后世的原因所在。"

"究天人之际，通古今之变，成一家之言"，女儿口中喃喃地念着，却一时不知其意，便央求说："这话挺难懂的，父亲能给我解释一下吗？"

"噢，'究天人之际'，就是要研究上天和下民之间的关系。比如说，楚汉之争，打了三年，开始项羽强、刘邦弱，刘邦常常得看项羽的脸色行事。那项羽也确实了不得，其武艺、其气魄，莫不令人震慑。他统率诸侯，把暴秦灭了，一时成为霸王。可是最后的下场，却是霸王别姬，乌江自刎。

他临死前说：'天要亡我，非用兵之罪也。'其实，项羽之败，何在天意？他每到一处，总是杀、杀、杀，只以武力治天下，自然非垮不可！"

司马迁呷了一口茶，继续说道："刘邦打败项羽后，曾在洛阳开庆功会，问自己得天下而项羽失天下的原因是什么？众人各抒己见，皆未说到点子上。后来刘邦自己说：'论运筹帷幄之中，决胜于千里之外，我不如张良。论管理国事，安抚百姓，筹集军需粮草，我不如萧何。论统率百万之军，战必胜、攻必取，我不如韩信。这三位都是人中豪杰，我能用他们，所以我能夺取天下。而项羽有一范增却不能用之，所以他为我所擒！'很明显，项羽败、刘邦胜，不是天意，而是人为！我写这些篇章，就是'究天人之际'，即要写出社会演变的道理来。"

"所谓'通古今之变'，就是弄通历史由古及今的变化过程。我的老师董仲舒有句名言，叫'天不变，道亦不变'。我的看法与此不同，认为历史是不断发展变化的。我这部书的第一篇《五帝本纪》，就说明了古与今的巨大差别。古时，帝王由众人推举，他们是才华盖世、德高望重的人；而现今的帝王却是父子相传，不问其父其子是否有才干、有德行。那时，帝王干什么都身先士卒，大公无私；而现在的帝王却只顾维护自己家天下的利益，哪管天下民众怎样生活？我写

出历史上的这些变化,就是要让后人以史为镜,引以为戒。"

"那'成一家之言'呢?这有什么深义吗?"女儿急着想知道下文。

"对,此乃最重要之点,就是要使这部书富有自己的独立见解、独特风格。用本纪、表、书、世家、列传这种体例来写历史,《史记》乃首开先河,我觉得这样能把历史写得既清晰又深透。过去的历史,主要写帝王将相,根本不写平民,这不公平。我的一家之言,就是要让民众登上历史舞台。像陈涉、吴广这样的人,过去都把他们看成犯上作乱的贼子,对其嗤之以鼻。在我看来,他带头反对暴秦统治,其发难之功不可没;而能以一介田夫成那么大的气候,更非凡夫俗子所能为,所以我把他写进了'世家'。"

司马迁说着,顺手打开一卷书:"看,这是《游侠列传》,写的都是被人看不起的下层人物。我亲自接触过这类人,他们讲义气、守信用,言必行、行必果,为着侠义之事,即使献出生命,也在所不惜。他们的道德气节,比王侯贵族不知要高出多少倍。我在书中除了写帝王将相外,还写了各种各样的人,有说客、隐士、刺客、医生、商人、算命先生、卖唱者、寡妇……"

司马迁这里所言,只谈到《史记》在史学方面的成就。其实,《史记》既是一部光辉的历史巨著,又是一部伟大的文学杰作。在中国文化史上，以一部书同时登上历史和文学两座高峰，成为这两个领域里的经典名著，《史记》是空前绝后的。其成就、其影响，鲁迅在《汉文学史纲要》里赞扬说："史家之绝唱，无韵之《离骚》。"这是对它崇高而又中肯的评价。

《史记》的艺术性，突出表现在善于描写人物，塑造了众多生动而又典型的历史人物形象上。

写历史人物不像写小说那样，可以大胆想象虚构，而是必须严格遵循史实。这样，要想把文章写得精彩动人，就很不容易了。但《史记》里的许多篇章，读起来却如同一篇篇有趣的小说，在给人以丰富历史知识的同时，又给人巨大的艺术享受。

且说人们熟悉的《廉颇蔺相如列传》，通过具体描写"完璧归赵"、"渑池之会"等历史事件，活灵活现地勾画出蔺相如机智勇敢、不畏强暴的形象，同时也写出他如何从一个低下的普通门客，一跃而成为赵国上卿（仅次于赵王的最高官职）的原因。接着，司马迁笔锋一转，写战功显赫的老将军廉颇，见蔺相如青云直上，怒气冲天，要当众羞辱他，可是蔺相如胸怀大局，忍辱负重，处处退让，终于使廉颇深受感动，脱去上衣，亲自登门向他"负荆请罪"。

这篇故事，既成功地刻画了蔺相如、廉颇两个历史人物，又充分表现了秦国和赵国之间的纷争，还反映了赵国内部将相之间的矛盾及解决过程，歌颂了他们威武不屈的品格和团结抗暴的精神。整篇文章，内容丰富而不杂乱，条理清晰而不枯燥，达到了史学和文学完美融合的境界。

类似这样成功塑造历史人物典型形象的篇章，在《史记》里随处可见。如《魏公子列传》，围绕信陵君救赵存魏这一主要历史事件，生动地叙述了他怎样"爱士"、"养士"，以及"士"怎样报答他的故事。通过这些叙述，突出了信陵君礼贤下士、勇于改过、守信重义、急人之难的性格，也表现了他在游士、门客的帮助下，抵御秦国侵略，救赵存魏，使诸侯振奋的作用。

还有许多人物，如越王勾践、吴王夫差、晋文公重耳、楚霸王项羽、汉高祖刘邦等帝王，范蠡、伍子胥、李斯、张良、萧何、苏武等名臣，孙膑、吴起、韩信、李广、卫青、霍去病等名将，以及像荆轲、聂政、朱亥、毛遂等下层人物，在司马迁笔下，无不被写得性格鲜明、血肉丰满、栩栩如生、引人入胜。

《史记》的艺术性，还表现在语言运用上具有极高的技巧。作者特别善于选择富有个性化的语言，来表现人物的神采和性格。项羽和刘邦两人，都曾观看过秦始皇出巡的盛大场面，并都为此发出慨叹——项羽说："彼可取而代也！"刘邦说："嗟夫，大丈夫当如此也！"同样表达政治抱负，不同的语言和语气，显示了迥然不同的个性：前者咄咄逼人，体现了项羽强悍、豪爽的气质；后者委婉曲折，突出了刘邦深沉、老练的特征。

《陈涉世家》里，写陈涉起义胜利，当了"陈王"后，一个过去和他一起当长工的朋友来看望他，这个乡下人一走进豪华讲究的深宫大院，便脱口惊呼："夥颐！涉之为王沉沉者！"这句话今天看来颇为难懂，在当时却是一句民间土话，意思是说："哎唷！陈涉当了王可真阔气啊！"这语言完全符合说话人的身份，同时也表现了他没有见过大世面、孤陋寡闻的特点。正因为作者具有让什么人在什么场合说什么话的高超本领，所以我们读《史记》时，遇到的虽然是两千多年前的历史人物，却常常能如见其人，如闻其声，如睹其事，得到的印象十分深刻。

《史记》对中国文学的发展，产生了重大而深远的影响。司马迁在《史记》中所体现的"其文直、其事核、不虚美、不隐恶"的"实录"精神，以及"善序事理，辩而不华，质而不俚，文质相称"的叙事才能，历代文学家都十分推崇。从唐代韩愈、柳宗元等倡导古文运动起，历代散文家在反对繁缛艰涩的文风时，都是以《史记》作为自己推崇的范文。

《史记》所运用的传记文学的表现手法，不仅为文言小说,也为宋元以后兴起的通俗白话小说所吸收和发展,对形成中国小说的民族风格,起了积极作用。后世的许多小说和戏剧,还直接把《史记》中所描写的人物和事件,作为创作素材而进行再创造,其中有不少至今还活跃在戏曲、曲艺舞台上,为人们所喜爱。[2]

父兄妹笃志编汉书

话说司马迁的《史记》,经其女儿传世后,甚为人们称颂,到东汉末年,不少人采集时事,续补其书。

当时,徐县(今江苏泗洪南)县令班彪,博学多才,通晓历史,擅长为文。他读了这些续补《史记》之书,认为文辞鄙俗,不足以接踵前史。于是,他因病辞官后,便在家仔细研究《史记》及其续书,参阅了大量史料,论衡真伪,去粗取精,计划另作《史记后传》六十五篇,将西汉历史详述出来。可惜,未等全书写完,他便在建武三十年(公元54年)辞世了,享年五十二岁。

班彪,字叔皮,生于汉平帝元始三年(公元3年),是扶风安陵(今陕西咸阳)人。《后汉书·班彪传》里,收有他的一篇《史记论》,记载了他对《史记》研究的独到见解。

他称赞司马迁"善序事理，辩而不华，质而不野，文质相称，盖良史之才也"；同时也认为《史记》多有疏漏，存有推举黄老之学（"黄"指黄帝，"老"指老子），背离儒学思想的弊端。

其实，从司马迁所处的时代看，"崇尚黄老而菲薄五经"，并非是他的缺点，而是他的长处。西汉初年（汉武帝之前）的几代皇帝，崇尚黄老之学，实行"无为而治"政策，避免战争和征调劳役，与民休养生息，极大促进了西汉的经济繁荣和文化发展。司马迁肯定黄老之学中正确的一面，正是他站在史学家的高度，透视历史所得出的结论。

班彪的儿子班固，字孟坚，自幼聪慧好学，九岁便能吟诗作文，十六岁入洛阳太学，博览群经，精研百家之言，性情宽和谦让，从不恃才自傲，因而深为当时儒者所推重。二十二岁时父亲不幸辞世，他还乡守孝期间，拜读父亲遗留下来的手稿，深深钦佩父亲的学识和精神。他觉得，补写历史是项能够名垂后世的十分有意义的工作，父亲这部《史记后传》没写完，实在太可惜了，于是便闭门钻研，在父亲遗稿的基础上，开始撰写《汉书》。

后汉明帝永平五年（公元62年）的一天，班固正在家中埋头著书，忽然来了一队公差，个个彪形大汉，怒气冲冲，不由分说，绑起班固，查抄了他的全部手稿，然后押送进京，把他关进京兆（京师洛阳）的监狱中。原来有人向朝廷告状，说班固胆大妄为，在家私改国史，明帝不明真相，便下令逮捕了班固。

不几日，明帝正欲升朝给班固议罪，有人递上一份奏疏。明帝一看，乃班固的弟弟班超所书，其中极力解释班固写史的目的，在于陈说大汉历史，留示后人借鉴。弟弟冒死为兄长辩护，明帝觉得很难得，便下令召见班超。

不一会儿，一个血气方刚、虎头虎脑的青年大步来到殿上，跪在阶前，口呼万岁。明帝一看班超不像常人进殿朝见总是战战兢兢、畏畏缩缩，心中顿生几分好感，但仍压着嗓门，威严地说：

"令兄私撰国史，该当死罪，你有何言？"

班超答道："孔夫子和左丘明均非史官，然孔子作《春秋》，左丘明撰《国语》，社稷可鉴，获益良多，非但无罪，功在千秋。先父叹《史记》之后，再无良史，乃不顾年老体病，发愤续史，以表彰汉朝大业。可惜他天寿不长，中道辞世，大业未竟。家兄班固，才学超群，欲承先父未竟之业，完成汉史，此举于国于民，有百利而无一害，何罪之有？望陛下明察。"

明帝见这些话说得句句有理，便让班超先退下，待他亲阅手稿后再做定夺。

退朝以后，明帝令人送上班固手稿，挑灯夜读。谁知不读便罢，一读竟爱不释手，连连称赞。明帝觉得不仅所叙史实写得好，而且不少观点也与自己想法不谋而合。比如写完汉高祖刘邦的事迹后，班固又加了"汉承尧运，德祚已盛"之类的评价，这表明汉是继承了尧的天下，因而汉朝完全是符合道统的。

这些话当然深得明帝欢心，加上随之又有河南尹上疏为班固辩护，于是明帝便宣布班固无罪，并让他充任兰台令史，在宫中掌文字劾奏；不久又升他为典校秘书郎，负责朝廷往来书奏的起草和核校工作。

当时，东汉建都洛邑（今河南洛阳）不久，到处都在兴建宫室城池，可是原来西汉的前朝元老，都希望把首都迁回长安。班固不赞成这种意见，认为迁都会造成经济上的巨大浪费，并可能引起政治上的动乱。为此，他写了著名的《两都赋》献给明帝，以回答长安前朝元老的舆论，坚定皇上继续在洛邑建都的决心。

《两都赋》分上下两篇，上篇以西都宾的口气，夸耀长安历史悠久，宫苑富丽，繁荣兴盛；下篇则是东都主人称说今朝盛事，极力颂扬光武帝建国，明帝修洛邑业绩。赋末东都主人批评西都宾说："子徒习秦阿房之造天，而不知京洛之有制也；识函谷之可关，而不知王者之天外也"（你只熟悉秦始皇造阿房宫的奢侈,却不了解东京洛邑的修建符合王者之制;只晓得函谷关可以坚守,却不知道王者到处可以为家),因而说服了西都宾。《两都赋》体制宏大,写法上模仿司马相如的创作路数,广摘丽文,铺陈扬厉,是西汉大赋的继续。

明帝本来就喜好文章,读了《两都赋》后,大为赞赏,班固也因此声名大振,受到皇上的宠信。明帝出巡、游猎,总不忘带着他;遇到重要问题,也请他参加讨论;还经常叫他到后宫去为自己读书,有时甚至夜以继日。

不过,尽管皇帝对他很器重,赏赐也很丰厚,但班固总觉得"郎"的官位过低,与自己的实际才华和身份很不相称,便写了一篇《答宾戏》,表现了"笃志于儒学,以著述为业"的志趣,也发了一些不满的牢骚。明帝看了,觉得言之有理,便将他官升一级,任玄武司马。

不久,班固母亲去世,他按惯例辞官回家,服丧守孝。本来,自任兰台令史起,班固就一直利用公余时间,潜心续修《汉书》。现在还乡,就将手稿和在兰台(后汉宫廷藏书处)查阅收集的各种文献资料,装入几个大箱子里,用马车拉回了家。到家料理完母亲的丧事,他便以全部身心,投入到《汉书》的撰述当中。

从明帝永平初年(公元58年)开始,至章帝元和年间,班固经过二十多年的辛勤积累和刻苦钻研,终于完成了《汉书》的写作提纲和大部分草稿。其中有些写成的部分，由于非常精彩，当时就有不少人传抄诵习。范晔的《后汉书·班固传》就说："当世甚重其书，莫不讽诵焉。"

班固原来在朝中任职时，因和窦宪有同乡关系，私交颇为密切。和帝永元元年（公元89年），窦宪任大将军，统率汉军出征匈奴。他看中班固的才华和为人，并得知他已为母亲服罢丧事，便将班固招至军中，拜为中扩军（军中参谋），参与讨论和决定军务大事。

窦宪的妹妹是汉章帝刘炟的皇后，章帝三十二岁驾崩时，太子刘肇才十岁就继承了皇位。由于皇帝年幼，窦皇太后临朝听政。窦宪倚仗自己是皇帝的舅舅，结党营私，操纵朝政。这次出征匈奴，大获全胜，返回朝中，更加专横跋扈，不可一世。但小皇帝刘肇随着年龄增长，也越来越懂事，他和宦官郑众等议定，清除窦宪及其党羽，班固也因此被免官。

古人云，"墙倒众人推"，这事在班固身上也得到了应验。原来班固通晓历史，明于国事，却家教不严，子女以至奴仆往往不守法纪，弄得洛阳官吏甚为恼火。一次，洛阳令种兢出行，班固家中的奴仆随意拦车谩骂，种兢气愤异常，但怯于窦宪的权势，未敢采取行动，却怀恨在心。这次窦宪被撤了兵权，并被迫自杀后，种兢一看报仇的机会到了，便毫不客气地逮捕了班固，严加拷打，致使班固于永元四年

（公元92年）死在狱中，时年六十一岁。一位大史学家兼大文学家，就这样在统治阶级内部的无谓纷争中丧生了，实为千古悲剧。

班固死后，和帝刘肇把他的遗稿要来审读，发现写得很好，只可惜按照目录来看，还有一些"表"和"志"没有动笔。于是，和帝一面下诏谴责种兢害死班固，一面根据别人的推荐，召一代才女班昭进宫，承接班固续写《汉书》。

班昭是班彪的小女儿，班固的妹妹。她从小在父亲的指点和兄长的影响下，笃志好学，十四岁嫁给曹正叔后，仍然勤学不辍。这次被召进京，她已经四十岁了，丈夫曹正叔已去世多年。续写《汉书》期间，她吃住都在东观（后汉宫廷藏书处），工作非常认真刻苦，终于在九年以后，整理和修订完了全部遗稿，并补写了八篇表。当时，扶风（今属陕西）人马续写作了《天文志》，使班固计划写的篇目全部完成。

和帝十分珍爱《汉书》，令人抄成多部副本，让其广为流传。班昭也因此声名大振，朝中百官都亲切地称她为"曹大家"。和帝还经常召曹大家入宫，让皇后和妃嫔拜她为师。和帝每次出游或四方贡献奇珍异宝时，也经常让她作赋颂扬。现存萧统《文选》中的《东征赋》，便是她抒写随和帝出游时，瞻仰某些古人遗迹的感慨，旁征博引，风格疏朗，显示了她的卓越学识和文学修养。

《汉书》在体制上基本承袭《史记》，所不同的是，《史记》是通史，从上古一直写到汉武帝；《汉书》是断代史，只写了西汉一个朝代二百二十九年的历史。另一点就是《汉书》将《史记》中的"书"改为"志"，取消了"世家"，并入"列传"。《汉书》关于汉武帝以前的记载，大都沿用了《史记》的原文，但其中也有班固的取舍，并订正补充了前书的一些疏漏，汉武帝以后的史实，则主要是由班固撰写的。全书有本纪十二篇，表八篇，志十篇，列传七十篇，共一百篇，后人将其分为一百二十卷。

《汉书》写作于儒学大发展的时代，班氏父子兄妹也都出身于仕宦家庭，受儒家正统思想影响极深。因此在评价历史事件和人物上，他们虽然赞扬司马迁"不虚美"、"不隐恶"的实录精神，重视客观地描述历史事实，却缺乏司马迁那种匡世济民的热情。《史记》写整个社会，敢于歌颂农民起义领袖陈涉、吴广，敢于颂扬失败的英雄项羽，甚至纵情赞誉下层门客和游侠之士。而《汉书》则基本围绕宫廷王室来写，主要描写皇家事件及忠于皇帝的臣子将士的功绩。同作为伟大的史学和文学著作，从思想观念方面来看，《汉书》是逊于《史记》的。

作为史传文学，《汉书》虽然总体上不如《史记》中的人物写得性格鲜明、形象生动，却也有不少人物传记写得相当成功。如《朱买臣传》，通过写朱买臣失意和得意时不同的精神面貌，以及人们对他的不同态度和待遇，既揭露了封建社会中的世态炎凉，又画出了在功名利禄的引诱下，没有独立人格的封建文人可怜、可憎的面目。

最著名的《苏武传》，通过许多具体生动的情节描写，突出了苏武坚贞不屈的民族气节和高尚品格，塑造了一个不朽的爱国者的形象。请看苏武出使匈奴后，匈奴千方百计迫害他的一段描写：

乃幽武置大窖中，绝不饮食。天雨雪，武卧啮雪与旃毛并咽之。数日不死，匈奴以为神，乃徙武北海上无人处，使牧羝（公羊），羝乳，乃得归。别其官属常惠等，各置他所。武既至海上，廪食不至，掘野鼠去草实而食之。杖汉节牧羊，卧起操持，节旄尽落。

寥寥几句话，就十分简洁生动地刻画了苏武视死如归、艰苦卓绝的英雄形象，读来特别感人。《汉书》中苏武、李陵等传记，标志着这部书艺术上达到的高度成就。

从文笔上看，《史记》行文，摇曳多姿，不拘成格；而《汉书》则工整细致，组织严密。《史记》的文字，常常笔墨酣畅，挥洒自如，豪放处自豪放，简洁处自简洁，如《五帝本纪赞》，文简意丰；《伯夷列传》，纵横变幻；《屈原列传》，哀婉曲折；而《滑稽列传》，则嬉笑怒骂，皆成文章。凡此种种，均因文而变，各呈异彩。《汉书》的文字则不然，规整严谨，沉稳详赡，典雅富丽，是其主要特色。受当时辞赋创作的影响，《汉书》讲究词藻，长于排偶，亦多用生僻古字。这使《汉书》洋溢着书卷气，同时也比较难读，所以东汉末年已有应劭、服虔为它作注。到了唐代，颜师古则汇集前人二十三家的注释，纠谬补缺，作《汉书新注》，流传至今。

《汉书》在写人物传记时，引用了大量辞赋和散文，这虽然影响了叙事的连贯和人物特征的刻画，却也因此保存了不少重要作品。《艺文志》部分，辑录了当时五百九十六家、一万二千二百六十九卷图书的书名、篇数、作者以及概要说明，对了解古代学术发展和图书流传情况具有重要价值，历来为世人所重视。这也是班氏父子兄妹在保存文化遗产方面作出的另一贡献。[3]

[1] 孔子不是王侯，也被列入世家中，这是例外。
[2] 主要参考资料：《史记·太史公自序》、《汉书·司马迁传》、《汉书·艺文志》、司马贞《史记索隐》、郑鹤声《司马迁年谱》。
[3] 主要参考资料：《汉书》、《后汉书·班固传》、萧统《文选》、王先谦《汉书补注》。

【第 5 回】

汉乐府缘事发真情
刘兰芝殉身赴清池

汉乐府缘事发真情

说到汉代文学的发展,有三件大事尤其值得注意:一是汉赋的勃兴,二是史传文学的创立,三是乐府诗的兴起。前两者前面已经谈过,这里着重谈谈乐府诗。

什么叫乐府?"乐"即音乐,"府"即官府,因而"乐府"就是官方的专门音乐机构。尽管汉以前的各个朝代,都配有专管音乐的官员,如殷商时期的瞽宗、周朝的大司乐、秦代的太乐令及太乐丞等,都是掌管音乐的官职,但乐府的正式建立,则始于汉武帝时期。

当时乐府的主要任务,除训练乐工,为诗歌谱曲、组织歌舞表演以外,还进行了一项非常有意义的工作,就是大量采集民歌。乐府机关编录和谱曲的各种诗歌,包括文人创作的和从民间采集的,都叫"乐府诗",或者简称"乐府"。所以说,"乐府"一词有两层意思,首义是指专门的音乐官署,其次是指这种官署所收集的诗歌。

说到汉武帝建立乐府官署,还有一段轶闻趣话。

武帝刘彻的卫皇后,立七年而容颜渐渐衰退,他宠爱的赵地王夫人和中山李夫人[1],又不幸先后去世。武帝下朝后,总不免郁闷不乐。这天,他退朝回到后宫,无以消愁解闷,就命宫女请来同母姐姐平阳公主,让宫廷乐师李延年演奏新声。

李延年本是民间艺人,出生在中山(今河北定县一带)的一个音乐世家。他的父母亲,都以音乐为职业,兄弟姐妹也都擅长音律。他自己更是吹拉弹奏,说唱歌舞,样样都精。他还善于作曲,喜欢对旧的曲调进行改编。凡是经他演唱和改编过的乐曲,总是那么优美动人,听者无不倾倒。他始入宫廷时,只是一个负责养狗的太监,后来音乐天赋被发现,才让他当了宫廷乐师。

这天,李延年奉诏来到后宫,见武帝的姐姐平阳公主也在座,知道是家常宴乐,便决定演奏几首新创作的轻松乐曲。他自拉自唱,歌声悠扬,一曲唱罢,武帝和平阳公主都赞不绝口。李延年受到夸奖,兴奋异常,便站起来边歌边舞,演唱了一首更加动听的新声:

> 北方有佳人,绝世而独立。
> 一顾倾人城,再顾倾人国。
> 宁不知倾城与倾国,佳人难再得!

武帝本来就爱好歌舞辞赋,看着李延年载歌载舞,频频点头称赞道:"这首歌真是太妙了!歌咏一位绝代佳人,具有倾城倾国的姿色,却不把她的相貌描绘出来。如此以虚代实,隐而不发,令人遐想无穷,深得诗家含蓄三昧!"

武帝顿了一下,叹口气说:"唉,可惜这只是诗歌,世上何处能寻得这样倾城倾国的佳人呢?"

平阳公主见武帝叹息,想起一人,便接茬道:"皇弟,谁说世上没有这样的佳人?乐师李延年有一个妹妹,艳丽无比,姿色无双,堪称倾城倾国,且精通音律,能歌善舞,皇弟可想一见?"

"啊,真如公主所言,朕自然要见。"武帝转身对李延年说:"快回去,带你妹妹进宫来。若真有倾城倾国之色,朕也是缘份不浅!……"

李延年连忙谢恩退下。不出一个时辰[2],他便带着妹妹来到后宫。武帝一见,果然美妙无比,不觉心醉神驰,再听她演唱,更是令人神魂颠倒,飘飘然如临仙境。武帝大喜过望,当即册立李延年妹妹为夫人,宠爱异常。不久,李夫人生了一个儿子,自然更加受到武帝的珍爱。

俗话说:"天有不测风云,人有旦夕祸福。"李夫人得宠于皇上,本来可以荣华富贵,显赫一世,却不料突然得了一场病,诊治无效,不久就病逝了。

《汉书·外戚传》载:李夫人病时,武帝到病榻前探视,李夫人用被子把头蒙住说:"妾久病在床,容貌憔悴,不可见皇帝。只求陛下爱我王儿,照顾我兄弟。"

武帝很想见李夫人一面,但左说右说,李夫人就是不从,武帝急得没法,最后许愿说:"夫人只要见我一面,朕将加赐千金,并封你兄弟高官。"

李夫人仍然蒙着被子说:"赐不赐官在陛下,不在见不见臣妾。"

武帝坚持要见,李夫人竟转过身去,在被子里嘤嘤哭泣起来。武帝这才知道,不能强求了,只得怏怏离去。就这样,直到李夫人去世,武帝也未能见上她一面。

然而,因为武帝心里存着李夫人昔日的美好印象,对李夫人一往情深,曾写了《李夫人歌》、《悼李夫人赋》、《落叶哀蝉曲》等数篇歌赋来寄托哀思。这些诗歌和辞赋,情真意切,至为感人。请看脍炙人口的《落叶哀蝉曲》:

罗袂兮无声,玉墀兮尘生。
虚房冷而寂寞,落叶依于重扃。
望彼美之女兮,安得感余心之未宁。

这首诗的大意是:啊,多久没有听到你穿着丝罗衣衫走来的声音了!玉石台阶上已落满灰尘;紧锁深闭的庭院，铺满落叶。我独自一人守着空房，多么寂寞冷清；日夜翘首望着佳人啊！怎么才能让她知道我的心终日不宁？据说这首诗是武帝一年秋天泛舟昆明池（今陕西西安南）上，想起《诗经》中"所谓伊人，在水一方"的诗句，不禁吟咏而成。当晚，他夜梦李夫人，两人悲苦万分。武帝惊醒，不见人影，唯有枕边香气犹存，更加心摧肠断，不胜感伤。

却说武帝用皇后礼安葬李夫人后，便考虑给他的哥哥李延年封官的事。当时，武帝希望长生不死，正迷惑于鬼神，热衷于祭祀，需要大量的祭祀礼乐，于是便建立了专门机构"乐府"，命李延年任协律都尉，具体负责管理乐府的各项工作。

李延年本就来自民间，熟悉并热爱各地民歌和民乐。他领导乐府工作期间，除注意收录帝王将相和文人士大夫创作的诗歌外，还特别注重采集各地的民间诗歌。他上任伊始，便立即挑选了数十名粗通音律、文字，且年轻力壮的"征歌郎"，让他们骑上快马，带着行囊，风尘仆仆地到各地采集民歌民谣。

这一天，太阳刚刚升起一竿子高，一位年轻的"征歌郎"已赶路几十里，策马来到了黄河边。他姓霍，排行第四，长安人氏，本是未央宫前的值殿羽林郎，只因生性活泼，喜爱歌舞,被李延年看中,选他当了征歌郎。

当下,霍四郎勒马黄河岸边,眼前的黄河水波涛滚滚,在晨曦薄雾中闪烁着片片金光,刺得人睁不开眼,只觉得天水难分,一派茫茫。正在四处张望,寻觅渡口,忽然传来一阵悲切的歌吟之声,霍四郎眼睛一亮,凝神静听,原来声音传自不远的村落之中。于是,他扬鞭纵马,寻声而去。

绕过一片树丛,霍四郎进入村中,只见打麦场上,有一棵枝繁叶茂、形如巨伞的大树。树下数十名男女围成一圈,正在听一位衣衫褴褛,须发皆白的老汉,手抚丝弦,凄婉吟唱。

老汉唱到:兵荒马乱,战火纷飞,一场攻城战结束后,尸骨遍野,无人掩埋,于是活人只好沉痛哀求乌鸦在啄食尸体之前,为死难战士悲鸣哀号,算是举行招魂仪式。原来,老汉唱的是当时一首流行很广的民歌《战城南》。这首民歌,触目惊心地暴露了昏庸统治者穷兵黩武的残忍,及其给人民带来的深重灾难。霍四郎早被歌声打动,泪水在眼眶里直转,直到老汉唱完,众人唏嘘之际,才想起自己职责,连忙拿出录写工具,将歌词一一记下。

霍四郎还没有将歌词全部记完,只见两位素净村姑,在旁边妇女的怂恿下,走到场中,扬声唱道:

> 小麦青青大麦枯，谁当获者妇与姑。
> 丈夫何在西击胡？吏买马，君具车，
> 请为诸君鼓咙胡。

这首《小麦谣》，歌吟长期征战，发兵太多，男人都被征去当壮丁，农事竟全由妇女来承担；而官吏们却只是做些"买马"、"具车"的事，并不像老百姓一样去舍命打仗；老百姓怨声载道，气愤不平，却不敢言语（"鼓咙胡"就是把话咽住，不敢说出）。这首歌谣，揭露了战争对生产的破坏，更表现了人民对战争的诅咒和不满。

两位村姑刚下场，又一位老汉拄着拐杖，踉踉跄跄地向前走了几步，咳嗽几声，清清嗓子，声音沙哑地唱起：

> 十五从军征，八十始得归。
> 道逢乡里人，家中有阿谁？
> 遥望是君家，松柏冢累累。
> 兔从狗窦入，雉从梁上飞。
> 中庭生旅谷，井上生旅葵。
> 舂谷持作饭，采葵持作羹。
> 羹饭一时熟，不知贻阿谁。
> 出门东向望，泪落沾我衣。

这首《十五从军征》，吟咏一位战士，十五岁应征入伍，八十岁才得以返乡，但回家一看，亲属已经死尽，家园成了废墟；采些野谷野葵煮羹做饭，可是饭熟了又难以下咽，因思念亲人，出门眺望天边，眼泪禁不住簌簌直流，以致湿透衣襟。

这首诗无一奇字奇句，朴实自然，却相当感人。《汉书·贾捐之传》说当时社会状况，"军旅数发，父战死于前，子斗伤于后，女子乘亭障，孤儿号于道，老母寡妇，饮泣巷哭"。《十五从军征》对当时战争给人民带来的灾难，可说作了相当真实有力的表现。

霍四郎听得十分动情，他没想到今日顺道而过的村庄，会流传这许多歌谣，当天便留宿村中，遍访乡民，细细询问，将众人所唱歌辞，一一录下。第二天清晨，霍四郎才收拾行囊，告别乡亲，东渡黄河，继续赶路，采集歌谣。

光阴似箭，转眼数月过去，各路赴民间采集歌谣的使者，纷纷回到京城长安。协律都尉李延年组织人手，将"征歌郎"们收集到的各地民歌俚曲，挑选整理，删改加工，共得百余篇，分类抄于丝帛之上，呈送武帝过目。

随后，李延年又选出《陌上桑》、《悲歌行》、《上邪》、《孤儿行》、《艳歌行》、《白头吟》等十来篇，亲自修订谱曲，组织乐府歌女精心排练，准备在良辰吉日或茶余饭后，为武帝消遣表演。

这天,风和日暖,碧空如洗,上林苑御花园里的演出台上,丽人云集,歌声缭绕。汉武帝高坐皇位,在平阳公主和一些大臣陪同之下,观看李延年组织的乐府演出。

第一个表演的节目是《陌上桑》,这是一个轻松活泼的喜剧性的对唱。伴随着一阵轻快的鼓乐声,一个年轻漂亮的女子,踏着碎步,走上场来。她迈着婀娜多姿的步子,边走边唱:

> 日出东南隅,照我秦氏楼。
> 秦氏有好女,自名为罗敷。
> 罗敷喜蚕桑,采桑城南隅。
> 青丝为笼系,桂枝为笼钩。

这几句诗所描绘的景象,如同今日电影中的特写镜头一般,依次送入人们眼帘这样的画面:明媚的春天——姣好的女子——采桑的纤手——精致的桑篮。这里,虽然没有具体的人物刻画,但罗敷那勤劳能干、充满活力的美好形象,已经活跃在人们面前了。

然而,作者描绘人物的高超技巧还不在这里,而在于巧妙地运用烘云托月的手法,写出了罗敷惊人的美丽。罗敷身

穿长花裙,脚踏青丝鞋,头饰坠马髻,耳悬翠明珠,如仙女下凡,光彩夺目。道旁田边的人见了她,都禁不住向她行注目礼:

> 行者见罗敷,下担捋髭须。
> 少年见罗敷,脱帽著帩头。
> 耕者忘其犁,锄者忘其锄。
> 来归相怨怒,但坐观罗敷。

　　武帝听到这儿,连声叫好,笑着对站在身旁的李延年说:"这几句歌词,和你的那首'北方有佳人'有异曲同工之妙——赞颂丽人之美,并不实写她的容貌,而写各种人见到丽人后,为其美貌所倾倒的种种举动,以此来渲染丽人姿色,实在令人赞叹!"

　　坐在武帝旁边的平阳公主接着道:"皇弟所言甚是!这位罗敷,行路人见了放下担子,对她注目而视;少年人见了脱帽重整发巾,以引起她的注意;耕田人见了忘了犁田,锄地人见了忘了锄地;耕田锄地者回家后都互相埋怨,只因贪看罗敷,把农活都耽误了。如此写来,不仅罗敷的美丽自然见出,而且因为刻画了各种人的不同神态,也使歌辞增添了生动活泼之效果。"

李延年躬身施礼,感谢武帝和平阳公主的夸奖。

正在此时,乐声突变,只见演出台上一端,忽然烟尘滚滚,本城太守在随从的簇拥下,骑马奔驰而来,路过罗敷身边,太守疑是仙女下凡,连忙勒马,命随从邀罗敷与他同载而归。

罗敷闻言,脸色一变,正色说道:"使君[3]一何愚,使君自有妇,罗敷自有夫!"这三句诗的意思为:太守你怎么这样愚蠢!你有自己的妻子,罗敷有自己的丈夫,怎么能和你一起走呢?

太守见随从未能使罗敷就范,忍不住跳下马车,踱到罗敷面前,上下打量着她,带着威胁的口气说:"姑娘,难道你不知道我就是本城的太守吗?"

罗敷轻蔑地笑着说:"太守算得什么?我的夫君更高贵!"接着,她便一一夸赞自己丈夫的事业和才貌,说他相貌堂堂美须髯,举止从容有风度,学问广博通六经,武艺精湛盖八方;说他十五岁步入官场,二十岁当上大夫,三十岁位居侍中,四十岁出镇一方(东方千余骑,夫婿居上头……十五府小吏,二十朝大夫,三十侍郎中,四十专城居)。

罗敷借夸赞自己的丈夫,机智地反击了太守的无理要求,显示了弱小女子的智慧和胆识,也使罗敷形象从外表到内心更加完美动人。太守越听越不是滋味,没等罗敷说完,就带着人马灰溜溜地走了。看着他们的狼狈相,武帝和在场观赏的人都开心地笑了。

接下来,一位游子缓步登台,表演《悲歌》的内容。

两汉时期,由于徭役、赋税、灾荒等逼迫,下层人民常常不得不背井离乡,漂泊流浪。他们在外乡的生活一般非常艰苦,但因各种条件的限制,还乡又难以办到,甚至根本没有还乡的自由,因此汉乐府中的"游子思乡"之作,多深沉悲凉,凄婉哀痛。《悲歌》的饰演者是一位中年汉子,他背个包袱,牵着孩子,一步三回头,哀怨唱到:

> 悲歌可当泣,远望可当归。
> 思念故乡,郁郁累累。
> 欲归家无人,欲渡河无船。
> 心思不能言,肠中车轮转。

欲归无计,心情沉痛,只好以悲歌来代替哭泣,以远望来代替归乡。由于思念故乡,愁闷异常,整个人都变得萎靡不振了。然而,"欲归家无人,欲渡河无船",这实质上是说自己已到了无家可归、要归也不可能的境地。无可奈何,愁思难遣,只能让它像车轮似的在肠中回环转动。社会大动荡时期民众的颠沛流离之苦,无家可归之痛,以及渴望安宁之情，在这首乐府歌辞里都表现得异常深切和感人。

众人还沉浸在悲切的气氛里，忽然，一阵悠扬、婉转的乐声徐徐升起，一对青年男女，情意绵绵，携手上场，互表爱慕之心。台上台下，洋溢着一片甜美的情感。临到告别之时，双方不忍分手，尤其是那年轻女子，热情大胆，高声唱道：

> 上邪！我欲与君相知，
> 长命无绝衰。
> 山无陵，江水为竭，
> 冬雷震震，夏雨雪，
> 天地合，乃敢与君绝！

这是一个女子对爱情的率直表白，开头"上邪"（天啊）一句，便先声夺人，接着表达了长久相爱的愿望后，一口气连举了五件事来发誓，说除非山峰崩塌，江河干枯，冬天打雷，夏天下雪，天地毁灭，她对他的爱情绝不会终止。这首诗奔放粗犷，充溢着火一样的激情，确为情诗中难得的佳作。

却说汉武帝看了这些节目，称赞歌辞内容，夸奖精湛表演，当场下诏褒赏李延年等人。他还吩咐将这些节目刻于竹简，抄于丝帛，永存乐府，流传后世。

汉代乐府诗，本来非常丰富。据《汉书·艺文志》记载的篇目，仅西汉时期的乐府民歌就达一百三十八首之多。可惜的是，历经两千年兵火劫难，现存的两汉（东汉和西汉）乐府民歌，总共加起来不过三十多首。但仅这三十余首诗，就以丰富的思想内容和高超的艺术技巧，相当深广地反映了当时的社会生活，具有较高的历史价值和艺术价值。

汉乐府民歌在艺术上的重要贡献，是把中国的叙事诗发展到了一个新阶段。

汉代以前，中国的诗歌多半是抒情诗，叙事诗不但数量非常有限，佳作更是寥若晨星。但在汉乐府民歌里，叙事诗却占了主导地位，同时具有较强的艺术性。其中不少作品精心剪裁，巧妙安排，或抓住精彩场面，或选取曲折情节，或描述完整故事，或截取生活片断，塑造出一些性格鲜明的人物形象。还有一些作品善于在对话中刻画人物，发展矛盾，表现主题，既增强了诗歌语言的生动性，又有助于把人物写得神情毕肖，收到如闻其声，如见其人的效果。至于比兴、烘托、夸张、拟人等表现手法，在汉乐府诗歌中更是运用灵活，屡见不鲜了。

汉乐府诗歌以五言为主，兼有七言及杂言。与先秦传统的四言诗比较，以五言为主的汉乐府歌辞，可谓是一种新声或新体。它大体经历了从民间诗歌到文人创作，从长短不一的杂言到整饬的五言的发展过程，其间文人的加工和创作，促进了五言诗的成熟。

由此可说，汉乐府民歌的采集和整理，孕育了五言诗的诞生；或者说，五言诗起源于汉乐府，正如四言诗脱胎于《诗三百》。五言诗比四言诗虽然只多了一个字，却是诗体的一大进步。五言与四言相比较，在叙事或抒情上，较多回转周旋的余地；在音律协调上，较多变化而不板滞。这使得诗歌便于表现更加复杂的事物和情感。这也是文艺随着社会生活的演进而发展的重要表现。

汉乐府民歌的风格并不是单一的，有的质朴明朗，有的深情婉转，也有的慷慨悲歌，但它们又都有清新自然这一总体风格特征。所谓清新自然，是指这些诗歌没有雕凿浮华的痕迹，而是信笔写来，浑然天成。它们新鲜、活泼、平易、通俗，千百年来一直为人民大众喜闻乐见，也深刻地影响了文人文学的创作发展。

从建安时期曹氏父子及王粲、陈琳等采用乐府旧题，注重描写社会离乱的诗篇上；从唐朝白居易、元稹倡导"新乐府运动"，大写"为事而作"的社会诗上；直到晚清诗人黄遵宪模仿乐府体制，创作《台湾行》、《哀旅顺》等诗作上，都可以清晰看到它们与汉乐府民歌一脉相承的关系。汉乐府民歌对后代文学的久远影响和惠泽，由此可见一斑。[4]

刘兰芝殉身赴清池

汉乐府民歌,一般都篇幅短小,叙事简洁;但其中有一首诗歌,却如平地凸起一座高山,竟长达三百五十七句,一千七百八十五字。如此宏篇巨制,不仅在汉乐府民歌中首屈一指,就是在整个中国古代诗歌史上,也属第一叙事长诗。

这首诗,就是我国古代叙事诗中最伟大的诗篇之一——《孔雀东南飞》。

《孔雀东南飞》最早见于南朝徐陵选编的诗歌集《玉台新咏》,原题为《古诗为焦仲卿妻作》。后人多取诗作的首句为题,名之为《孔雀东南飞》。这首诗的前面,有一段小序:

> 汉末建安中,庐江府小吏焦仲卿妻刘氏,为仲卿母所遣,自誓不嫁,其家逼之,乃投水而死。仲卿闻之,亦自缢于庭树。时人伤之,为诗云尔。

从这篇简短的小序里,我们可以知道:《孔雀东南飞》大致创作于汉献帝建安年间(公元196—220年),叙述的是当时庐江府(今安徽庐江一带)一桩实有其事的婚姻悲剧,其男女主人公是庐江府小吏焦仲卿和他的妻子。诗作开始可能由一人写出蓝本,在民间流传中被不断加工完善,后来由于作者佚名,所以记为"时人伤之,为诗云尔"(当时人感伤这件事,作诗歌咏它)。

《孔雀东南飞》通过描写焦仲卿和刘兰芝婚姻悲剧的过程及原因,控诉了封建礼教的罪恶,歌颂了对爱情忠贞不渝的品格。女主人公刘兰芝是个勤劳、善良、能干、美丽的女子。"十三能织素,十四学裁衣,十五弹箜篌,十六诵诗书。"十七岁长大成人,嫁给焦仲卿,夫妻俩互相恩爱,情深意笃。

在焦家,刘兰芝一面"奉事循公姥,进止敢自专?"(干什么事都顺着公婆的心意,进退举止哪里敢自作主张);一面"鸡鸣入机织,夜夜不得息"(每天早上鸡一叫就到机房去织布,一直织到深夜都不得休息)。

然而,对于这样一个好媳妇,焦母还是对她故意挑剔指责:"三日断五匹,大人故嫌迟","此妇无礼节,行动自专由"。面对焦母的虐待,刘兰芝在忍无可忍之下,终于向丈夫申诉道:"非为织作迟,君家妇难为。妾不堪驱使,徒留无所施。便可白公姥,及时相遣归。"(其实婆婆并非嫌我织得慢,而是有意为难我,你家的媳妇真太难当了。我实在不能胜任婆婆的驱使,徒然留在这里也没有用。你可以禀告婆婆,趁早把我休弃回家吧。)

在封建社会，被男人休弃是一个女子最羞愧和最伤心的事。但刘兰芝在告别婆婆的时候特意打扮得整整齐齐、漂漂亮亮：

足下蹑丝履，头上玳瑁光。
腰若流纨素，耳著明月珰。
指如削葱根，口如含朱丹。
纤纤作细步，精妙世无双。

这里，表面是写刘兰芝的衣着打扮和美丽非凡的仪表，实际上曲折地反映了她不忍离去，反复拖延的复杂心情。这种心情，从她告别婆婆和小姑子时的不同表现上，可以明晰见出。且看她告别婆婆时的态度：

上堂拜阿母，母听去不止。
昔作女儿时，生小出野里。
本自无教训，兼愧贵家子。
受母钱帛多，不堪母驱使。
今日还家去，念母劳家里。

"还家"明明是婆婆所逼,却把责任全揽到自己身上,不卑不亢,从容镇定,显示了坚强豁达的气度。然而,当她向小姑子告别时,情形就大不一样了:

> 却与小姑别,泪落连珠子:
> "新妇初来时,小姑始扶床;
> 今日被驱遣,小姑如我长。
> 勤心养公姥,好自相扶将。
> 初七及下九,嬉戏莫相忘。"
> 出门登车去,涕落百余行。

还未说话,眼泪就倾泻下来,表现了她对被遣归的痛苦和对小姑的依依不舍之情。叮嘱小姑殷勤侍奉父母,好好照顾自己,要小姑子在过乞巧节和阳会节嬉戏时,不要把她忘了。这既反映了她知情知礼,贤惠善良的美好品格,又体现了她被遣回家,强忍巨大悲痛的内心凄苦。

谁知回到家里,更大的不幸在等着她。性格暴躁、贪图钱财的兄长,逼她改嫁太守的儿子,屡次拒绝不成后,她深感自己的命运再也没有回旋的余地。所以,她既不哀求,也不争辩,表面平静地装做顺从,内心却决定以死来表示最后的抗议。这个决定除告诉丈夫焦仲卿外,瞒过了一切人,因而不曾遭到任何阻挠。"揽裙脱丝履，举身赴清池"，从容不迫地实现了自己誓死反抗的计划。正是这样外柔内刚的性格和坚定倔强的精神，使刘兰芝成为中国古典文学中，最为光辉灿烂的女性形象之一。

焦仲卿是作者刻意塑造的另一人物形象。他和刘兰芝出身于贫民之家不同，从小在破落的大家庭里长大，因而受封建礼教的影响较深。守礼尽孝，文雅懦弱是其主要性格特征。所以，在母亲和妻子的冲突中，他左右为难，一筹莫展；但他心中自有是非，始终忠于爱情。当他得知母亲决意要把刘兰芝遣归娘家时，便跪在母亲面前，以求母亲回心转意，并发誓道："今若遣此妇，终老不复娶。"谁知母亲竟"捶床便大怒"，斥责他"小子无所畏，何敢助妇语！吾已失恩义，会不相从许！"

最后焦仲卿没有办法，只得屈从母意，将刘兰芝送回娘家。但临别时他仍海誓山盟，不久就将她再接回来："誓不相隔卿，且暂还家去，吾今且赴府。不久当还归，誓天不相负。"正是有这种感情基础，当他得知刘兰芝以死殉情的决心后，终于摆脱了封建礼教的枷锁，不顾母亲的威逼和劝诱，"徘徊庭树下，自挂东南枝"，也走上了以死来反抗封建礼教的道路。

在中国封建社会里，男子地位远高于女子，封建礼教也

总是单方面要求女子忠于男子，因此在古代文学作品中，痴心女子负心郎的故事特别多。这些在早期诗歌里，如《诗经》中的《氓》、《谷风》，汉乐府里的《有所思》、《怨歌行》等，无不如此。而《孔雀东南飞》中的男主人公焦仲卿，自始至终忠于爱情，并为此殉情而死，这就显示出这一艺术形象独特的思想和艺术价值。

至此，人们不禁要问：刘兰芝是个勤劳聪明、美丽能干的女子，为什么竟为焦母所不容？焦仲卿与刘兰芝感情深挚，为什么竟无法阻抗焦母对妻子的驱遣？刘兰芝的哥哥为什么不同情妹妹的不幸遭遇，反复逼她再嫁？而刘兰芝为什么竟不能留在自己的娘家，在其兄的逼迫下只有走上绝路？这种种问题，归结到一点，就是专横的封建家长制度和封建礼教对妇女的摧残，焦仲卿和刘兰芝婚姻悲剧的根源，即在于此。

《孔雀东南飞》代表了汉乐府民歌的最高成就。这不仅仅表现在它具有深刻的思想主题，同时也表现在它兼收并蓄了汉代乐府诗的各方面技巧，并在不少地方有自己的创新和突破。

总的来说，汉代乐府诗由于篇幅所限，人物形象塑造一般都是简笔勾勒，缺乏鲜明的个性，故事情节相对比较简单，描写的多半是生活的某一场面或者某一短暂时间内发生的事情。而《孔雀东南飞》就不同了，它详细而具体地写出了一个封建家庭悲剧的发生、发展和结局的全部过程，并附带写了刘兰芝出嫁前的情况和悲剧发生后的影响。

在人物描写上，《孔雀东南飞》虽然受真人真事的限制，但不论是个性化的对话设计、行为举止的刻画，或环境景物的衬托渲染等，都远比其他乐府诗高明和成熟得多。正是如此，它成功地塑造出了几个各具特征、栩栩如生的艺术形象，如刘兰芝的勤劳善良和坚贞不屈，焦仲卿的忠厚懦弱和笃重情感，焦母的专横泼辣和顽固狭隘，刘兄的暴躁横蛮和趋炎附势，等等，无不写得个性鲜明，神情毕肖。

诗篇虽然描述人物多，时间跨度大，但结构完整紧凑，剪裁繁简得当。它对事情发生的时间地点、人物的身份性格、情节的发展变化、各种情景和对话的转换衔接等，不仅安排得井然有序，非常清楚，而且层层推进，上下连贯，首尾呼应，浑然一体。

整个诗篇从两条线展开叙述：一条是刘兰芝和焦仲卿同封建家长的矛盾对抗，另一条是他俩情深意笃、忠贞不渝的爱情。前者既是产生悲剧的原因，也直接导致了悲剧的结局。后者则以刘兰芝和焦仲卿的惨死，突出和深化了反对封建礼教的主题。这两条线相互紧密交织，彼此冲突发展，使全诗跌宕起伏，环环相扣，引人入胜，感人至深，在叙事诗艺术上达到了很高的境界。

最后,诗篇以一段美丽而富有神话色彩的描写结尾:

两家求合葬,合葬华山傍。
东西植松柏,左右种梧桐。
枝枝相覆盖,叶叶相交通。
中有双飞鸟,自名为鸳鸯。
仰头相向鸣,夜夜达五更。
行人驻足听,寡妇起彷徨。
多谢后世人,戒之慎勿忘。

刘兰芝和焦仲卿,他俩在封建礼教的迫害下殉情而死了,但种植在他俩墓旁的松柏和梧桐,却交枝接叶,恩爱相扶;其中的鸳鸯,成双成对,仰头相向,日夕和鸣。这是人民群众用幻想的方式,来象征刘兰芝和焦仲卿爱情的不朽,来表达对他俩的无限赞美,同时也告诫后人吸取教训,不要让类似的事情再次发生。

诗篇写的是一出悲剧,但它又是一首颂歌——歌颂了忠贞爱情的美好心灵,更歌颂了对封建礼教的大胆反叛和对理想生活的执著追求。这里,从内在精神到表现手法,诗篇又显示出强烈的浪漫主义色彩。这种浪漫主义色彩和前面的现实主义叙事相结合,使诗篇更加完美动人,更加富有艺术魅力。

与《孔雀东南飞》相呼应，到了南北朝时期，中国北方产生了另一首长篇叙事诗《木兰辞》。这首诗创作于民间，歌吟青年女子花木兰，女扮男装，代父从军，建立功勋后不愿做官，只愿回家团聚的故事。诗篇用拟问作答来刻画心理活动，用铺张排比来描述行为情态，语言清新，形象生动，代表了北朝乐府民歌的最高成就，对后世影响非常深远。[5]

[1]"夫人"，古代帝王的妾。
[2]一个时辰，合现在的两小时。
[3]"使君"，东汉时对太守或刺史的称呼。
[4]主要参考资料：《汉书·艺文志》、《汉书·李延年传》、《乐府诗选》、《古诗源》、萧涤非《汉魏六朝乐府文学史》。
[5]主要参考资料：《玉台新咏·古诗为焦仲卿妻作》、费锡璜《汉诗说》、萧涤非《汉魏六朝乐府文学史》。

【第6回】

曹操观海遗名篇
曹植逃生展捷才

曹操观海遗名篇

东汉末年,京城洛阳那高高城墙上,荆棘杂草丛生,好几处岗楼在风雨的侵袭下,已破败不堪、东崩西塌了。这残破的城墙,象征着东汉王朝已濒临穷途末路的边缘。

当时的洛阳城,分东西南北四个部。每部有一个负责治安的官员,叫作"尉"。在洛阳城里,除平民百姓外,皇亲国戚、宦官豪强,哪个没有通天的本事,他们都不把部尉这样的小官放在眼里。

汉灵帝熹平四年(公元175年)的一天,洛阳北部尉的衙门前,一改往日冷清景象,许多人摩肩接踵,都挤在一起争着看一张措辞强硬的《夜禁令》:"为维持城北治安,禁止夜行。如有违犯者,不论平民权贵,一律用五色棒严惩不贷。"下面赫然署名是"洛阳北部尉令"。

看着这条禁令,大家都七嘴八舌地议论开来:

"这新部尉是谁?一到任就出了这道禁令,来头可不小哇!"

"看这衙门两边挂的五色大棒,根根有碗口粗,谁要是挨上几十下,准一命呜呼!"

"唉，就怕新部尉也和老的一样，棒子只敢往老百姓身上打，对那些有权有势的，毫毛也不敢碰一根啊！"

"此言差矣，"正在衙门口巡视的一个小吏，闻声走过来说道，"咱们新来的部尉，大名叫曹操，字孟德，小名阿瞒，沛国谯县（今安徽亳州）人。他出身于官宦之家，父亲曹嵩曾当过司隶校尉（纠察京师百官违纪的官职）、大司农（掌管国家租税、财政收入的官职）等高官。别看他今年才二十岁，但聪明机警，办事果敢，从来说一不二。谁要是犯在他手上，不管是多大的官，准跑不了！"

果然，一天曹操亲自巡夜，碰上了大宦官蹇硕的叔父，带领一伙宾客，持刀破门，意欲强抢民女。曹操不由分说，命兵士把他抓到衙门里。这蹇硕的叔父倚仗侄儿在朝廷的权势，蛮横狡辩，哪里肯服法？曹操向来不畏权势，见他这样，更加火冒三丈，一声令下，五色大棒高举，噼里啪啦一阵痛打，目空一切、作恶多端的蹇硕叔父，竟当场被活活打死了。

消息传开，平时骄横的豪强们，无不胆战心惊。曹操也在一夜之间名扬京师，成了家喻户晓的人物。

黄巾起义后，曹操任骑都尉，在镇压起义军中壮大了自己的实力。初平元年（公元190年），他参与讨伐董卓之乱，从此走上逐鹿中原的战场。

面对当时天下大乱，军阀混战的时局，曹操运用巧妙的政治策略，施展高超的军事手段，空手起家，东征西讨，打败了许多实力远远超过他的对手。他当时采取的办法是"挟天子以令诸侯"，即把汉献帝控制在手里，自己想消灭谁，就说是奉皇帝之命去讨伐罪人。对于这一点，他的对手非常气愤，骂他"名为汉相，实为汉贼"。

曹操从小工于心计，善用谋略。他父亲在朝中做官，公务繁忙，就托弟弟对他多加管教。曹操不服叔叔的管束，并不当面跟他顶撞，而是想鬼点子离间父亲和叔叔的关系。

一天，曹操正在玩耍时，见叔叔远远走来，就扑通一声摔倒在地，口吐白沫。叔叔以为他中风了，慌忙跑去告诉他父亲曹嵩。等到父亲赶来，曹操却玩耍如初，一点事儿也没有。

曹嵩问他："刚才叔叔亲眼看到你中风倒地，怎么这么快就好了？"

曹操委屈地说："叔叔一向不喜欢我，到你那儿瞎说。你看我不是好好的吗？哪里犯了什么中风？"

曹嵩信以为真，以后弟弟再说曹操的不是，他就当耳边风，不予理睬。而曹操从此则可以放心大胆地爱做什么就做什么，再也不怕叔叔来管教他，或者到父亲那里去告他的状了。

曹操在争夺天下的战场上，更是善用计谋，把分化瓦解敌人的手段发展到了极致。当时他的对手很多，不少人的力量远远超过他。但他善于针对各方的特点，利用各种矛盾，分轻重缓急，有的以打为主，有的以拉为主，有的先打后拉，有的先拉后打；有时直接与对手交锋，有时坐山观虎斗，最后坐收渔利……就这样，他的对手终于一个个被吃掉或被赶跑，他逐步统一了中国北方地区。

赤壁之战，曹操虽然被打败，八十三万大军，只剩下二十七骑，但他在逃命之际，却不失英雄本色，众人皆惶惶垂泪，唯独他反省之时仍哈哈大笑，显示了一种领袖风采和大将风度。

魏、蜀、吴三国鼎立的局面形成后，曹操发展生产，广揽人才，严明法纪，富国强兵，通过采取一系列有效措施，有力地推动了社会的发展。

曹操不仅是中国历史上著名的政治家和军事家，还是一个杰出的文学家。《三国志·武帝纪》说曹操："创造大业，文武并施，御军三十余年，手不舍书，昼则讲武策，夜则思经传，登高必赋，及造新诗，被之管弦，皆成乐章。"范文澜在《中国通史简编》中也说："曹操是拨乱世的英雄，所以表现在文学上，悲凉慷慨，气魄雄豪。特别是四言乐府诗，立意刚劲，造语质直，《三百篇》以后，只有曹操一人号称独步。"

汉献帝初平元年（公元190年）春，关东（函谷关以东）各州郡起兵讨伐董卓，但在盟津（今河南孟县）会师后，除曹操率部奋勇拼杀外，其余诸路豪强各怀私心，都想保存实力，因而临阵不前。后来，渤海太守袁绍、淮南尹袁术等军阀，为了争权夺利，又自相残杀，弄得中原大地田地荒芜，蒿草丛生，生灵涂炭，一片凄凉。

曹操在征战途中，目睹这种惨景，悲愤万分，禁不住吟咏了一首乐府古题《蒿里行》：

> 关东有义士，兴兵讨群凶。
> 初期会盟津，乃心在咸阳。
> 军合力不齐，踌躇而雁行。
> 势利使人争，嗣还自相戕。
> 淮南弟称号，刻玺于北方。
> 铠甲生虮虱，万姓以死亡。
> 白骨露于野，千里无鸡鸣。
> 生民百遗一，念之断人肠。

这首仅仅八十字的短诗，极其简练、概括地描绘了当时军阀混战产生的原因及后果，把当时白骨遍野、千里无人的惨景凸显在人们面前，表现了诗人同情人民，伤时悯乱的情感。明代钟惺说它是"汉末实录,真诗史也",可谓精当之论。与该诗内容相联系的《薤露》,沉痛控诉了朝廷执政者的昏庸无能,真实描绘了洛阳在董卓群凶焚掠下的悲惨状况,苍凉凄楚,感人至深,可说是《蒿里行》的姐妹篇。

建安十三年(公元208年),曹操彻底打垮了袁绍在河北的主要军事力量后,决心北征乌桓[1]。这年八月,曹军和乌桓军队在白狼山(今辽宁喀喇沁边区)相遇。曹操登山察看军情,见敌军阵容不整,松弛散漫,乃命大将张辽为先锋,许褚、徐晃、于禁等一班猛将紧随其后,以摧枯拉朽之势,冲入敌阵。乌桓军没想到曹军竟有如此雷霆万钧之力,队伍顿时大乱,死的死、逃的逃、降的降,曹军大获全胜。

在凯旋而归的途中,大军抵达渤海之滨的碣石山(位于今河北昌黎北),曹操想到秦始皇、汉武帝都曾来到碣石山,观海刻石,如今自己统领远征胜利之师经过这里,自然不可错过机会。于是,他甲衣不解,征尘未洗,便登临碣石山,东望大海。迎着瑟瑟秋风,远眺浩淼无垠的海洋,曹操不禁诗兴大发,吟咏出千古名篇《步出夏门行》之一《观沧海》:

东临碣石,以观沧海;
水何澹澹,山岛竦峙。
树木丛生,百草丰茂;

秋风萧瑟，洪波涌起。
　　日月之行，若出其中；
　　星汉灿烂，若出其里。
　　幸甚至哉，歌以咏志。

　　曹操站在碣石山的顶峰上，只见山岛耸立，草木茂盛，海风呼啸，浪涛飞涌，茫茫沧海，连天接地。他觉得，日出日落、月圆月缺，耿耿银河、灼灼群星，都包容和运行在壮阔无边的大海里。这气势磅礴的诗句，表面描写的是雄伟浩大的沧海景色，实际抒发的却是作者囊括宇宙，吞吐日月的豪情气概。

　　咏完这首名诗，曹操回到帐中，心潮起伏，夜不能寐。他回首往事，想到自己从担任洛阳北部尉，棒杀蹇硕叔父至今，一晃已过去三十多个春秋，其间经历了群雄逐鹿，残酷较量的艰难岁月，也做出了轰轰烈烈、惊天动地的壮烈事业。但是，瞻望前程，自己已年过半百，刘备、孙权仍各霸一方，统一中国的大业，可谓任重道远。此时此刻，他倍感人生短促、时不我待，一种老当益壮、锐意进取的豪情在胸中激荡。

　　曹操在烛光摇曳的军帐里来回踱步，突然停在案几前凝思片刻，挥笔写下了流芳百世的名诗《步出夏门行》之四《龟虽寿》：

神龟虽寿,犹有竟时。

腾蛇乘雾,终为土灰。

老骥伏枥,志在千里。

烈士暮年,壮心不已。

盈缩之期,不但在天。

养怡之福,可得永年。

幸甚至哉,歌以咏志。

人生有限,生死无情,任何英雄伟人也难免一死,但生命不息,拼搏不止的精神,却可以永存。因此,诗人抒发"老骥伏枥,志在千里;烈士暮年,壮心不已"的豪情,表现了他老当益壮,仍欲建功立业的奋发豪情。这首诗在有限生命中追求无限的存在,富有理趣,意味深长,可谓诗情与哲理结合的典范,千百年来一直为无数仁人志士击节歌咏。

曹操的另一首诗《短歌行》,也写得相当精彩。全诗共八节,开头两节说:"对酒当歌,人生几何!譬如朝露,去日苦多。慨当以慷,忧思难忘。何以解忧?唯有杜康。"诗篇开始便感慨人生短促,欲借酒浇愁,表现了诗人对时光飞逝,功业未成的深沉感慨。随后通过思念贤才,宴饮嘉宾的描写,抒发了他求贤若渴的心情。末两节写道:"月明星稀,乌鹊南飞;绕树三匝,何枝可依?山不厌高,海不厌深;周公吐哺,天下归心。"这里先以乌鹊绕树三匝来比喻贤者寻找用武之地,接着写自己要像周公一样搜揽人才,以得到天下人的衷心拥戴。

这首《短歌行》,整篇运用比兴手法,以各种形象事物,淋漓尽致地表达了诗人起伏不平、复杂多端的心情,吞吐隐约,耐人寻味,具有很高的艺术价值。

曹操的散文多是应用性文字,大致分"表"(给皇帝的上书)、"令"(公告、命令)、"书"(一般书信文章)三大类。从东汉以来,受铺陈华茂的汉赋影响,散文出现骈俪化倾向。到汉末时,一般散文多刻意辞藻,讲究对偶,注重用典。身兼政治家和文学家的曹操,十分讨厌这种文风,并身体力行地进行了改革。

他担任丞相后,明令主张:"为表不必三让,又勿得浮华。"曹操要求别人打破框框,把文章写得干脆明快,自己更是以身作则。他不论是写表、令,还是写文章,都是直抒胸臆,简洁精练。如著名的《求贤令》、《与王修书》、《让县自明本志令》等,都写得率直流畅,质朴浑重,在当时的文坛上独树一帜。鲁迅在《魏晋风度及文章与药及酒之关系》中,曾说曹操"是改造文章的祖师",这是对他崇高而又中肯的评价。

曹操在文学上的功绩,还表现在他开创了文学史上一个新的时代——建安文学时代。

"建安"是汉献帝的年号,起止时间为公元196年至220年。文学史上的建安时期,比这段时间更长一些,一直延续到魏国初年。这段时期的文学,能够在长期战乱的社会背景下得以勃兴,与曹操的重视和推动是分不开的。

曹操及其儿子曹丕、曹植,除自己创作了不少优秀作品外,还将各地有名的文人,如"建安七子"孔融、王粲、陈琳、徐幹、阮瑀、应场、刘桢及蔡琰等罗致身边,提倡文学,互相唱和,因而形成了一代文学繁荣昌盛的局面。正如刘勰在《文心雕龙·时序篇》中所说:"魏武(曹操)以相王之尊,雅爱文章;文帝(曹丕)以副君之重,妙善辞赋;陈思(曹植)以公子之豪,下笔琳琅。并体貌英逸,故俊才云蒸。"[2]

曹植逃生展捷才

魏文帝黄初元年(公元220年),刚刚当上魏王的曹丕,一天忽然把弟弟曹植召来,威严地对他说:"先王在世的时候,总夸你文思敏捷,现在我令你在七步之内作诗一首,若作不出,则行大法。"

作诗只给这么短时间,并且到时做不出来,就要杀头,这可真是天下怪事!不过,曹植听后并不慌张,站起身来,缓缓走动,不到七步,一首诗已顺口而出:

煮豆燃豆萁,豆在釜中泣。
本是同根生,相煎何太急。

烧着豆秸来煮豆子,豆子在锅中哭泣说:我们本来都从同一根上长出来,你为什么对我煎熬得这样狠急呢?这首著名的《七步诗》,巧妙地用豆秸煮豆来比喻兄弟之间的骨肉相残,发出了"本是同根生,相煎何太急"的悲愤抗议,使曹丕深感羞愧,因而免去了曹植的死罪。

曹丕对自己亲兄弟曹植如此嫉恨,是有很深原因的。曹操经过多年征战,统一中国北方以后,一直就为谁来继承他的王位而苦恼。按照惯例,他死后应是长子继位,但长子曹昂早年战死疆场,第二个儿子曹丕成了理所当然的继承人。可是,曹操认为最有才干的儿子不是曹丕,却是第三子曹植,因而多次想立曹植为继承人。这事还得从曹植作《铜雀台赋》说起。

建安十五年(公元210年)腊月里的一天,魏国都城邺城(今河北临漳西南),到处张灯结彩,锣鼓宣扬,庆祝雄

伟壮丽的铜雀台竣工建成。这天曹操异常高兴，令诸子登台，各自作赋记胜。曹操姬妾成群，儿子也多，吟诵之声，一时充溢铜雀台。

曹操坐在上座，手捋胡须，静候察看。他的目光扫过众人，停在了曹植身上。这个儿子"生乎乱，长乎军"，跟随他南征北战，长期受他的精神熏陶，很有建功立业的雄心壮志。他还多次听自己的文臣谋士说：曹植才华出众，文思敏捷，犹如神助。曹操读过他的几篇诗文，甚至不信是儿子自己所作，一直怀疑有人为他捉刀代笔。

曹操正在思索，只见曹植已搁好毛笔，站起身来，手捧绢帛，兴奋地走到他跟前说："请父王赐教。"

曹操接过绢帛，《铜雀台赋》标题映入眼帘，他满怀惊喜，低声诵读起来：

> 从明后以嬉游兮，登层台以娱情。
> 见太府之广开兮，观圣德之所营。
> 建高门之嵯峨兮，浮双阙乎太清。
> 立中天之华观兮，连飞阁乎西城。
> 临漳水之长流兮，望园果之滋荣。
> 仰春风之和穆兮，听百鸟之悲鸣。
> 天云垣其既立兮，家愿得而获逞。

> 扬仁化于宇内兮,尽肃恭于上京。
> 惟桓文之为盛兮,岂足方乎圣明!
> 休矣美矣,惠泽远扬,
> 翼佐我皇家兮,宁彼四方。
> 同天地之规量兮,齐日月之辉光。
> 永贵尊而无极兮,等年寿于东王。

这篇赋从铜雀台的巍峨雄伟,写到修建铜雀台的宏愿;从称赞铜雀台可以"扬仁化于宇内",到颂扬曹操功高天地,可与日月争辉,自然满足了曹操欲称雄天下的心愿,因而得到曹操连声夸奖:"好,好!如此神速,援笔立成,且文意辞藻俱佳,难得,难得!"

其实,曹植这篇《铜雀台赋》,只是一篇歌功颂德的应时文章,并无多大价值。但从此以后,曹操对曹植却倍加宠爱,每逢疑难,总把他招来询问,曹植也确实才高过人,各种问题,总能应声而对。裴松之注《三国志·魏书》中魏武帝的故事,就说曹操认为曹植是"儿中最可定大事"者,因而多次想立他继承王位。

不过,曹操又怕这样违反"立嫡从长"的传统惯例,引起名不正言不顺的议论,加上曹丕也天资聪明,虽然才思不及曹植,却也是个"博闻强识,才艺兼备"的英才,所以在立谁为太子这一件事上,他总是思前想后,拿不定主意。

曹操犹豫不决,一心只想称帝的曹丕自然看在眼里,急在心头。他深知父王是个最爱才的人,平常任用文武百官,向来唯才是举,而自己的才华在弟弟之下,要想在争夺王位中取胜,只有靠其他办法了。

一次,曹操的主要对手刘备,派大将关羽向曹军发起进攻,曹操准备让曹植统帅部队应战,锻炼和培养他的军事才能。不料曹丕先得到了消息,赶忙带着酒菜来到曹植住处,把曹植灌得酩酊大醉。曹操派人来叫他时,曹植正迷迷糊糊,不省人事;过一会儿再派人来催,曹植仍睡在床上胡言乱语。这使曹操很失望,只好临时委派别人领兵出征。

曹植本来是个直率随便、任性好动的人。这件事发生后,他还像原来一样,爱做什么就做什么。一天,曹操有事外出了,他在一个随从的怂恿下,竟然坐着马车在宫中驰道上乱跑,并且打开了只有皇帝才能开启的"司马门"(皇宫的外门)。这种违反宫法、大逆不道的事,自然使向来纪律严明、执法如山的曹操大为恼火。他当即下令处死了掌管司马门的警卫长官公车令,并严厉申斥曹植说:"今后我要另眼看此儿了。"

本来,曹操每次出征,文武百官到城外送行时,曹植总是满口锦绣,大讲一番称颂父亲功德的话,左右幕僚无不注目，曹操听了也是笑逐颜开。曹丕由于文采不及弟弟，在这种场合中，只好神情沮丧地站在一旁。

但现在，曹操有大事离开邺城，曹植再讲颂扬话时，曹操总觉得他辞藻华美而诚心不足，再也不像以往那样听得兴高采烈了。相反，这时曹丕倒学得更加会讨好卖乖，每次送行，他只伏在路旁，哭泣不止，左右大臣以为他特别伤心，个个叹息不止，曹操也觉得还是曹丕更诚恳实在些。结果，曹丕的计谋终于成功了。

汉献帝建安二十五年（公元220年），曹操六十六岁临终前，召集众臣，嘱立曹丕当"汉丞相"。随后，曹丕就指使亲信联名上书，要汉献帝把皇位让给他，建立了魏朝，他自己就是魏文帝。

曹丕虽然如愿以偿地登上皇位，却仍然嫉恨曹植的才华在他之上。所以他登基不久，就拉开了迫害曹植的帷幕，导演了上述"七步诗"一场戏。尽管曹植在"七步诗"事件中保住了性命，却并不能改变曹丕对他的嫉妒和怀恨。

曹丕借封地为名，把曹植和其他几个兄弟都调离京城，分别遣送到遥远偏僻地区去当王，其实是为了把他们隔离起来看管。为了防止分封到各地的弟兄们，待在一处时间长了会形成一股势力，曹丕还总是要他们换地方。曹植自然是首当其冲，短短几年里，他被迫搬迁三次，而且所迁居的地方都是偏远贫瘠的地区。

黄初七年（公元 226 年），曹丕病逝，他的儿子曹睿继位后，对曹植这位皇叔表面上很尊重客气，实际上仍然严加防范和限制。从建安二十五年到太和六年，短短十三年间，曹植被迁封六次，每到一地刚开始熟悉和习惯一点，就被迫搬迁，生活始终像浮萍一样，东漂西泊，无法安定下来。他郁郁不得志，年仅四十一岁，就英年早逝了。

曹植的文学创作，以曹操病逝，曹丕继位为界，可分为前后两个时期。前期作品格调高昂、热情豪放，多是抒发少年壮志的诗歌。如代表作《白马篇》，通过描写一个武艺高强、勇敢杀敌的"游侠儿"的形象，赞颂了胸怀大志、建功立业的精神。诗篇最后写道："弃身锋刃端，性命安可怀。父母且不顾，何言子与妻。名编壮士籍，不得中顾私。捐躯赴国难，视死忽如归"，字里行间洋溢着为国献身的壮烈情怀。这样豪迈的诗句，表现了作者积极进取的精神，是诗人前期创作中一些好诗的特色。

然而，这种高昂雄放的调子，在曹植的后期作品中消失了。这期间写的《赠白马王彪》、《野田黄雀行》、《七哀诗》、《怨歌行》、《吁嗟篇》等，都是抒发怨愤、感叹世道艰辛的作品。请看《野田黄雀行》：

> 高树多悲风，海水扬其波。
> 利剑不在掌，结友何须多？
> 不见篱间雀，见鹞自投罗？
> 罗家得雀喜，少年见雀悲。
> 拔剑捎罗网，黄雀得飞飞。
> 飞飞摩苍天，来下谢少年。

这一诗篇，曹植以少年拔剑捎网，解救黄雀为喻，抒发了自己无力解除朋友危难的悲愤情绪。曹丕当上魏王后，迫害曹植的第一件事，就是杀害他的两个心腹好友兼谋士丁仪、丁廙兄弟。诗的开端，"高树多悲风，海水扬其波"，以壮阔自然景象的变化，来写时势的重大变故。接着诗人感叹自己手中无权（利剑），不该结交朋友，以至朋友遇难时，不能像少年那样拔剑捎网，解救朋友危难。这首诗和"七步诗"一样，设喻巧妙浅显，语言自然朴素，情感真挚动人，向来为人们传诵。

黄初四年（公元223年）正月，曹丕曾让分封到各地的兄弟们，到京城来聚会一次。但就在这期间，他把一个弟弟曹彰毒死了。曹彰性格率直，勇猛强悍，长着浓密的黄胡子。曹操在世时，对这个"黄须儿"很喜欢，曾派他领兵出征北方，大获全胜。曹彰同曹植关系极好，在继承人问题上也是站在曹植一边的。

对这样一位兄弟,曹丕当然是又恨又怕。于是曹彰入京后,他假装很热情,请他共同下棋,旁边摆着一盘红枣。这枣有的下了毒,做了记号。曹丕专挑没毒的吃,但曹彰却吃了不少毒枣,当即就倒下了,结果中毒身亡。骨肉兄弟之间难得的一次京城聚会,变成了一场令人不寒而栗的惨剧,自然不欢而散。

曹植返回自己封地时,本可以同另一弟弟曹彪同行一段路,顺便叙谈一番。可是,曹丕派去监视和管束他们的"监国使者",却不允许他俩同行。对此,曹植非常沉痛和悲愤,写下了脍炙人口的《赠白马王彪》一组诗。

《赠白马王彪》是曹植后期诗歌的代表作,全诗共有七首,是首尾相连的联章。开始,诗人表白他对京城的依恋,由于怀念京城,所以归途感到特别艰苦。但这种旅程的艰苦并不难克服,最难处置的是曹丕爪牙对他们的伤害。于是,他在第三首里痛斥这些爪牙:"鸱枭[3]鸣衡轭,豺狼当路衢。苍蝇间白黑,谗巧令亲疏。"这里,曹植控诉曹丕的爪牙,像鸱枭在马车上鸣叫,给人带来灾难;又像豺狼在大路上挡道,张牙舞爪要吃人;他们是一群到处拉屎的苍蝇,弄得黑白难分;他们挑拨离间,造谣诽谤,使亲人冷漠,相互疏远。这实质上是对曹丕迫害亲人的强烈抗议。第四章通过对旅途景物的描写，抒发了他对时事的忧危之感。第五章则由痛念曹彰无故被害，悲叹自己性命难保。第六章在无可奈何之中，故作旷达之言，与同样被遣封在边远地区的弟弟曹彪互相安慰：

> 心悲动我神，弃置莫复陈。
> 丈夫志四海，万里犹比邻。
> 恩爱苟不亏，在远分日亲。
> 何必同衾帱，然后展殷勤！
> 忧思成疾疢，无乃儿女仁。
> 仓卒骨肉情，能不怀苦辛？

曹植在这里说："太悲哀了要伤神，还是不再说伤心话吧！大丈夫志在四海，即使相隔万里，也如邻居隔壁。只要兄弟之间情谊不损缺，相隔越远越感到分外亲密。何必非要同盖一床被子，然后才互相献殷勤呢？如果过于忧伤而生疾病，那就未免有失丈夫气概而只是儿女之情了。不过尽管这样，兄弟骨肉（曹彰）仓卒暴死，又怎能不令人悲痛欲绝呢？"这表面旷达的语言里，包含着多少勉力抑制的人生悲伤？诗篇最后一章更进一层，将自己不能把握的生死离合的痛楚，一下子倾诉出来："变故在斯须，百年谁能持？离别永无会,执手将何时?"这放歌长号的诗句,真是浸透了人生的辛酸。

这首诗表现的情感,时而高亢愤激,时而悲痛缠绵;非常曲折复杂的事情和心理,表现得异常明白感人。诗骚书传中的文雅语言,被提炼得十分简洁和谐,既表现了深沉的愤慨之情,又不流于悲伤绝望;情真意切,警句迭出,感人至深,不愧为千古名作。

曹植在诗歌艺术上有很多开拓创新,特别是在五言诗上,贡献尤其突出。在他之前,虽然已有一些五言诗创作,但一般多以叙事为主,并且写得比较质朴简单。曹植的五言诗,既能叙述复杂的事态变化,又能表达曲折的心理感受,极大丰富了五言诗的描写对象和艺术功能。如他的诗句:"高树多悲风,海水扬其波","瓜田不纳履,李下不整冠","秋兰被长阪,朱华冒绿池。潜鱼跃清波,好鸟鸣高枝"等,不论在诗歌内容或语言的提炼上,都比以前的五言诗大大跨进了一步。文学史家多认为,中国五言诗的发展成熟,应以曹植为标志,是很有道理的。

除了诗歌外,曹植的赋和散文也很出色。最著名的《洛神赋》、《鹞雀赋》、《辩道论》、《与杨德祖书》、《与吴季重书》等,都文辞优美,意蕴丰厚,见解深刻,成就卓著。现代学者钱基博评论曹植文章的特色说:"其文体貌英逸,梗概而多气……佳处在作得有肉,高处在骨力驱遣,而要之有华有锋",是为确论。

建安文学是中国文学史上一个光辉的时代,而曹植则是建安文学的集大成者,对后世文学具有深远的影响。南北朝时期大诗人谢灵运曾说:"天下才共一石(一石即十斗),曹植独得八斗,我得一斗,剩下一斗,他人去分。"这种对曹植推崇备至的评价,为许多人所接受,所以后世对曹植又有"才高八斗"之称。[4]

[1] "乌桓",东胡族一支,秦末被匈奴击败,迁乌桓山(在今内蒙古境内),因此得名。汉武帝时归汉,迁居今河北北部及辽宁广大地区。袁绍兵败后,他的两个儿子袁熙、袁尚投奔了乌桓,成了曹操的心腹大患。
[2] 主要参考资料:《曹操集》、《三国志·魏志·武帝纪》、《三曹资料汇编》。
[3] "鸱枭",即猫头鹰,是古代传说中的不祥之鸟。
[4] 主要参考资料:《汉魏六朝百三家集·魏文帝集》、《三国志·魏志·陈思王传》、《三曹资料汇编》、《世说新语·文学》。

【第 7 回】

文姬出塞泄悲愤
王粲登楼涌乡思

文姬出塞泄悲愤

　　社会的动荡和人生的灾难,常常是酝酿文学杰作的种子,这一点在汉末女作家蔡琰的身上,体现得再充分不过了。

　　蔡琰,字文姬[1],陈留圉(今河南杞县南)人,是汉末著名大作家蔡邕的女儿。她父亲蔡邕不仅诗歌写得好,辞赋、散文也堪称一流。蔡邕还对艺术有极高造诣,擅长书法,通晓音律,弹得一手好琴。他也是经学家和史学家,对古代经典和历史有精深研究,是名重一时的文坛领袖。

　　汉灵帝建宁三年(公元170年)左右,蔡邕受封郎中,在东观校书。那时候,经典古籍文字错谬很多,他一一订正,并写于碑上,立于太学门外。一时京城文士,莫不前来观看摹写,每天都多达一千余人,连街道马路都被堵塞了。他家里,常常高朋满座,慕名前来拜访学习的,可谓络绎不绝。

　　蔡文姬从小生活在文化气氛极浓厚的家庭环境中,加上自己聪明好学和父亲的悉心指导,在文学艺术方面培养了较高的修养和才能。范晔在《后汉书》里,即说她"博学有才辩,又妙于音律"。

　　一天晚上,父亲在外屋弹琴,一根琴弦突然断了。躺在里屋床上静听的文姬立刻说:"爸爸,断的是第二根弦吧!"蔡邕认为她是碰巧猜中的,接着再弹时,故意又拨断一根,问她是第几弦。文姬张口便说:"这回断的是第四弦。"果然正确!这件小事,不仅说明文姬幼年时就有过人的艺术天资,从中也可看出她小时的家庭生活是多么富有艺术情趣。

然而,蔡文姬的人生经历却很不幸,受到一般人难以承受的打击和磨难。

她四岁左右,汉灵帝向他父亲问治国之策,蔡邕乃密奏许多不忠大臣,应分别予以裁黜。谁知事情还未执行,就被中常侍曹节泄露了。那些大臣便先下手为强,联合向灵帝进谗,说他有意加害大臣,应当斩首弃市。灵帝迫于众怒,只得忍痛割爱,将他贬徙北方。蔡文姬也因此受"髡钳"之刑,剃光头发,颈上套着铁圈,沦为罪奴,随父亲漂泊江湖十余年,可谓少年就尝尽了人间的酸甜苦辣。

蔡文姬成年出嫁,与一个名叫卫仲道的人喜结良缘。不料婚后不久,丈夫就短命而死。她无可奈何,只能返回娘家。本来,她可以陪着父亲吟诗弹琴,使孤寡独居的生活得到一些慰藉。谁知由于父亲的名气太大了,当时独揽大权、自封"相国"的董卓,硬拉他去辅佐朝政,他不愿去,便称病不出。董卓闻之大怒,说他有权杀人,看蔡邕有多大胆敢不从。迫于董卓的淫威,蔡邕只得赴京。

那时天下大乱，群雄并起，各地军阀，独霸一方。他们见董卓横行朝廷，无恶不作，便群起而攻之，联兵讨伐洛阳。各路大军还未到达，朝廷内部以王允为首的一批大臣，利用绝代佳人貂蝉施美人计，使董卓和他的大将吕布之间产生矛盾，最后借吕布之手将董卓处死。这本是一件大快人心的事，可是蔡文姬的父亲却被当作董卓一党，也被抓了起来，不久就惨死狱中。

死了丈夫，又死了对她怜爱备至的父亲，蔡文姬泣不成声，悲痛欲绝。这时，董卓的一些部将反攻倒算，又把王允杀了，此后为争权夺利，又在长安附近相互残杀，战成一团。长安待不住了，孤苦伶仃的蔡文姬只能离城而逃。不想半路遭遇滔天大祸，她又被乘乱侵入中原的匈奴兵掳掠而去，被迫做了南匈奴左贤王的妻子。

语言不通，风俗迥异，举目无亲，备受欺凌，蔡文姬真想一死了之，却处处受到监视，欲死不能。她只得含着泪水活下来，在匈奴生了两个孩子，过了整整十二年，才获得机会，得以返回汉族地区。

原来，当时已经统一中国北方的曹操，与她父亲蔡邕有"管鲍之好"[2]，打听到老友的孤女流落南匈奴，便于建安十二年（公元207年），派使者带了许多宝物和重金，将蔡文姬赎回。

当时，匈奴已归附汉朝，左贤王为了汉匈和好，同意文姬归汉，却不许两子同行。文姬喜得归汉，却要与爱子诀别，去留两难，悲痛欲绝。但她身处异域，无时无刻不思念故乡，最后怀着巨大的悲痛，终于决定不顾一切，回归汉朝。

文姬归汉后，曹操对她的生活十分关心，安排她同管理农垦事务的屯田都尉董祀结婚。文姬因经过人生的大波大折，心灵创伤很深，总是存有一种自卑感，生怕生活再有变故，与丈夫分离。

不想她越是担心的事，越是容易发生。董祀不久犯法，被判死刑。这消息对于饱经忧患，生活刚刚安定的蔡文姬来说，无异五雷轰顶。她蓬头垢面，赤着脚跑到曹操那儿，为丈夫苦苦求情。

当时曹操正与公卿名士和远方使者在议事，听说她来了，就对宾客说："大文豪蔡邕的女儿在外面，我让她进来见见大家。"

文姬进大厅后，就向曹操叩头谢罪，请求开恩赦免董祀。她言辞悲切，声音凄楚，在场人听了无不同情。

曹操也动了恻隐之心，爱怜地对她说："我也不忍心你再遭此打击，但判决文告已经发出，要改变也不好办啊！"

文姬说："您马棚里有的是快马，手下有的是好骑手，何不派一快骑追回文告，救一垂死之命呢？"曹操终于不再坚持，下命令免了董祀的死罪。

那时正是寒冬腊月，天气很冷，曹操见文姬慌忙跑来，鞋袜未穿，已冻得脸色发紫，便赐以头巾鞋袜，让她穿上。随后，曹操又关切地问道："你父亲原来藏有许多典籍著作，你还记得吗？"

"过去，亡父曾赐我四千多卷书，但兵荒马乱，早已散失。如今我能从头到尾背诵的，大概有四百多卷。"文姬答道。

曹操一听，大喜过望："此事妙极，我派给你十个助手，你背诵，让他们帮你记录下来。"

文姬说："妾是女家，礼不该授受男子，乞给纸笔，我可以自己默写。"

回家以后，文姬就记忆所及，亲手默写出了四百多卷业已失传的珍贵著作，字字句句，竟无遗误，这样的记忆力，真是不可思议。

作为一个女性，蔡文姬的一生，可以说尝尽了人生艰辛。但正是这苦难的经历，使她创作了中国文学史上最优秀的长篇叙事诗之一《悲愤诗》。这首诗共一百零八句，五百零四字，分三大段。第一段主要叙述军阀混战，人民遭殃，自己被掳匈奴的惨痛遭遇：

> 汉季失权柄,董卓乱天常。
> 志欲图篡弑,先害诸贤良。
> ……
> 斩截无孑遗,尸骸相撑拒。
> 马边悬男头,马后载妇女。
> ……
> 或有骨肉俱,欲言不敢语。
> 失意几微间,辄言毙降虏。
> 要当以亭刃,我曹不活汝!
> 岂复惜性命,不堪其詈骂。
> 或便加棰杖,毒痛参并下。
> 旦则号泣行,夜则悲吟坐。
> 欲死不能得,欲生无一可。
> 彼苍者何辜,乃遭此厄祸!

这里写道:董卓胡作非为,篡位夺权,残害忠良,滥杀无辜,生灵涂炭,尸骨遍野,以至老百姓眼见亲人惨遭残杀,也是忍气吞声,敢怒不敢言。这段诗的末尾,发出了这样怨怒之声:"彼苍者何辜,乃遭此厄祸!"意思是说,老天爷啊,老百姓有什么罪,要叫大家遭受这样的灾祸呢?

第二段写自己在南匈奴的情况,以及归汉时不忍别子的矛盾心境。"边荒与华异,人俗少义理。处所多霜雪,胡风春夏起。翩翩吹我衣,肃肃入我耳。感时念父母,哀叹无穷已。"这里抒发的哀情,是多么凄凉痛楚。

然而,当曹操派人来接她回汉时,她一面因自己终得回乡而高兴万分,一面又因不得不与儿女分别而心痛难忍:"天属缀人心[3],念别无会期。存亡永乖隔,不忍与之辞。"所以最后起程的时候,母子相抱痛哭,引起哀声一片,以致"马为立踟蹰,车为不转辙。观者皆歔欷,行路亦呜咽",连马都感动得站住不想走了,大车的轮子也不转动了,旁观者无不抽泣哀叹,行路人也痛哭流涕。这情景和气氛何等悲伤感人!

第三段写回到故乡后的状况和愿望。从匈奴所居之地到洛阳,悠悠上千里,她念子心痛,宛如刀绞。回到家乡,满目荒凉:

> 城郭为山林,庭宇生荆艾。
> 白骨不知谁,纵横莫覆盖。
> 出门无人声,豺狼号且吠。
> 茕茕对孤景,怛咤糜肝肺。

昔日繁荣的城市,变成了荒野的山林;往日热闹的庭宇,

到处生满杂草。不知姓名的遗骨，横七竖八到处都是，连一点遮盖也没有。出门听不到人声，传来的只是豺狼的叫嚣。孤独一人对着自己的影子，悲痛惊呼自己的心简直要碎了。诗人最后写道，虽然现在又组织了新的家庭，但自己过去的经历仍被人鄙视，因而非常担心再发生什么变故。这表现了一个经过长期颠沛流离，饱尝苦难的人，渴望能过上安定日子的心愿。

这首诗的可贵之处在于，它不是一般的文学创作，而一字一句都凝聚着诗人的辛酸血泪。它既是作者个人深重苦难经历的实录，又是汉末社会动乱的真实写照。它倾诉的既是作者个人的凄切悲愤，又表现了广大劳苦群众的强烈怨恨。

从艺术技巧上看，这首诗叙事和抒情完美交融，深挚动人；描写时间和空间极大，却能点面结合，叙述得生动有致；全篇一百多句，从头至尾气韵流贯，音调铿锵。它出现在五言诗发展还不成熟的阶段，显得尤其难能可贵。

宋代大作家苏东坡曾说："史载文姬两诗，特为俊伟，非独为妇人之奇，乃伯喈[4]所不逮。"这里说文姬在诗歌创作上的成就，已超过她父亲蔡邕了，实在并非虚言。

蔡文姬现存的作品，除了这首五言《悲愤诗》外，还有骚体《悲愤诗》和《胡笳十八拍》各一首。骚体《悲愤诗》所叙述的情节，与蔡文姬的生平有不少地方互不相同，因此一些学者们认为是假托之作。《胡笳十八拍》的内容与蔡文姬生平相符，但文体与汉魏时期作品出入较大，究竟是不是蔡文姬所作，学术界尚有争论。

《胡笳十八拍》的最大特点是，强烈抒发自己的怨愤情感，控诉自己的不幸遭遇。如第八拍中写道：

> 为天有眼兮何不见我独漂流？
> 为神有灵兮何事处我天南海北头？
> 我不负天兮天何配我殊匹？
> 我不负神兮神何殛我越荒州？

人说苍天有眼，为什么它看不到我孤独漂流？人说神仙有灵，为什么它把我处置到这天南海北头？我不负苍天，天为什么把我配给异族人？我不负神灵，神为什么惩罚我来到荒远边州？这真是呼天抢地，把苍天和神灵都骂到了。这种侧重吐露主观感情的特点，是《胡笳十八拍》的主要风格。

郭沫若在谈论蔡文姬的《胡笳十八拍》一文里，曾赞颂这首诗说："那像滚滚不尽的海涛，那像喷发着熔岩的活火山，那是用整个的灵魂吐诉出来的绝叫。我是坚定相信那一定是蔡文姬作的，没有那种经历的人，写不出那样的文字来。""这实在是一首自屈原《离骚》以来最值得欣赏的长篇抒情诗。"

蔡文姬的事迹和作品,历代被人们广泛传诵。1959年,郭沫若还以她的生平事迹为素材,创作了大型历史剧《蔡文姬》。在剧本里,郭沫若指出:蔡文姬的作品不是用笔,而是用生命写出来的。这话说得太好了!它一语道破了蔡文姬诗作魅力永存的原因,也说明了优秀文学作品常常需要深厚生活根基的道理。[5]

王粲登楼涌乡思

汉献帝初平元年(公元190年)间,当时文坛领袖蔡邕,才学卓著,贵重朝野,名声极大。位于长安城西南部的蔡家大院前,每日车马盈门,巷道堵塞,行人走路,只好侧身而过。

这天,蔡邕家和往常一样,文士盈座,学者满堂,大家谈古说今,吟诗论道,妙语连珠,沁心明智。忽然,家人来报,外面有客来访。

蔡邕问及姓名,立刻从座席上起身,连鞋子也顾不上穿好,就慌忙亲自跑到门口迎接。众宾客见状,都以为来了一位了不起的人。没想到,随蔡邕进来的竟是一个十三四岁的孩子，矮小瘦弱，相貌不扬，众人不禁又惊又奇。

蔡邕见大家满脸诧异的神色，赶忙介绍说："这孩子才华横溢，连我都不如他。将来我的所有藏书，都应送他使用。"

一代大文豪蔡邕，竟如此推崇这位孩子，满堂文人学士闻之目瞪口呆。愣了好一会儿，大家才开始你一言我一语，纷纷打听这孩子姓甚名谁，究竟有何本事，赢得蔡邕如此赞赏。

原来，这孩子姓王名粲，字仲宣，生于汉灵帝熹平六年（公元177年），是山阳高平（今山东金乡）人。他的曾祖父王龚，在顺帝时当过太尉；祖父王畅，灵帝时做过司空。这都是东汉时的"三公"[6]之位，是当时皇帝之下，百官之上的最高官职。他的父亲王谦，是大将军何进的长史，相当于现在军队的总参谋长，也是权重一时的人物。王粲的先辈，累代高官，家世是相当显赫的。

王粲小时候聪明伶俐，记忆力超人。一次，他和几个朋友一起走路，顺道读了路旁的碑文。走了一段路后，大家仍在谈论那碑文的内容，可是原文谁也记不全了。朋友们都知王粲记忆力强，就问道："你能背诵得出来吗？"王粲说："能。"大家有意考考他，便调头回来，看着碑文，让他在一旁背诵，结果竟然一字不差。

又有一次，他看别人下围棋，棋快下完时，一个棋手不小心弄乱了几个棋子。两人摆来摆去，好半天才摆对。王粲在一旁说，他能从头到尾照原谱复盘。两位棋手看他小小年纪，貌不惊人，根本不信，便用手帕盖上原来的盘面，另拿一个棋盘，叫他按原局摆出。待他摆完以后，棋手将两盘棋相对照，果然一模一样，丝毫不差。

王粲有过目不忘的本领，加上家庭学习环境好，自己肯勤奋努力，少年时即有文名。他写文章，速度飞快，意精辞美，下笔就是定稿，从不改动一字。当时人都以为他预先有腹稿，但别人再苦心构思，却始终难以胜过他。正因为王粲有如此才干，加上又是名门望族之后，所以幼年随父亲离开家乡到京城洛阳后，即被大将军何进看中，想选他做女婿。但他父亲不答应，并因此离职。

初平元年（公元190年），董卓挟持汉献帝刘协西迁，那时王粲才十三岁，也跟着从洛阳迁到了长安。不久，他便去拜访大文学家蔡邕，受到了蔡邕的极力夸赞，出现了本文开头描述的动人场面。

却说王粲受到蔡邕的垂青后，名声大振，京师上下，可谓无人不知，无人不晓。他十七岁时，就受到司徒辟的举荐，由皇上下诏授他做侍郎。其时，刚好王允用美人计让吕布杀了董卓，京师秩序大乱，所以王粲不仅没有去就任，还为躲避战乱而逃出了长安。

到处烽烟战火，逃向哪里好呢？王粲早听说荆州州牧[7]刘表爱惜人才，又拥有重兵，同时与自己是同乡，于是他离开长安后，便向荆州（今湖北一带）奔去。一路上，他目击人民饱受战乱之苦，妻离子散，家破人亡，不禁悲从心来，写出了著名的《七哀诗》之一，真实地反映了汉末的离乱景象：

> 西京乱无象，豺虎方遘患。
> 复弃中国去，委身适荆蛮。
> 亲戚对我悲，朋友相追攀。
> 出门无所见，白骨蔽平原。
> 路有饥妇人，抱子弃草间。
> 顾闻号泣声，挥涕独不还。
> "未知身死处，何能两相完？"
> 驱马弃之去，不忍听此言。
> 南登霸陵岸，回首望长安。
> 悟彼下泉人，喟然伤心肝。

此诗的大意为：长安变乱，军阀交战；我离别中原，南下荆州；亲戚痛哭，朋友追喊，离别的场景真让人心酸。出门没看到别的，只见白骨遍野。路遇一饥饿妇女，竟把爱子抛于草中,听到儿唤母声,她心如刀绞,挥泪流涕却不忍回头;只听那妇女说:"自己性命难保,哪能和儿两全呢?"我拍马疾驰而去,实在不忍心听这悲惨的话语,登上南边的霸陵岸,回头眺望长安,那母亲抛弃亲生子的景象,实在让人伤心动肝!

这首诗语言朴实,格调悲凉,真实地概括了当时的社会惨状,特别是饥妇弃子的描写,更是典型地传达了当时民不聊生的时代悲剧。此诗的写作时间,比曹操的《蒿里行》早五年,是最早反映汉末战乱的优秀诗篇。

王粲满怀济世之志,风尘仆仆地赶到荆州后,没想到他这匹千里马,并没遇到真正的伯乐。刘表徒有爱才虚名,实际上并不能真正用贤,加上王粲其貌不扬,身体瘦弱,态度随便,所以刘表不大看得上他,自然更谈不上重用了。

王粲受到冷遇,无法施展才华,郁闷不乐。一日登楼远眺,胸中涌出无限乡思,写出了他生平的代表作《登楼赋》。钟嵘在《诗品》里评他的诗,说是"方陈思(曹植)不足,比魏文(曹丕)有余"。但他的赋,却受到当时人的交口称赞。曹丕在《典论·论文》里就说,他的《登楼赋》、《初征赋》、《槐赋》、《征思赋》等,即使与张衡、蔡邕的作品相比,也毫不逊色。

《登楼赋》共有三段,开始写登楼所览,次叙怀乡之情,

最后申诉身世之变。此录其中第二段,以领略其风采:

> 遭纷浊而迁逝兮,漫逾纪以迄今。情眷眷而怀归兮,孰忧思之可任?凭轩槛以遥望兮,向北风而开襟。平原远而极目兮,蔽荆山之高岑。路逶迤而修迥兮,川既漾而济深。悲旧乡之壅隔兮,涕横坠而弗禁。昔尼父之在陈兮,有"归欤"之叹音。钟仪幽而楚奏兮,庄舄显而越吟。人情同于怀土兮,岂穷达而异心!

这段赋写道:逢乱世迁徙荆州,已过了十二个年头。如今心中念念只想回家,这深切的乡愁谁堪忍受?敞开衣襟,接受家乡吹来的北风,倚靠栏杆向故乡远眺,但荆山遮目,岂能看见。山重水复,路远曲折,悲叹自己与故乡隔绝,泪流不止。过去孔子流落陈国,也慨叹想回乡;楚人钟仪被晋国所囚,弹琴时仍奏楚音;越人庄舄在楚国做大官,病中思念故乡仍操越语。人们思念故乡的情感多么相同,哪会因为遭到患难或享受荣华富贵而变化悬殊!

这里抒发的思乡之情,深切哀婉,摄人心魄。它摒弃了汉赋过分铺张扬厉的写法,以简洁明快的语句,将写景和抒情紧密结合,用典适可而止,并不过分雕琢,因而其中流溢的情感,朴实动人,感人至深。

在抒情小赋的发展过程中，这篇作品占有极重要的地位。元代剧作家郑光祖，还以王粲作《登楼赋》这件事为蓝本，写了一部元杂剧《王粲登楼》，既抒发了王粲怀才不遇的忧郁之气，又表现了元代社会里汉族知识分子备受歧视，仕进无门的苦恼，在当时引起很多人的共鸣。

王粲写出《登楼赋》不久，曹操便打败袁绍，挥师南下，攻取刘表。谁知大军还未到达，刘表即因病而亡。王粲审时度势，说服刘表之子刘琮，投降曹操，使曹操不费一兵一卒，就得到荆州及江汉大部分地区。曹操欣喜万分，立刻就委派他做了丞相掾，赐封关内侯。

当时，曹操在汉水之滨，置酒大宴群僚，庆贺收取荆州。席间，王粲举杯致贺，说曹操收天下豪杰而用之，文武并举，英雄毕力，使海内归心，可比三代开国之君。他这番话，阿谀之情，溢于言表，颇为后人诟病。其实，当时群雄之中，可统一中原者，也只有曹操而已。王粲的话，虽有过誉之嫌，却道出了实情，加上是酒席之言，不应对他苛求。

建安十八年（公元213年），魏国建立，曹操晋位魏王，王粲被拜侍中，参与朝廷奏议。他也自视甚高，在《仿连珠》一文中，俨然自比管仲，并强调说："帝王虽贤，非良臣无以济天下。"当时，魏国新建，旧仪废弛，兴造典章制度，曹操多预先征求他的意见。王粲博闻多识，精思明辨，对前

代典章礼仪,尤为熟悉。曹操每次相问,他都对答如流,深受曹操宠信。在"建安七子"中,他的政治地位最高,是唯一被封侯的人。

建安二十一年(公元216年)冬,曹操率大军伐吴,他也随军南下。次年春夏之交,他在返回邺城的途中,不幸染上瘟疫而病卒,时年四十岁整。他死后,曹操、曹丕亲临吊丧,曹植作《王仲宣诔》,赞扬他"既有令德,材技广宜。强记洽闻,幽赞微言。文若春华,思若泉涌。发言可咏,下笔成篇"。并说:"吾与夫子,义贯丹青;好和琴瑟,分过友生。"他和"三曹"友情之深笃,于此可见一斑。

说来也巧,就在王粲病逝这一年,建安七子中的陈琳、刘桢、应玚、徐幹,也都于同年离世。另外二子,孔融早亡,阮瑀死于五年前。这就是说,到建安二十二年(公元217年),"建安七子"全都辞世了。这使曹操很伤心,更是建安文学发展的重大损失,建安文学从此由中兴走向衰微。

王粲一生共写诗赋六十多篇,今存诗二十三首,赋二十篇。他还精通算术,写过一部《算术略》。王粲的作品,虽然数量不多,但意精辞美,在"建安七子"中,被公认为是成就最高的一位。刘勰在《文心雕龙·才略》即说:"仲宣溢才,捷而能密,文多兼善,辞少瑕累,摘其诗赋,则七子之冠冕乎。"方东树在《昭昧詹言》中也说:"建安七子,除陈思，其余略同，而仲宣为伟，局面阔大。"[8]

[1] 蔡文姬的生卒年月，没有确切史料记载，大约生于公元172年。
[2] 引曹丕《蔡伯喈女赋序》中语。"管"指管仲，春秋时政治家，后为齐国相国；"鲍"指鲍叔牙，齐国大夫。两人相知最深，交情最厚，后人用"管鲍之好"来比喻交谊深厚的朋友。
[3] "天属"，天然的亲属关系；"缀"，连结。整句诗的意思为：天然的母子关系联结着真挚的感情。
[4] 蔡邕，字伯喈。
[5] 主要参考资料：《后汉书·列女传·董祀妻传》、《后汉书·蔡邕列传》、胡仔《苕溪渔隐丛话》前集卷一、《文学遗产》编辑部编《胡笳十八拍讨论集》。
[6] "三公"，周时有太师、太傅、太保三公，两汉时有大司徒、大司马（太尉）、大司空三公，皆是负责全国军政要务的最高长官。唐代也有"三公"之称，但无实职。
[7] 古时中国分为九个州，州牧就是一个州的军政长官。
[8] 主要参考资料：《汉魏六朝百三家集·王侍中集》、《三国志·魏志·王粲传》、缪钺《王粲行年考》、王仲荦《魏晋南北朝史》。

【第 8 回】

嵇康绝响广陵散
阮籍垂名咏怀诗

嵇康绝响广陵散

却说曹操死后,曹魏政权经过曹丕、曹睿二十来年的稳定时期,很快就走了下坡路。这原因就是曹丕、曹睿对自己的亲兄弟及本家人极不信任,把曹植、曹彰、曹彪等宗亲当作敌人看待,一门心思防范和残害他们。这样就使自己处于孤立无援的境地,而真正想窥伺曹魏政权的敌人——司马懿及其儿子,则在暗中发展自己的实力,伺机篡夺曹魏政权。

魏明帝曹睿由于荒淫无度,三十五岁就病逝了。他临死前,连个儿子都没有,就把皇位传给从曹氏家族中抱来的一位名叫曹芳的孩子,让曹爽、司马懿两个大臣辅佐他。

曹爽是曹睿的同族弟兄,是个公子哥儿,遇事优柔寡断,没什么大本事;可司马懿却是个有谋略、懂军事的野心家。不久,司马懿就发动一场政变,把曹爽一家人及其羽翼都杀了,牢牢掌握住魏国的军政大权。

司马懿死后,他的儿子司马师、司马昭相继执掌权柄。他们一面虚伪地大力提倡什么"礼教"、"礼法",不许别人反对自己,要人们规规矩矩地当忠臣顺民;一面变本加厉地铲除异己,把忠于曹魏皇室的人一一清除出京,有的甚至迫害致死。司马氏集团意欲篡夺曹魏政权,当时已成为公开的秘密,正所谓"司马昭之心,路人皆知"。

一代名士嵇康,正是被司马氏集团迫害致死的曹魏皇室成员之一。

嵇康,字叔夜,生于魏文帝黄初四年(公元223年),谯国铚县(今安徽宿州)人。他的祖先本姓奚,会稽上虞(今浙江绍兴)人,后来因躲避仇人,迁居铚县,当地有座嵇山,所以就改姓嵇了。

嵇康早年丧父,家境贫寒,但他自少有奇才,读书不用人教,自能精通,甚为人们敬佩。他生得品貌非凡,身长七尺八寸,气质超尘脱俗,举手投足,别具魅力。《晋书·嵇康传》说他有"龙章凤姿"。《世说新语》称他:"风姿特秀,萧萧肃肃,爽朗清举。"人们常说的魏晋名士那种清风明月的襟怀和仙风道骨的风采,嵇康堪称是一位标准的典型。正因为资质这样好,他娶了曹操的曾孙女长乐公主为妻,成了曹魏皇室的亲戚,并一度在朝中担任中散大夫。

司马氏集团独揽大权后,对嵇康这样一位曹魏皇室的姻亲,自然很不放心,而嵇康也对司马氏采取完全不合作的态度。嵇康本来就喜好老庄之学,推崇道家思想。司马氏集团在朝中得势后,他立刻辞官归隐山林。

当时,嵇康家住山阳县(今河南焦作东),那里群山环抱，奇峰竞秀，碧溪清泉，九曲回环，密林幽竹，四季常绿。嵇康和一帮朋友，如阮籍、向秀、刘伶、阮咸、山涛、王戎等，一共七人，常常在竹林中饮酒清谈，弄琴赋诗，寄情山水，悠然自得，世称"竹林七贤"。

由于"七贤"这种为人和为文的态度，正始年间的文风，开始转向虚无玄想，表现手法也变得更加含蓄隐晦了。所以，《文心雕龙·明诗》说："正始明道，诗杂仙心。"嵇康自己的四句诗"目送飞鸿，手挥五弦，俯仰自得，游心太玄"，可以说是他们人生情怀和文章风貌的传神写照。

在竹林七贤中，嵇康向来我行我素，不顾世人怎样议论，是性格最刚烈的一个。

他是曹操的曾孙女婿，又是知识渊博的饱学之士，社会地位和名望都不低；但他却把自己弄得非常邋遢，头发胡子留得很长，整日衣冠不整，甚至身上长了虱子也不去管它。他有时到山里去采药，为大自然的美景所陶醉，一连多日不归，饿了吃些野果，渴了喝口清泉；累了倒地便睡，也不问是脏还是干净。他就是这样放浪形骸，不守礼法，以自己异端的人生态度和行为，来对抗司马氏集团提倡的所谓名教、礼法。

别看嵇康外表上这样马虎随便，不拘礼节，可是他的心里却很孤傲清高。他讨厌势利小人，更不高攀达官显贵。他家的庭院前，有一棵高大的柳树，水渠环绕，含烟笼翠，覆荫数亩，蔚然壮观。他有个癖好，就是遇到空闲时，喜欢与朋友向秀在树下打铁。

一天，出身世家望族的贵公子钟会，知道嵇康才华出众，特地前去拜访。这钟会可不是一般的人，他本来即有才学，能言善辩，加上是司马昭的心腹，在朝中担任掌管京都治安的长官司隶校尉，因而到哪儿都派头十足。这次他骑着高头大马，威风凛凛地抵达嵇康院门边时，便摆出要人驾到的样子，站在那儿不动也不吭声，等着嵇康来迎接他。

当时，嵇康正和向秀在大柳树下打铁，明明知道钟会来了，却看也不看他一眼，旁若无人地只管打铁。

双方就这样对峙着，谁也不愿开口讲第一句话。四周静悄悄的，只有打铁的丁当声和风箱的呼啦声，那场面可真尴尬极了。

这样僵持了好一会儿，钟会既羞又恼，却又没有办法，只好拨转马头，准备离开，

嵇康见他要走，便扯着嗓子，变着调儿问：

"何所闻而来，何所见而去？"

"闻所闻而来，见所见而去。"钟会答道。

短短四句对话，嵇康的言语里充满高傲的戏谑调侃之情，钟会的答腔则饱含无可奈何的恼怒之意。钟会乘兴而来，败

兴而归，从此非常忌恨嵇康。

当时，在东平（今山东东平）这地方有个叫吕安的人，听说嵇康如此高标独致，便千里迢迢来登门拜访。两人一见，趣味投合，相谈甚欢，成了很好的朋友。他俩要么不想起谁，一旦想念起来，就立刻跳上车子，不远千里，赶去看望，不肯稍缓片时。

一次，吕安去看嵇康，恰巧嵇康外出了，只有他哥哥嵇喜在家。嵇喜当时在司马氏政权中做官，一见弟弟的好友吕安来了，客客气气地招呼他进屋。谁知吕安不肯进屋，却提笔在门上写了一个很大的"鳳"字，拔腿就走了。

嵇喜心想，凤是吉祥之物，以为他是在恭维自己，很是高兴。其实，"鳳"字拆开来是"凡鸟"二字，吕安写此字是认为：嵇喜比他弟弟嵇康差远了，讽刺他不过是凡俗平庸者而已。

嵇康和他的朋友们瞧不起"俗人"，对真正的"高人"却很敬仰。

嵇康曾著《圣贤高士传》，对历史上和传说里的清高之士，如老子、庄子等共一百一十九人，作了很高的评价。可是，在这一百多个"圣贤高士"中，封建统治者竭力推崇的商汤、周武王、周公旦、孔子等，却被排除在外。可见在嵇康的心目中，不论何等了不起的伟人，只要他热衷于功名利禄，那就既不是"高士"，也不是"圣人"。

嵇康对现实中的"高士"也很敬佩。那时在汲郡（今河南汲县）的山中，有位颇具仙风道骨的隐士，名叫孙登。阮籍曾经去拜访过他，他始终未说一句话。嵇康去拜他为师，吃了他炼制的"仙药"，他仍然闭口不说一字。当嵇康告辞返家时，孙登终于开口说了一句话："君性烈而才隽，其能免乎！"这是说他性情刚烈，才分太高，不能善终。这话后来果然应验了，嵇康在狱中写的《幽愤诗》里，就有"昔惭柳惠，今愧孙登"的诗句。

嵇康为什么不能"善终"呢？这话还得从他的好友山涛和吕安说起。

"竹林七贤"中的山涛，字巨源，故又称山巨源。他的祖姑母是司马懿妻子的母亲。因和司马懿有这层亲戚关系，大约四十岁左右，他中断归隐，出仕做官了。

景元三四年间（公元262—263年），出于对嵇康的崇敬和友谊，他在任尚书吏部郎时，推荐嵇康代替自己的职务。嵇康得知这一消息，十分气愤，断然拒绝，并写了脍炙人口的《与山巨源绝交书》，列数他不能任职做官的九条理由，即有"七不堪"和"二不可"。

我们细看他所说的九件事，有的是故作夸张的自我解嘲，有的却明明是在讽刺别人。比如第三点说，做官要正襟危坐，身子酸麻也不得摇动,我身上虱子多,常常抓搔不息,而做官却要穿着讲究的官服,去拜见上司,这叫我怎能受得了。第六点说,我生来不喜欢俗人,叫我与他们一起共事,有时宾客满座,喧哗嘈杂,姿态变化,在人面前这样张罗应付,我不堪忍受。第九点说,我性格刚烈,心直口快,遇事不平就会突然爆发,这又怎么适合当官呢?更重要的是,他还说自己常常非难商汤、周武,轻薄周公、孔子,对这些古代圣贤不敬,都是被当时礼法视为大逆不道的事,能躲过杀身之祸就万幸了,岂能去自投罗网做官呢?

这篇绝交书,嬉笑怒骂,犀利洒脱,很能表现嵇康的政治思想和气质性格。它与其说是嵇康和山涛个人绝交,不如说是与司马氏政权决裂;或者更确切地说,它是嵇康向司马氏集团发泄不平之气的政治宣言。

这封绝交书流传开来,司马昭知道嵇康是个桀骜不驯的危险人物,便吩咐钟会注意他的言行,以便有机会把他除掉。恰巧不久发生了吕安事件,嵇康因仗义执言受到牵连,司马昭集团便借机把他杀害了。

原来嵇康好友吕安的妻子长得很美,被他哥哥吕巽奸污了。吕安想控告哥哥,就去找嵇康商量。嵇康劝吕安原谅哥哥一次,免得别人说他家不成体统。没想到吕巽做贼心虚,觉得有把柄捏在弟弟手里对他不利,就恶人先告状,诬陷吕安"不孝"。

当时，司马昭正大力标榜"以孝治天下"，"不孝"是条重罪，于是吕安被抓了起来。吕安不服，揭露吕巽以前干的丑事，嵇康则主动站出来为吕安作证。

事情闹到司马昭那里，他正在考虑如何处理，早已恨透嵇康的钟会对司马昭说："嵇康这人是条了不得的卧龙，可不能让他飞起来。您现在无忧于天下，唯有嵇康是值得您担心的。"

钟会还造谣说："前几年扬州都督毋丘俭起兵造反，嵇康曾欲助其一臂之力。过去齐国戮华士，鲁国诛少正卯，就因为他们害时乱政。而嵇康和吕安，言论放肆，攻击圣人经典，这样有害世事岂能容忍，应当把他们杀了，以淳风俗。"钟会的这番话，正合司马昭的心意，于是他当即下令，逮捕嵇康，欲处以死刑。

嵇康被捕入狱，悲愤万分，他回顾自己四十个春秋所走过的生活道路，写下了长篇的《幽愤诗》。请看其中的一节：

咨余不淑，婴累多虞。
匪降自天，实由顽疏。
理蔽患结，卒致囹圄。
对答鄙讯，絷此幽阻。

实耻讼冤,时不我与。

虽曰义直,神辱志沮。

澡身沧浪,岂云能补?

这里的大意是说:我遭陷害,实由我秉性固执,疾恶如仇。如今公理丧尽,祸从天降,我果然身陷监狱。我耻于出庭,去回答权奸佞臣的讯问。虽然道义在我一边,但我精神受到侮辱,心情沮丧。我这天大的冤案,就是跳进大河,又岂能洗清?

这首诗,由于是嵇康在生命最后时刻写的,沉痛至极,感人至深。在写法上,它采取回环往复的多层次结构,秩序严谨而又波澜起伏,充分表达了他内心的郁闷和愤懑。《幽愤诗》是嵇康的绝笔诗和代表作,也是中国诗歌史上四言诗的最后一篇佳构,后人再写四言诗,未有出其右者。

写完《幽愤诗》不久,嵇康就被推上了刑场。行刑那天,魏国京都洛阳的东市刑场边,密匝匝地挤满了人,拥在最前面的是三千多名太学生(当时最高学府的学生)。他们联名上书,向朝廷请愿,要求赦免嵇康,还要请嵇康去当他们的老师。司马昭见嵇康有这样大的影响,更加害怕,坚持要将他斩首。

临刑前,嵇康从容平静,神情自若。他仰视日影,知道离处决时间还有一会儿，就问他的外甥袁孝尼是否来了，有没有把他的琴带来。

袁孝尼听见，立即跑到他面前说："舅舅，外甥在此，琴也在这里。"

嵇康痛惜地对孝尼说："你一直想向我学习弹奏《广陵散》，我每次都拒绝，是因为我昔日夜宿华阳亭（今河南洛阳西南）时，得异人传授此曲，曾与异人相约，誓不传人，所以没有教你。这首名曲，表现的是聂政刺韩相的事件[1]。今天，我就要被砍头，你仔细地听我弹一遍吧。我一生的爱和恨，都寄托在这琴声里了！"

琴声一起，刑场上顿时鸦雀无声。开始音调刚劲有力，人们仿佛感到怒发冲冠，秋风四起；接着响起一阵深厚激荡的低音，有如炽热的岩浆在火山中翻滚，就要喷发而出；继而转为铿锵有力，疾风暴雨似的旋律，像山崩地陷般令人惊心动魄；随后乐曲如鹤唳猿啼，泉涩溪咽……

琴声一毕，刀起头落，才华盖世的一代大文学家、大音乐家嵇康，就这样悲惨地倒在了血泊之中，年仅四十一岁。

声调绝伦的《广陵散》，从此绝矣！

不过，不幸中万幸的是，由于许多琴师的努力发掘，《广陵散》琴谱被保存了下来。现存的琴谱，见于明人朱权编著的《神奇秘谱》，其谱共四十五段，分开指一段，小序

二段,大序五段,正声十八段,乱声十段,后序九段。元代政治家兼作家耶律楚材,曾作《弹广陵散终日而成因赋诗五十韵并序》,其中描写《广陵散》曲调的诗句,尤为精彩:

《忘身》志慷慨,《别姊》情惨戚,
《冲冠》气何壮,《投剑》声如掷。
《呼幽》达穹苍,《长虹》如玉立。
将弹怒发篇,寒风自瑟瑟。
琼珠落玉器,雹坠渔人笠。
别鹤唳苍松,哀猿啼怪柏。
数声如怨诉,寒泉古涧涩。
几折变轩昂,奔流禹门急。
大弦忽一捻,应弦如破的。
云烟速变灭,风雷恣呼吸。
数作拨剌声,指边轰霹雳。
一鼓息万动,再弄鬼神泣。

耶律楚材对《广陵散》曲调所作的传神而生动的描写,不仅让人仿佛聆听到那精妙无比的乐声,而且可以让人想见嵇康伟岸的人格和他那悲愤的胸怀。

明代著名宰相兼诗人张居正,有《七贤吟·嵇中散》诗：

> 调高岂谐俗，才俊为身患。
> 缠悲幽愤间，结恨广陵散。

嵇康才高性烈，离经叛道，被阴谋篡权的司马氏集团诬害致死。他在《幽愤诗》中慨叹："澡身沧浪，岂云能补？"（即使跳进江河里，冤屈怎能洗尽？）实际上，他独具风采的一生和他光辉照人的作品，早为他洗雪了这千古沉冤！[2]

阮籍垂名咏怀诗

三国末年，魏国京都洛阳郊外的荒野古道上，常常有一个人手执鞭子，驾着马车，不择路径，狂奔乱跑，途穷路绝，便号啕大哭，然后驱车而返。

这天，京都远郊的古道上，黄尘起处，只见他又肆意独驾，从大道拐上岔路，从岔路越进田野，从田野踏上小径……突然，奔马前蹄腾空，长啸一声，直立起来，木车在剧烈的晃动中戛然而止。车上人探身一看，"哇"地痛哭起来，原来又走到了穷途末路，一条数丈宽的大沟横在眼前。

这驱车独驾的人是谁？他为什么常作穷途之哭？

这人正是嵇康的知交，"竹林七贤"中最擅长写五言诗的阮籍。

阮籍，字嗣宗，生于建安十五年（公元210年），是陈留尉氏（今河南开封）人。他出身书香门第，父亲阮瑀，是"建安七子"之一。史载他曾在马上为曹操草拟《致关西军阀韩遂书》，稿成呈曹操改定，曹操翻来覆去看了几遍，竟不能增减一字，可见其文笔非同一般。阮瑀的诗歌名篇《驾出北郭门行》、《咏史诗》二首等，格调悲凉，深沉哀婉，在当时很有影响。

可惜的是，这样一位好父亲，并没有向孩子亲授文韬武略，在阮籍三岁时便去世了。阮籍少年时，家境贫寒，靠勤学成才。他在政治上，本来很有抱负，怀有济世之志。但正如《晋书·阮籍传》所说："魏晋之际，天下多故，名士少有全者。籍由是不与世事，酣饮为常。"

其时，由于司马氏集团久有篡位之心，最怕别人说他坏话，所以对能够摇唇鼓舌的文人，控制特别严格。一代大哲学家何晏被诛门灭族，著名诗人嵇康、张华、陆机、潘岳等先后被杀戮，这些都使阮籍不寒而栗。于是，阮籍采取消极避世和装疯卖傻的态度，来对付当时严酷的政治现实，以保全性命。他最后于景元四年（公元263年）逝世，算是得了善终。

阮籍和嵇康一样，都才分过人，清高傲世；他们都喜好老庄之学，推崇道家思想；两人一块隐居竹林，饮酒赋诗；也常常一起登山临水，陶醉于大自然之中。不过，他俩虽然情投意合，但个性却有很大差异。嵇康直率刚强，棱角分明，疾恶如仇，遇事便发；而阮籍却性格沉静，喜怒不形于色，绝口不论是非，遇事比较超然。所以，嵇康终招杀身之祸，而阮籍则得以终其天年。

阮籍的最大嗜好是贪恋杯中物。他喝起酒来毫无节制，一喝就是酩酊大醉，一醉就是好几天不醒。他醉了就往地上一躺，也不管那地上干净不干净。司马氏父子三人揽权期间，他曾任从事中郎，当过散骑常侍，这都是在皇帝左右规谏过失、以备顾问的要职。但他一听说步兵营的厨人能酿造美酒，并贮有三百斛好酒，就请求去当步兵校尉，以便每日能痛痛快快地喝酒。后人因他有这段经历，又称他为"阮步兵"。

阮籍的另一癖好，就是常常一人漫无目标地驱车独驾，有时半日、一日，路绝而归；有时三天、五天，甚至十天、半月，游而不返。

一次，他驾车长驱直进，一直驶入了太行山脉的苏门山中。他弃车登山，只见奇峰异石，光怪陆离；清泉叮咚，宁静幽雅。他攀上一座山巅，白云飘忽，古木参天，环视远眺，

翠峰簇拥，直赴脚下。

他顿时觉得胸襟开阔，禁不住放声长啸"啊……"，那啸声仿佛决堤洪水，将长期积压在心中的郁闷，倾泻而出。瞬间，四周群山，一呼百应，阵阵回响声，激荡天宇。

阮籍站在巅峰上，品味着那深沉悠长的回响，欣赏着迷人的山光水色。不知过了多少时间，他回头一看，突然发现一位老者，银须飘拂，披头散发，闭目盘腿，双手垂膝，端坐在山崖旁边的一块巨石上。

阮籍心中大喜："早听说苏门山中有高人隐士，莫非今日有缘相会，幸哉，幸哉！"他三步并作两步，走到老者跟前，躬身施礼道：

"先生，晚辈不知您老在此，长啸大叫，多有打扰，乞谅，乞谅！"

老者安坐不动，不说一字，仿佛根本没有听见。

阮籍稍微提高嗓音，更加客气地说："先生，晚辈这里有礼了。"

等了许久，仍没有回答。阮籍心想：天赐良机，幸遇真人，何不向他请教些学问至理。于是，他搜肠刮肚，兜出平生学识，谈史征疑，问道求解，口若悬河，滔滔不绝，一口气提出了许多千奇百怪而又充满睿智的问题。无奈，任凭你惊涛骇浪，电闪雷鸣，天塌地裂，泰山压顶，老者始终静坐如初，神情悠闲，浑身肃穆，闭口不言。

　　阮籍知道，天下至理，只可与知者言，难与俗人道。眼下老者定是把自己当作凡夫俗子，决计不理了，若再这样纠缠打扰，老者定然更加反感。他只好悻悻然离开老者，寻路下山。走到半山腰，顶峰忽然响起一声长啸，如凤凰鸣叫，清亮悦耳。随之，林壑溪间，雄浑圆润的回声往复飘荡，经久不绝。阮籍驻足仰望巅峰，只见老者屹立在峰峦之上，飘飘然如神仙下凡。

　　阮籍精通音律，由那喟然长啸，顿悟老者胸怀，于是代老者作《采薪者歌》：

　　　　　　日没不周西，月出丹渊中。
　　　　　　阳精蔽不见，阴光代为雄。
　　　　　　亭亭在须臾，厌厌将复隆。
　　　　　　离合云雾兮，往来如飘风。
　　　　　　富贵俯仰间，贫贱何必终。
　　　　　　留侯起亡虏，威武赫荒夷。
　　　　　　邵平封东陵，一旦为布衣。
　　　　　　枝叶托根柢，死生同盛衰。
　　　　　　得志从命升，失势与时隤。
　　　　　　寒暑代征迈，变化更相推。

祸福无常主，何忧身无归。
推兹由斯理，负薪又何哀？

　　这首诗歌分三层意思，前四韵为第一层，大意是说日、月、阴、阳的交替，如云雾聚散，往复不定。中四韵为第二层，写富贵贫贱，变化无常。张良原是刺杀秦始皇未遂的逃犯，后来竟成为汉朝大富大贵的留侯；邵平在秦朝时曾被封东陵侯，但秦亡后成为布衣。后四韵为第三层，写天道有常，祸福无定，明白此理，就应超凡脱俗，遗世独立，即使去过采薪者的生活，又有什么可悲哀的呢？这首诗，表面上是阮籍替老者抒发胸臆，实际上表达的是他自己的人生理想和生活态度。

　　回家途中，阮籍再没有像往常那样，一路上只是抽泣痛哭，而是眉舒目展，心平如镜，因为他突然间想通了许多原来困惑不解的问题。

　　晚间，他步入书斋，独坐案前，展纸挥毫，洋洋洒洒地写出了他平生最长的作品——散文名篇《大人先生传》。这里所谓的"大人"，即"仙人"的意思，用司马相如《大人赋》之意。传中塑造的超世独往的大人先生形象，一方面阐发了越名教而任自然的旨趣，另一方面则对礼法之士作了辛辣的讽刺：

且汝独不见夫虱之处于裈中乎？逃乎深缝，匿乎坏絮，自以为吉宅也。行不敢离缝际，动不敢出裈裆，自以为得绳墨也。饥则啮人，自以为无穷食也。然炎丘火流，焦邑灭都，群虱死于裈中而不能出。汝君子之处区内，亦何异夫虱之处裈中乎？

　　这段话的大意是说，君不见群虱处于棉裤中，逃至深缝里，藏在败絮内，自以为找到了安全之所。于是，它们行不敢离裤缝，动不敢出裤裆，也自以为循规蹈矩。它们饥饿了则吸人血，自以为食物无穷。可一旦炎热的气流如战火般袭来，城郭都邑尽成焦土，群虱死于裤中，无一可以逃脱。君子活在世上，何异于群虱活在裤中呢？

　　这里将礼法之士比喻处于裤中的虱子，生动形象，寓意深刻，笔锋可谓犀利之极！这篇散文显然受到《庄子》寓言、楚辞神游和汉赋铺张的影响。全篇音节整齐，基本用韵，时见对偶文句，是中国散文史上独具风格的佳作。

　　阮籍有个本事，就是会使"青白眼"。对志趣不相投的人，他就拿白眼相待，即只是翻白眼，不露黑眼珠。对于情投意合的人，他就用正常的眼色，即青眼相看，表示垂青。可见他也是个爱憎分明，蔑视礼法的人。但是，他虽然心中有自己的是非曲直，嘴巴却从来不议论任何人、任何事物的好坏。

当时，兖州刺史王昶，敬仰他的学识和风度，慕名与他相见。可是阮籍从早坐到晚，口中不吐一字，王昶甚是佩服，说他是世上最高深莫测的人。

刺史可以用不说话来对付，对司马昭本人就不好装聋作哑了。司马昭知道他对自己并不一心一意，但究竟分歧到什么程度却不清楚。因此他多次亲自找阮籍谈话，想摸清他的政治态度。阮籍不好闭口不言，就把话讲得玄而又玄，虚无缥缈，从不具体地评论时事，褒贬人物。司马昭每次和他谈了半天，都是糊里糊涂，根本弄不清他心里究竟想的是什么。

阮籍不仅有说话绕圈子，让人摸不着边际的本领，还有万一说错话，临时应付的才干。

一次，司马昭和一些大臣在闲聊，阮籍也在场。他看到那些大臣极尽阿谀奉承，吹牛拍马之能事，非常厌恶。恰巧这时一位大臣说，近来有个案子，儿子竟杀了母亲。他就故作狂言道："嘻，杀父亲还可以，竟有杀母亲的吗？"

话一出口，大家都对他侧目而视，怪他说错了话。司马昭也责问他："杀父，天下之极恶，难道你认为可以乎？"

阮籍心里也知此言不妥，却不慌不忙地回答道："凡是禽兽，只知有母，而不知有父，所以杀父不过是禽兽之类；但若杀母，那就连禽兽都不如了。"他的解释，竟也言之成理，并持之有故,众人无法反驳,司马昭也不好怪罪他。

　　阮籍有个女儿,才貌双全,闻名遐迩。司马昭为自己的儿子司马炎(即后来的晋武帝)择媳,看中了她,就派人向阮籍家求婚。阮籍心中不愿意,又不敢拒绝,就拼命饮酒,喝得酩酊大醉。稍一苏醒,他便抱起酒坛又喝,一连狂醉了六十多天,使司马昭派去说亲的人,始终无法和他说一句话,最后只好作罢。

　　司马昭对此事很是恼火,便暗中派钟会去问阮籍国家大事,以便抓住什么错话加害于他。但他见钟会一来,就抱出酒坛,请其喝酒。钟会有要务在身,自然不敢多喝,只想撩他说话,可阮籍却不管什么礼节,只顾自己"咕咚咕咚"地喝个烂醉。钟会每次来访,他都这样故技重演,使对方没法从他嘴巴里掏出半句话来。司马昭找不到借口,终也杀他不成。

　　不过,阮籍以醉酒来应付不愿干的差事,也有失手的时候。久有篡位野心的司马昭,假借魏帝的名义自封为"晋公",但他表面上却假惺惺再三辞让,说什么自己道德不高,功勋不大,接受这样的封号心里很惭愧等等。他的那班大臣奴才们自然领会主子的心意,就大演"劝进"的丑剧,劝他接受"晋公"的封号。

　　可是,"劝进"得有一篇像样的《劝进表》,事情才能办得冠冕堂皇。那些人都知道,阮籍胸有文澜学海,只有他才能执好这支笔,于是派人四处找他。最后,他们在嵇康的外甥袁孝尼家把他找到。

当时,阮籍已喝了十几大碗酒,正微带醉意地躺在床上。来者将他扶起,告知来意,铺纸磨墨,让他行文。他迷迷糊糊,信手写去,不改一字,顷刻之间,就将《劝进表》写好了,见者莫不夸他是神笔。

阮籍一贯以醉酒来对抗司马氏集团对他的威逼利诱,这回却因醉酒昏头昏脑地帮了司马氏集团的一个大忙,事后他后悔不已。

阮籍的诗歌创作,代表了他文学上的主要成就,其重要作品是八十二首五言《咏怀诗》,历代被奉为杰作。这些诗的具体写作时间和地点,很难确切考定;一般认为不是一时一地之作,而是包括了他平生不同时期的作品。由于这些作品的内容都是抒情述怀,所以总题为《咏怀诗》。

阮籍诗歌的特点,是善用比兴,寄托遥深,风格浑朴含蓄,多数与他同司马昭谈话一样,非常冲虚玄妙,很难确切抓住它的意思。请看其中的第三首:

嘉树下成蹊,东园桃与李。
秋风吹飞藿,零落从此始。

> 繁华有憔悴，堂上生荆杞。
> 驱马舍之去，去上西山趾。
> 一身不自保，何况恋妻子。
> 凝霜被野草，岁暮亦云已。

这究竟说的是什么事情，的确不好捉摸。不过，从中我们仍可以明显感到，诗人对社会和人事的兴衰交替很感慨，说自己应像伯夷、叔齐一样，洁身自好，远离乱世，尽早退隐。

再看第三十三首：

> 一日复一夕，一夕复一朝。
> 颜色改平常，精神自损消。
> 胸中怀汤火，变化故相招。
> 万事无穷极，知谋苦不饶。
> 但恐须臾间，魂气随风飘。
> 终身履薄冰，谁知我心焦！

日复一日，循环往复，自己容颜衰老，精神损消。心中如沸如焚，全是世事变化所致，天下事无穷无尽，我那点智谋岂能应付得了。唯恐仰俯之间，自己性命丧失，终生就像踏在薄冰上一般，谁知我心中焦虑！这些即是这首诗的大意。

阮籍为什么常作穷途之哭？他为什么心中有是非，却从来不褒贬人物？为什么他常常喝得烂醉，并以此来对付阴险狡诈的司马氏集团？这首诗可以说很好地回答了这一系列问题。其中要害，正如鲁迅在《魏晋风度及文章与药及酒之关系》中所说：阮籍谈玄饮酒，并不完全在于他信奉老庄思想，而在当时险恶的政治环境，"其时司马氏已想篡权，而阮籍的名声很大，所以他讲话就极难"。

由此观之，阮籍的许多被常人看做痴傻的怪异之举，并非是出于他个人的性格或志趣的原因，而是他所处的恐怖环境所致。了解这一点，才可真正懂得阮籍其人和其文。[3]

[1] 关于聂政刺韩相的事件，有两种传说：一是说战国时期，聂政的父亲为韩王铸造宝剑，没有按时完成，被韩王所杀。聂政为报父仇，花了十年功夫刻苦学琴。后来他有意在王宫外弹琴，韩王知道后，召他进宫演奏。聂政在琴箱中藏了把锋利的匕首。当韩王沉浸在美妙动人的琴声中时，他突然抽出匕首，刺死了韩王。接着，聂政用匕首毁坏自己的面容，叫人认不出来，以免连累家人，后自刎而死。另一种说法是，战国时，韩相侠累主张韩、赵、魏三家分晋，遭政敌严仲子反对。后严仲子逃亡齐国，用重金求侠客聂政刺杀侠累。聂政杀韩相侠累后，毁容剖腹而死。
[2] 主要参考资料：《晋书·嵇康传》、《世说新语》、戴明扬《嵇康集校

注》、汤用彤《魏晋玄学论稿》。
[3] 主要参考资料:《阮籍集》、《晋书·阮籍传》、《世说新语·栖逸》、鲁迅《魏晋风度及文章与药及酒之关系》。

【第9回】

左思潜心赋三都
郭璞飘逸吟游仙

左思潜心赋三都

西晋太康年间的文坛上,有两人一俊一丑,最引人注目:俊的叫潘岳,丑的叫左思。

潘岳每次乘车走在洛阳道上,一街两巷,男女老少,都争着看这位美男子;一些胆大的女子,有时还联合起来,手拉手把他的车子围住,一面齐声喝彩,一面向他的车里掷以果子。从晋朝到现在一千六百多年,"潘郎"一直是美男子的代称;"掷果潘郎"的佳话,也一直在民间广为流传。可左思呢?因为生得奇丑无比,加上又是结巴,平日就不愿出门,偶然上街,道路旁总有人对他指指点点,有些调皮的小孩,还一个劲地向他车上扔石头,这和潘郎可真是个鲜明的对照。

然而,"人不可貌相,海不可斗量"。别看左思形貌丑陋,却有满肚子才学。《晋书·左思传》就说他:"貌寝口讷,而辞藻壮丽。"沈德潜在《古诗源》中也说:"太冲(即左思)胸次高旷,而笔力又复雄迈,陶冶汉、魏,自制伟词,故是一代作手,岂潘、陆辈所能比埒!"左思究竟有何才华,竟赢得诗评家们如此赞扬?回答这个问题,最好还是从"洛阳纸贵"这个典故谈起。

大约在太康初期（公元281—285年），京城洛阳的繁华市场上，只见达官显贵、文人学士、富豪子弟，甚至闺中少女，突然像着了魔似的，都争先恐后地跑到纸店去买纸，纸店门口常常排起长龙。纸商一看纸卖得飞快，供不应求，一连数次抬高价格，于是有了"洛阳纸贵"这个典故。

这些人抢着买纸，原来都是为了抄录一篇轰动京师、誉满文坛的文章，即左思的《三都赋》。

那《三都赋》在当时可了不得，著名学者皇甫谧读后，佩服不已，为它写了一篇热情洋溢的序言；文坛名人张载、刘逵、卫瓘等，分别为它作注评解；就连当时学术界泰斗、官为"司空"（副丞相）的张华，也对它交口称赞。一篇文章能引起这样的轰动，在当时可谓独一无二。所以文人学士及富家子弟都争相传抄，以先睹为快，拥有为荣，以致把洛阳的纸价都抬高了。

《三都赋》写的是魏、蜀、吴三个国的国都。赋一开始，蜀国公子向吴国王孙谈论蜀都（今四川成都），夸耀其山水风景和草木鸟兽之盛。吴国王孙不以为然，说吴都（今江苏南京）比蜀都更好，列举了许多文化名人和珍稀动植物加以说明。魏国先生接着描述魏都邺城（今河南安阳）的地理形势和物产风貌，说比蜀、吴两都更好，最后蜀国公子和吴国王孙都服气认输。这篇赋实际上不只是写三个都城，而是写魏、蜀、吴三个国家的概况，因而需要丰富的地理、历史知识和广博的见闻。

为了使赋里的各方面描写翔实准确，左思除了广搜博集各种资料外，还乘妹妹左芬被选入宫的机会，把家搬到京师洛阳，向熟悉蜀国、吴国情况的人广泛请教。为了便于查阅国家图书档案，他又申请做了一个时期的秘书郎。据说左思写这篇赋一共花了十年时间，家里房中院外，甚至厕所间，到处都放着纸笔，一想到佳句马上写下来，以免遗忘。

正因为左思如此呕心沥血、刻苦创作，所以他的《三都赋》写得非常出色。体制宏大、事类广博、文辞优美、瑰伟奇丽自不必说，更主要的是在赋的写作态度上，他比前人跨进了一大步。

汉代班固曾写过《两都赋》，张衡曾写过《二京赋》，都是描述汉朝东西两个京都的长篇巨制。为了使文章堂皇富丽，作者极尽夸张润色之能事，使许多地方严重失实，甚至毫无根据。后人指责这类作品因辞害义，内容虚假，过分雕饰，是很有道理的。

左思一反这种风习，他在《三都赋·序》里，批评前人作赋"侈言无验，虽丽非经"，"考之果木，则生非其壤；校之神物，则出非其所。于辞则易为藻饰，于义则虚而无征"。同时，左思也阐述了自己的作赋原则：

> 余既思摹《二京》而赋《三都》，其山川城邑，则稽之地图；其鸟兽草木，则验之方志；风谣歌舞，各附其俗；魁梧长者，莫非其旧。何则？发言为诗者，咏其所志也；升高能赋者，颂其所见也；美物者贵依其本，赞事者宜本其实；匪本匪实，览者奚信？

正因为左思以这种严谨态度作赋，在讲究文辞优美的同时，更注意内容的真实可信，所以《三都赋》在历代赋中独具一格，占有很重要的地位。左思关于作赋应尽量避免虚夸，强调征信求实的文学主张，也一直受到后代文学家的推崇和赞许。

当时，左思在家潜心创作《三都赋》的消息传开，一些文坛学子都把它当作笑柄。以擅写"悼亡诗"而闻名一时的美男子潘岳，说他不知天高地厚，太不自量力。另一位著名文学家陆机，多年收集资料，早想写一篇《三都赋》，后听说左思在写，还写信对他弟弟陆云说："这里有个粗陋的外地人，要写什么《三都赋》，将来写好了，不过用来蒙酒缸吧！"后来他们读了左思的杰作，都叹服不已。陆机也认为自己再写，不可能超过左思，就从此打消了这念头。

其实，对左思来说，他的文学成就并不只在这篇赋上，而主要在诗歌创作上。左思的诗现存十四首，以《咏史诗》八首最为著名。

左思的《咏史诗》，名为咏史，实为抒怀。《咏史诗》八首，为我们塑造了一位有理想、有才能、有反抗精神，却又郁郁不得志的古代士子形象，具有鲜明的个性特征。请看他的《咏史诗》第一首：

> 弱冠弄柔翰，卓荦观群书。
> 著论准《过秦》，作赋拟《子虚》。
> 边城苦鸣镝，羽檄飞京都。
> 虽非甲胄士，畴者览《穰苴》。
> 长啸激清风，志若无东吴。
> 铅刀贵一割，梦想骋良图。
> 左眄澄江湘，右盼定羌胡。
> 功成不受爵，长揖归田庐。

这完全是借咏史事，抒发胸中怀抱。诗人自言少年即博览群书，撰文能比贾谊的《过秦论》，作赋可与司马相如的《子虚赋》媲美；自己虽非武士，却也读过兵书，企盼建功立业，以报国家；但这决非贪图爵赏，功成之后，仍愿过原来生活（功成不受爵，长揖归田庐）。

然而，左思的才能和抱负，只能"梦想骋良图"，在现实中根本无处发挥和施展。他生活在以司马氏为代表的世袭贵族当权的时代。自曹魏时期建立"九品中正制"[1]以后，逐渐形成了根深蒂固的门阀制度，西晋初期更是出现了世族独占上品的现象。所谓"上品无寒门，下品无世族"（《晋书·刘毅传》），就是对这种门阀现象的准确概括。左思出身寒门，自然受到压抑和排挤，仕途难以腾达，抱负更难伸展。他郁闷在胸，对门阀制度进行了猛烈的抨击。

在《咏史诗》第二首里，左思写道：

> 郁郁涧底松，离离山上苗，
> 以彼径寸茎，荫此百尺条。
> 世胄蹑高位，英俊沉下僚。
> 地势使之然，由来非一朝。
> 金张藉旧业，七叶珥汉貂。
> 冯公岂不伟，白首不见招。

左思在这里说：长在山上的小草，竟能以短小的茎叶，遮盖住长在涧底的百尺巨松。权贵世家子弟登临高位，而真正有才干的人却落为小小的幕僚，这都是门第的限制，并且由来已久。金日磾和张汤两个家族的后代子孙，凭借祖先的旧业，七代都做汉朝贵官；而冯唐才华出众，头发白了仍不被皇帝召见重用。

这首诗以形象而贴切的比喻，揭露门阀制度所造成的"世胄蹑高位，英俊沉下僚"的不合理，同时又借评说古人，指出了门阀制度的根深蒂固和不易改变。诗中所塑造的"涧底松"艺术形象，曾被南朝诗人范云和初唐诗杰王勃，用来抒发怀才不遇的苦闷情怀，可见其影响深远。

左思《咏史诗》的特点，是能够把深刻的思想内容，以巧妙的艺术形式表现出来。他喜用形象比喻，但毫不游离于作品思想之外；他多用对偶句，却从不陷入呆板冗沓的泥淖；他讲究炼字炼句而不失自然流畅；他以诗咏史而不囿于古人陈见，可谓落落写来，自成大家。

他的《咏史诗》里有许多名句：如"振衣千仞岗，濯足万里流"[2]，这是何等高洁的境界；"长啸激清风，志若无东吴"，这是何等豪迈的情怀；"何世无奇才，遗之在草泽"，这又是何等深沉的感慨。

他的《咏史诗》，笔力矫健，情调高亢，气势雄浑，音韵铿锵，虽然抒发了怀才不遇、壮志难酬的苦恼，却没有蒙上颓废沮丧的阴影，回荡于诗篇中的，始终是壮烈不已的悲凉，很接近于建安文学的慷慨之气。所以后人称他的这种风格为"左思风力"，认为他是西晋作家中成就最高的一位。刘勰在《文心雕龙·才略》里即说："左思奇才，业深覃思，尽锐于《三都》，拔萃于《咏史》。"

左思，字太冲，是齐国临淄（今山东淄博）人，大约生于嘉平二年（公元250年），卒于永兴二年（公元305年）。他家世业儒学，颇重视孩子教育。可左思不仅天生相貌丑陋，说话结巴，而且从小非常迟钝和愚笨，学书学琴都学不会，颇受人歧视。他父亲左雍，精明能干，开始只是一般小吏，后以自己出众才华，升任殿中侍御史。左雍起先对他比较灰心，曾对朋友说："这孩子反应愚钝，理解事物比我小时候差多了。"谁知左思听了这话后，暗自发愤用功，刻苦读书，终于大有进步。

左思是个勤奋型的作家，作诗为文极慢。《三都赋》总共不过万把字，却写了整整十年时间；他写诗也是苦思细吟，好多天才能成诗一首。这和那些才子型作家，如曹植出口成章，王勃下笔千言，李白斗酒诗百篇，根本无法相提并论。但正如古话所说："慢工出细活，勤奋出天才"，他精雕细刻，反复琢磨出来的作品，确实让人叹服，这完全应归功他辛勤努力的结果。[3]

郭璞飘逸吟游仙

自魏正始年间起，社会动荡不安，不少士大夫接受老庄思想和佛教哲理，高蹈遗世以避祸自保，于是导致了魏晋玄学的兴起。随着玄学的发展，至西晋末年，一种旨在谈玄说理的玄言诗悄然兴起，逐渐流行文坛。

这种玄言诗，缺乏艺术形象和真挚情感，文学价值很低，因而大部分作品都失传了。钟嵘在《诗品》里，评价这一时期的创作说："永嘉时，贵黄老，稍尚虚谈，于时篇什，理过其辞，淡乎寡味。"在这种文学风气里，能够自拔流俗，"变创其体"，并取得杰出成就者，就是颇具传奇色彩的诗人兼学者郭璞。

郭璞，字景纯，生于晋武帝咸宁二年（公元276年），河东闻喜（今山西绛县）人。他父亲郭瑗，曾做过尚书杜预的属员，后任建平太守。郭璞爱好经术，学识渊博，只是口讷，不善辞令。他除了是位作诗高手以外，赋、诔、颂亦写得相当出色。在古文字学和训诂学方面，他也造诣极深，曾注释过《周易》、《尔雅》、《山海经》、《方言》及《楚辞》、《子虚赋》、《上林赋》等数十万言；其中《尔雅注》和《山海经注》一直流传至今，成为人们研究这两部书的主要依据。《晋书·郭璞传》说他"博学有高才"，并非过誉之词。

郭璞还有个奇异的本领，就是精于卜筮之术，算卦算得非常准确。他这套本事，受益于一位客居河东的郭公，从他那儿得到《青囊中书》九卷，于是通晓五行卜筮之术，并能够"禳灾转祸",本领大极了。

两晋时期,社会风气相当迷信阴阳五行及神仙方术,算卦卜筮盛行一时。郭璞没有显赫的家世,在重视门第的当时,若想出人头地,只有靠自己的才华和努力。没想到他这套在一般人看来属于旁门左道的算卦卜筮的本事,竟然帮他步入了官场。

西晋末年,早在洛阳和长安还没有失陷前,郭璞的故乡闻喜地区已处于风声鹤唳之中。他算了一卦,得知晋室命运,并料定家乡战乱将起,于是暗约他的亲朋好友,一共几十家,避祸流亡江南。抵达将军赵固镇守的地盘时,恰巧赵固所乘的良马刚死,赵固非常痛惜,整日愁眉苦脸的,不接待任何宾客。

郭璞前去拜访,见门吏不予通报,便说:"我能使赵将军的马起死回生。"门吏闻言大惊失色,连忙入内禀告。

不一会儿,赵固匆匆赶出来问:"你是何方高人,可使我的马再生?"

郭璞说:"以健汉三十人,皆持长竿,东行三十里,见一丘陵,上有一庙,便以竿拍打,当得一物,急持而归,此马活矣。"

赵固依此行事,果得一物,形状似猴。此物一见死马,便吹嘘其鼻,顷刻之间,那马引颈嘶鸣,一跳而起,奔驰如

常；而那猴状神物，却消失得无影无踪。赵固惊奇万分，立刻赏赐他很多钱物。

当时那些做官的，几乎都迷信算卦，而郭璞算卦也确实灵验。于是，他就凭着这一技之长，赚得一路上的费用，平安渡过了长江。到达宣城时，太守殷祐见他相貌堂堂，谈吐高雅，颇有学问，便用他做了参军。

这段时期，他的神奇本领时有表现，曾经十分灵验地卜测出许多奇奇怪怪的事，因而名声越来越大。当时，丹阳太守王导和他的兄长王敦，支持琅玡王司马睿移镇建康（今江苏南京），并策划辅佐他称帝。王导听说郭璞有此奇才，便把他调到手下，让他为自己和司马睿算卦。

不过，王导和司马睿很看重郭璞的卜筮，却并不把他当个人才，认为他只不过是个稔熟阴阳五行的方士而已。大兴元年（公元318年），司马睿称帝（晋元帝）大封功臣时，并没有给他一个像样的职位。其实，这可是门缝里看人，将郭璞看扁了。郭璞不但有济世之才，而且有救国之志，只是没想到原先帮助他踏入仕途的卜卦术，现在反倒成了他仕进之路的障碍，真是此一时彼一时也！

后来，他为了鼓舞江东立国的信心，也为了展示自己的才华，先后写出了甚为人们称颂的《江赋》和《南郊赋》。在《江赋》里，他极写长江之浩瀚，地势之险峻，物产之丰富,风光之秀丽,铺张夸饰,文采斐然。有些写景片段,如描绘江中舟楫往来的情景,笔锋雄健婉转,气象壮阔动人,写得相当传神,富有诗意。元帝读后,这才又赏识他的文才,将他升为著作郎,后迁任尚书郎。

他曾数次上疏言事,条陈时政得失,既表现了他有治国之策,更反映了他对东晋王朝的忠心。

> 有道之君,未尝不以危自持;乱世之主,未尝不以安自居。故存而不忘亡者,三代之所以兴也;亡而自以为存者,三季之所以废也。是以古之令主,开纳忠说,以弼其违;标显切直,用功其失;乃至闻一善则拜,见规谏则惧。何则?盖不私其身,处天下以至公也。
>
> ——《请布泽疏》

这是他一次上疏中的一段话,不论从内容或文辞来看,实在不在历代名臣的奏疏之下。只可惜他在奏折中,总是引用卦语,以卜为言,以致那些阴阳五行的言辞,常常掩盖了其中的忠义之言和精策之论。因此,晋元帝对他的上疏,虽然嘉纳,却从未采行,而郭璞的政治才能和济世热情,也就这样被埋没和压抑了。

不久,母亲去世,他为服丧而离职。一辈子才高官卑,英雄无用武之地，他心中当然颇为苦闷。这时，他终于看穿世事，觉得在官场里争名逐利并无意思，而对高蹈隐逸发生了浓厚的兴趣。

这段时间里，他写出了十多首传诵千古的《游仙诗》。刘勰在《文心雕龙·才略》里评价他说："景纯艳逸，足冠中兴，《郊赋》既穆穆以大观，《仙诗》亦飘飘而凌云矣。"钟嵘在《诗品》中则说他的《游仙诗》："文体相辉，彪炳可玩，始变永嘉平淡之体，故称中兴第一。"

请看《昭明文选》所录七首《游仙诗》中的第一首：

京华游侠窟，山林隐遁栖。
朱门何足荣，未若托蓬莱。
临源挹清波，陵岗掇丹荑。
灵谿可潜盘，安事登云梯？
漆园有傲吏，莱氏有逸妻。
进则保龙见，退为触藩羝。
高蹈风尘外，长揖谢夷齐。

京师是游侠活动的场所，山林是隐士栖居的去处。豪门贵宅何足荣耀，寄身蓬莱仙境才最为理想；渴了斟饮清泉，饿了采食灵芝，离城九里的灵谿就可隐逸逍遥，何必非要出仕做官呢？庄子当年拒绝担任丞相，老莱子随妻藏匿深山，他们都不为荣利诱惑，因而也不受任何人制约。我何不长揖伯夷、叔齐而去，高蹈独立于世俗风尘之外呢！这就是这首诗的大意。它不像当时一般的游仙作品，只是谈玄说理，而是假托游仙以抒写自己的怀抱，与阮籍的《咏怀诗》情调很相似，其中寄寓了一种极为悲愤的心情。

郭璞为什么产生高蹈隐遁的思想呢？他的第五首诗透露了个中原因：

逸翮思拂霄，迅足羡远游。
清源无增澜，安得运吞舟？
珪璋虽特达，明月难暗投。
潜颖怨青阳，陵苕哀素秋。
悲来恻丹心，零泪缘缨流。

善飞的鸟总想翱翔云霄，善奔的兽总是思慕远游；清泉碧池无波澜，岂是吞舟大鱼的住处？珪璋这种玉器和明月这种宝珠，虽然本身熠熠闪光，但若把它们放在暗处，仍然不会为人所见。生长在荫蔽之处的植物，埋怨春天来得太迟；位处丘陵之上的秀木，哀叹秋天来得太早，想起这些真让人悲痛，眼泪顺着帽带往下直流。

在这里，作者首先表达了渴望施展抱负，而又限于势位无法施展的感慨，接着进一步悲叹怀才不遇的苦闷，由此想到受压抑的人有其痛楚，但显达的人又易遭风险，因而不禁流泪叹息。

很明显，郭璞的《游仙诗》，表面歌唱的是仙道之事，实际上抒发的是与左思相同的"英俊沉下僚"的愤慨，故实质乃是"坎壈咏怀"之作。钟嵘在《诗品》里评价他的诗说："但《游仙》之作，辞多慷慨，乖远玄宗，而云'奈何虎豹姿'，又云'戢翼栖榛梗'，乃是坎壈咏怀，非列仙之趣也。"

却说司马睿在建康（今江苏南京）称帝后，政治上靠王导经营，军事上靠王敦支撑，东晋司马氏政权，实际上是王氏家族专权的小朝廷。后来晋明帝不满王氏家族的专横，企图削弱王氏势力，这恰好给早有篡位野心的大将军王敦提供了借口。王敦在荆州欲起兵造反，特地让郭璞给他卜筮算卦。郭璞因反对他叛逆，便借机说此次起兵将"无成"。

王敦闻是凶卦，很有几分不快，便又问道："你再算一卦，看我寿命几何？"

郭璞答曰："你若起兵，祸必不久；若往武昌，寿不可测。"

王敦勃然大怒，顿起杀心，恶狠狠地盯着郭璞问道："你寿将几何？"

郭璞知道自己触怒王敦，难逃杀身之祸，反而很平静地答道："我命将尽于今日正午。"

王敦更加怒不可遏，即命将郭璞绑出斩首，时为太宁二年（公元324年），郭璞年仅四十九岁。

一代大诗人兼大学问家，竟这样惨死于叛逆之臣的屠刀之下，实为千古沉冤！

不久，王敦叛乱被平息，晋明帝觉得郭璞忠心难得，追赠弘农太守。他的诗文本有数万言，但多数散佚，明代张溥辑有《郭弘农集》二卷传世。[4]

[1] "九品中正制"，魏晋南北朝时维护世族特权的官僚选拔制度。
[2] "振衣"，扬去衣上灰尘；"仞"，七尺为一仞，"千仞岗"形容极高；"濯"，洗。这两句诗的大意是：在高山上抖衣，在长河里洗脚，以除去世俗的污尘。
[3] 主要参考资料：《晋书·左思传》、《左芬墓志》、《世说新语·文学》、《全上古三代秦汉三国六朝文》、《先秦汉魏南北朝诗》。
[4] 主要参考资料：《晋书·郭璞传》、《晋书·王敦传》、《太平广记》卷十三、丁福保《全晋诗》。

【第 10 回】

陶渊明弃官归田园
谢灵运辞职游山水

陶渊明弃官归田园

义熙元年（公元 405 年），北府兵首领刘裕（即后来的宋武帝）经过多次征战，俘杀拥兵篡位的桓玄后，东晋王朝大权实际上落到了他的手里。为了庆贺胜利，他在建康（今江苏南京）将军府大宴幕僚。众人筹觥交错，开怀畅饮，喝得有几分醉意时，刘裕让大家谈谈抱负和志向。

话音刚落，只见一人满脸通红，跟跟跄跄地走上前来，大声说道：

"今观天下大势，先是司马道子专权，随后王国保乱政，接着又是王恭起兵，桓玄夺位，相互残杀，你争我斗，都是为了谋权逐利。当今皇上臣子，既无意整顿国政，又不想收复失地，处于这种变化时局，每日周旋于官场之中，或曲意逢迎，或互相攻讦，或尔虞我诈，或彼此倾轧，实在毫无意思。"

说到这里，只见两串泪珠顺着他的脸颊滴落下来。"唉"，他情不自禁地长叹一声，张口吟咏了几句诗："志意多所耻，不如归园田。静念园林好，人间良可辞。"

众幕僚一听，知道他是在埋怨自己的抱负受到非难，不愿再在官场周旋,而想回乡归隐田园。众人都为他这样当面顶撞刘裕捏一把汗,便赶忙打圆场说:"陶参军多喝了几杯,在说醉话呢!"

刘裕本来也觉得十分扫兴,很想发作,但一见是陶参军,知道他性格直率,口无遮拦,并非真正跟自己过不去,就叫侍卫把他扶下去休息了。

这陶参军名叫陶渊明,又名陶潜,字元亮,生于晋哀帝兴宁三年(公元365年),是浔阳柴桑(今江西九江西南)人。他的曾祖父陶侃,是东晋前期的重臣,曾经管辖过八个州的军事。他的祖父陶茂和父亲陶逸,也都做过太守。

当初,刘裕认为他是名门大将之后,就请他做了参军。谁知共事几个月,便发现他是个"闲静少言,不慕荣利"的人,更是一个"纵情诗酒,性刚直率"的人。这种人怎能忍受得了官场上的周旋,所以两人见面常常觉得话不投机。

第二天早晨,陶渊明一觉醒来,觉得刘裕待自己不薄,昨天晚上那样对他有些过分了,便借机说自己生性喜欢农村田园生活,能在地方上有个差事,每日有酒喝,就十分满足了。刘裕本来就觉得他的性情和自己不太合拍,今见他主动提出辞官,便落得做个人情,介绍他到彭泽县(今江西湖口)去当县令。

县令不过是个九品芝麻官,但在县城里没什么官场应付,却有公田俸养,每日可以饮酒作诗,陶渊明觉得日子倒也自在。不想上任刚八十来天,就赶上年底,上级派一个督邮(一种检查县令政绩,宣达上级指示的官员)来到县里巡视。

当时,陶渊明正在自己房里吟咏诗篇,听手下的属吏说来了督邮,十分扫兴,不得不勉强放下诗卷,准备跟属吏去见督邮。

属吏看他穿着便装,衣冠不整,随随便便的样子,吃惊地说:"上级官员来了,你该换上官服,衣着整齐地去拜见才好。"

陶渊明向来看不惯那些依仗权势,摆臭架子的督邮,一听小吏说对这种人还要穿着官服行礼拜见,便长叹一声:"我岂能为五斗米,向乡里小儿折腰!"

陶渊明是个多么才高气傲的人!他怎么肯为挣一点薪俸,而向一个没有真才实学的小人低头哈腰?然而,就因为他对上级官员礼仪不周,当天就解印去职,回家乡种田去了。

陶渊明年幼时,家道中落,日子过得十分穷困。但他从小喜欢读书,也很有匡时济国的志向。"昔我少年时,无乐自欣豫。猛志逸四海,骞翮思远翥。""精卫衔微木,将以填沧海。刑天舞干戚,猛志固常在。"从这些诗句来看,他确实很想报效国家,干出一番轰轰烈烈的大事业。

可是,当时中国分为南北两半,北方处于一些游牧民族的统治之下,东晋王朝偏安江南,苟延残喘,根本无意复国。陶渊明看清了这一点,很是灰心,便决意在家半耕半读,侍奉老母。谁知他不会治理生产,日子越过越穷困,娶妻生子以后,更是不堪重负,有时连吃饭都发生问题。

亲朋好友都劝他出去谋个一官半职,以便摆脱生活困境。他这才于二十九岁时,在本州做了个江州祭酒。但没干多久,因受不了公务的束缚和烦恼,就辞职不干了。后来又有人请他出任江州主簿,他没有去。但在家种田,农桑收入常常不能自给,只得又出来在刘裕等手下做了一阵参军。自这回在彭泽丢了县令的乌纱帽后,直到六十三岁去世,陶渊明再也没有涉足官场了。

从彭泽辞官回乡的路上,陶渊明心情很兴奋,边走边作了一首《归去来辞》。其开篇即说:回去吧,田园就要荒芜了!我从来不想出仕,却身不由己地陷入官场,实在令人惆怅而悲伤!过去虽然已不可挽救,未来却可以弥补。我误入迷途不算太远,越来越感到今是而昨非。他还说:富贵本非我意,仙境也不可企及,只愿生活在大自然的怀抱里,辛勤耕耘,长啸赋诗,乐天知命,了此残生。这篇辞赋,描绘了他跳出官场,迷途折返的喜悦,以及对田园生活的热爱,充分表现了其超尘拔俗的高洁志趣。

他的名作《归园田居》五首,更是将这种高洁志趣表现得淋漓尽致。请看其中的第一首：

少无适俗韵，性本爱丘山；
误落尘网中，一去三十年。
羁鸟恋旧林，池鱼思故渊；
开荒南野际，守拙归园田。
方宅十余亩，草屋八九间；
榆柳荫后檐，桃李罗堂前。
暧暧远人村，依依墟里烟；
狗吠深巷中，鸡鸣桑树颠。
户庭无尘杂，虚室有余闲；
久在樊笼里，复得返自然。

在这里，诗人把官场视作"尘网"，把投身其中看成"羁鸟"、"池鱼"，把归隐田园说成是冲出"樊笼"，返回自然。在诗人心目中，淳朴、恬静的田园是世上唯一干净的乐土，是污浊官场的对立物，因此他细腻描绘优美的田园风光，字里行间流露了作者对田园生活的由衷热爱。这里，洁净、幽雅的田园生活与虚伪、欺诈的官场，形成了鲜明的对比，具有感人的艺术力量。

再看《归园田居》第三首：

种豆南山下，草盛豆苗稀。
　　晨兴理荒秽，带月荷锄归。
　　道狭草木长，夕露沾我衣。
　　衣沾不足惜，但使愿无违。

　　陶渊明返回家乡后，在南山下开垦了一块荒地种豆子，可是地里草太多了，豆苗长得稀稀拉拉。于是他清晨就赶到地里锄草，直到月亮升起才扛着锄头回家。晚归的路上，道路狭窄，野草丛生，露水打湿了衣服，可是他心情很愉快。他想衣裳湿了有啥关系呢？只要豆子能丰收就好。在这首诗里，作者不仅表现了不辞辛苦，坚持躬耕的勤劳态度，而且洋溢着对田园农事生活的喜悦之情。

　　陶渊明回乡的头两年，生活是过得非常惬意的。"欢言酌春酒，摘我园中蔬"，这心情多么轻松愉快！"悦亲戚之情话，乐琴书以消忧"，这日子过得多么悠然自得！经过自己的辛勤耕作，看到"我麻日已长，我土又已广"，他又是多么兴致勃勃！不过，最能体现他当时轻松自在心境的，还是传诵千古的《饮酒》第五首：

　　结庐在人境，而无车马喧。
　　问君何能尔？心远地自偏。

采菊东篱下,悠然见南山。
山气日夕佳,飞鸟相与还。
此中有真意,欲辨已忘言。

  陶渊明生平有两大癖好,即爱菊嗜酒。他回乡第二年的秋天,住宅的屋前屋后,黄菊满园,清香四溢。一天傍晚,他在园中采了一阵菊花,抬头仰望,南边庐山,恰好映入眼帘。夕阳映山,碧峰翠岭,明丽沉静;飞鸟翱游,盘旋山中,投林归巢。见此动人情景,一种新的感受涌入心头,他会心地、无声地笑了笑,转身回屋,写下了这首洋溢着悠然自得情调的著名诗篇。

  可是,好景不长。陶渊明归隐后的第三年,家中遭了火灾。一场大火把房子和家当烧毁殆尽。随后几年,又是接二连三的虫灾、水灾、风灾、兵灾。天灾人祸接踵而至的结果,使他陷入了"夏日长抱饥,寒夜无被眠。造夕思鸡鸣,及晨愿乌迁"[1]的困境。

  归隐返乡可以避免为宦做官时的烦恼,却排除不了饥寒交迫的苦难。于是,从五十四岁开始,他的诗就很少歌咏"田家乐"了,说得较多的倒是贫穷、疾病和死亡。晚年的陶渊明不仅对污浊的官场感到厌恶,而且对整个社会现实极为不满。

然而，他渴望和追求美好生活的心并没有死。他在现实中寻找不到自己的理想世界，就展开幻想的翅膀，在创作中加以描绘，这便诞生了中国文学史上的一篇著名散文《桃花源记》。

《桃花源记》说的是武陵（今湖南常德）有个渔夫，在一条小河的上游，忽然看到一片绝美异常的桃花林，便把船扔下，去游览桃林，走到尽头，一座山挡住了去路。他发现这座山有个小洞口，就钻了进去。啊，里面可真是个广阔而美丽的世界！土地平平坦坦，房屋整整齐齐，水池清清亮亮，道路四通八达。男女老少，纯朴善良，种地采桑，欢歌嬉戏，每个人都十分快乐。他们看到这个渔夫，问明他从哪里来，就把他邀请到家里，杀鸡摆宴，热情款待。他们还对渔夫说：自己的祖先为了躲避战乱，秦朝时就来到这里，已和外界隔绝好多年了，根本不知秦朝以后还有汉朝，更不用说魏晋了。渔夫在里面住了几天，告辞这些幸福热情的人，便从原路回家去了。后来，他顺着走过的路，再来找桃花源，却总是迷路，怎么也找不到。

这里描绘的没有君臣，没有压迫，没有战乱，没有欺诈，到处充满和平、幸福、平等的美好世界，是陶渊明的理想世界。它在一定程度上反映了大多数群众憧憬美好生活的愿望。但在当时社会现实中，却不可能有这样一个"桃花源"，它只不过是一种空想罢了。

元嘉四年（公元427年）的深秋，陶渊明在贫病交加之中，身体越来越衰弱了，他大概预感到自己将不久于人世，在九月神志尚清醒之时，给自己写了《挽歌辞》三首和《自祭文》一篇。他在《挽歌辞》第三首中说：

> 荒草何茫茫，白杨亦萧萧。
> 严霜九月中，送我出远郊。
> 四面无人居，高坟正嶕峣。
> 马为仰天鸣，风为自萧条。
> 幽室一已闭，千年不复朝。
> 千年不复朝，贤达无奈何。
> 向来相送人，各自还其家。
> 亲戚或余悲，他人亦已歌。
> 死去何足道，托体同山阿。

生死问题，任何人无法回避；如何对待，常能显示一个人的修养境界。《挽歌》是古代用于丧葬的歌，相传主要由送灵柩者所唱。陶渊明以亡人自诉语气，作《挽歌辞》三首，第一首写敛，第二首写祭，第三首写葬，均从容道来，不喜不惧，表现了平静坦然、洒脱达观的至高人生境界。诗中甚至描写自己被送葬入土的情景,而又能摆脱一般挽歌凄惨悲凉的格调,实非一般人所能做到,当然也更显难能可贵。

他的《自祭文》,以最简洁朴素的四言韵文,回顾自己的一生,结尾发出最后一声叹息:"人生实难,死如之何!"说自己已经尝尽了人生的艰辛,死又能怎么样呢!这可谓是对孔子"未知生,焉知死"名言的别样阐释,表明他对生死问题确实看得很清楚又很透彻。

据朱熹著《资治通鉴纲目》载,"元嘉四年十一月,晋征士陶潜卒",终年六十三岁。他去世后,亲友遵照其遗愿,以"轻哀薄敛"的俭朴仪式安葬了他,并询诸友好,谥曰"靖节"。

陶渊明的诗文创作质朴无华,和他为人处世不拘虚伪俗礼一样,完全是自己真性情的自然流露。当时文坛盛行玄言诗,缺乏真实情感,干枯寡味。由汉代延续下来的辞赋传统,又过于铺陈华丽,粉饰雕镂。陶渊明的创作,在这两种风格中独辟蹊径,以清新素雅的语言,写出了意蕴隽永的篇章,达到了初看浅显平淡,细嚼韵味无穷的极高境界。

陶渊明不仅是晋代最伟大的诗人,而且在整个中国文学史上,也是少数几个最杰出的作家之一。宋代大作家苏轼在《与苏辙书》里曾说:"渊明作诗不多,然其诗质而实绮,癯而实腴,自曹、刘、鲍、谢、李、杜诸人,皆莫及也。"这里，苏轼便认为陶诗甚至高过了李白、杜甫的创作。

陶渊明之所以能取得这样的成就，应归功于他直率的性情，以及广阔而纯净的精神世界。他兼有儒、道、佛三家思想之精华，而不染其弊端，是魏晋思想最好的吸收者和净化者。他有严以律己的儒家风范，而不拘其虚伪的礼俗；他爱老庄虚静无为的境界，而没有清谈怪诞的行为及服药求仙的异想；他有佛家空观与慈爱的精神，而不带丝毫迷信色彩。这种思想背景，再加上他能避开现实是非的骚扰，隐遁于田园自然，所以他的生活能够超尘拔俗，他的诗也不必迎合文坛趋向，而像孤峰清流般独具其清新、自然的风貌——正如元代大文学家元好问在《论诗绝句》中所称赞的那样：

一语天然万古新，豪华落尽见真淳。[2]

谢灵运辞职游山水

中国的诗歌发展，到了南北朝初年，有一个很重要的变化，就是山水诗的兴起。在这之前，虽然诗歌中也有描写山水的诗句，但都是作为抒情咏物的烘托和陪衬而写的，绝少有专篇吟咏山水的诗作。打破这一局面，并取得杰出成就的，当首推元嘉时期的大诗人谢灵运。

谢灵运出生于孝武帝太元十年（公元 385 年）。他家祖籍在陈郡夏阳（今河南太康），西晋末年，中原沦陷，举家南迁，定居会稽（今浙江绍兴）。

谢灵运的家庭在当时可是个豪门望族，一代名将、淝水之战的总指挥谢玄，便是他的祖父；东晋时期的大政治家，著名宰相谢安，是他家的从曾祖；名震当时文坛的杰出文学家谢混，是他的叔叔。不过他的父亲谢瑍，却没有多少才能，是个平庸之辈，早年就过世了，但谢灵运却天生聪明，幼时便博览群书，能诗擅文，深受他祖父的喜爱。谢玄常对人说："我生了庸子瑍，真想不到瑍能生出灵运！"

由于祖父谢玄功高盖世，谢灵运十八岁就被封为康乐公，食邑二千户（可吃二千户的供奉），二十岁时就做了琅琊王的大司马行参军。这时他年纪轻，爱漂亮，讲排场，衣服挑最时髦的穿，物品拣昂贵的用，进出车马，亮丽耀眼，用度极豪华。别人见了，都称他为"谢康乐"。

随后，他时有升迁，先后做过记室参军、从事中郎、谘议参军，直至当了中书侍郎的要职。他出身名门，自小富贵，娇生惯养，本来就很高傲任性，加上年轻得志，官运亨通，自然更加桀骜不驯，狂放不羁。正是这一点，成为他后半生悲剧性遭遇的一个重要原因。

俗话说，一朝君子一朝臣。永初元年（公元420年），刘裕篡晋做了皇帝（宋武帝），一来怕谢灵运才高，威胁到自己权位，二来因他祖辈是东晋重臣，担心他心怀异志，因而自然对他排斥打击。不久，他的封爵就被降为康乐侯，食邑减至五百户，并只让他做了散骑常侍这个不太重要的闲官。

这时，谢灵运三十六岁，正是踌躇满志，建功立业的时候，遭此打击，自然愤愤不平，于是以歪就歪，终日随兴游乐，不理政事，偶尔去趟朝廷，也是牢骚满腹，出语伤人。所以，永初三年（公元422年），朝廷以"构扇异同，非毁执政"为理由，又把他降为永嘉太守。

永嘉即现在浙江永嘉一带，气候宜人，风景优美。谢灵运本来就喜欢游山玩水，现在既然到此为官，就走遍诸县，尽兴游览。每次出去，少则七八天，多则半月有余，所到之处，只顾探幽揽胜，吟咏诗歌，根本不问政事。《宋书·谢灵运传》就说他："出守既不得志，遂肆意游遨，遍历诸县，动愈旬朔，民间听讼，不复关怀。所至辄为诗咏，以致其意焉。"几乎用了一年的时间，他把永嘉各地的名山丽水都玩遍后，就主动辞官去职，返回家乡，虽有人劝说，他也不听。

其实，在永嘉一年，谢灵运的思想始终纠缠在苦闷和矛盾之中。他青云失路，仕途遭挫，无法反击而又心有不甘，于是以纵情山水，不理政事来消极抵抗。这种消极抵抗方式，一来可以表明自己孤傲清高，二来也是向执政者表示不满和示威；这或许竟是一种以退为进的策略，用以显示自己这样一个人物，岂是小小永嘉所能容纳和牢笼。

不过，谢灵运的消极抵抗虽然并没有改变其官场失意的命运，却为世人留下了不少优美动人的诗篇。在永嘉期间，他创作的山水诗达到了很高的艺术境界。请看甚为人们称颂的《登池上楼》：

> 潜虬媚幽姿，飞鸿响远音。
> 薄霄愧云浮，栖川怍渊沉。
> 进德智所拙，退耕力不任。
> 徇禄反穷海，卧疴对空林。
> 衾枕昧节候，褰开暂窥临。
> 倾耳聆波澜，举目眺岖嵚。
> 初景革绪风，新阳改故阴。
> 池塘生春草，园柳变鸣禽。
> 祁祁伤豳歌，萋萋感楚吟。
> 索居易永久，离群难处心。
> 持操岂独古，无闷征在今。

这首诗句句是写景，又句句是抒情，通篇对偶工整，用字高洁，意韵悠远。开头通过写"潜虬"[3]深藏，自赏幽姿；飞鸿高翔，声扬四方，表明自己的怀抱志向；继而说自己的志向得不到伸展的机会，流露出无限的感叹。中间写诗人病中临窗眺望春天景象时的所见所思，最后说离群索居，保持高尚节操岂独古人有之，我今日也照样可以做到，表现了自己洁身自好，孤芳自赏的情怀。诗中的"池塘生春草，园柳变鸣禽"，自然可爱，天趣盎然，是古今传诵的名句。

文帝刘义隆即位后不久（元嘉三年，公元 426 年），召谢灵运为秘书监（总管朝廷图书典籍和文秘工作的官职）。他本不愿去，后来召之再三，无法推辞，才到建康（今江苏南京）赴任。到了朝廷，他的主要任务是编撰《晋书》，整理秘阁要籍并补足缺损文字。这份差事虽然不像把持实权的大官那样炙手可热，但地位和声望却是不低的。

然而，谢灵运可是个心高气傲的人，他自恃门第高贵，才华出众，眼见才能远不及自己的王华、殷景仁之辈，竟在朝廷握揽权柄，实在不太服气。于是，他只顾在家养花种竹，掘池垒山；或者出城游玩，多日不返，什么公务政事，一概不问。

文帝刘义隆早朝时，各位大臣毕恭毕敬地站立两旁，就是经常见不到谢灵运的身影。要是一般大臣像这样，早被革职除名了。但文帝自己也是个诗人，很理解文人的几分浪漫气质，加上更爱他有才，不想过分伤害他，只是有时旁敲侧击地暗示说说。

谢灵运是个多么聪明的人，自然知道文帝对他有意见，却丝毫不加改正，而是干脆称病告假，变本加厉地到处游玩。结果，他终为御史中丞（专管朝廷监察、执法的长官）傅隆所弹劾。文帝算给他留面子，暗示他自己辞官。谢灵运迫于无奈，只得上表称病，文帝批准他回老家休养，他就这样丢官回乡了。

他本是个世家公子，有吃不尽花不完的丰厚家产，被罢免官职回家，除了心里不大快活外，日子过得倒是舒服多了。他在家中，僮仆成群，门生更众，外出游历，随从常常多达数百人。他走到哪里，看哪里景色好，就在哪里开山浚湖，建构风景。

一次，他叫了数百僮仆门生，从始宁南山（今浙江上虞南部）至临海（今浙江临海），沿路伐木掘石，推土开道。临海太守王琇听了，以为山贼袭来，大为惊骇，后来知道是他，才放下心来。

当时，一般州官县令，知他家大势大，都让他几分，不敢轻易得罪。但他这样任性横蛮，终也激起一些人的愤怒。元嘉十年（公元 433 年），终被人诬以叛逆罪收捕，流徙广州时被杀，这时他只有四十九岁。

谢灵运具有多方面的才能，除诗文创作外，还擅长史学，精通佛理，工于书法，并在这几方面都有自己的建树。不过，他最大的成就，还是在山水诗的创作上。他的山水诗，绝大部分写于当永嘉太守之后。这时，他政治失意，便寄情山水，登临寓目，发为诗篇，以富丽精工的语言，描写了江浙一带绮丽的自然风光。请看他的山水诗名篇之一《石门岩上宿》：

朝搴苑中兰，畏彼霜下歇。
暝还云际宿，弄此石上月。
鸟鸣识夜栖，木落知风发。
异音同至听，殊响俱清越。
妙物莫为赏，芳醑谁与伐。
美人竟不来，阳阿徒晞发。

这首诗的大意为：花园中的兰草还在霜露中静静休歇，我一大早游览时已把它采摘。晚来露宿云雾环绕的石门山上，玩赏着映照在石上的明月。鸟儿唧唧喳喳知道夜晚栖息，树叶纷纷飘落乃是山风阵阵吹过。不同的声音是那样优美动听，空谷回响更加清亮悠扬。这样美好的景物无人欣赏，芳香的美酒谁与我共同品尝？知心的朋友竟然都没来，让我独游好不感伤！

诗篇描写诗人夜宿浙江嵊县石门山时，所感受到山中静夜的气氛和期待知音的心情，叙事、写景、抒情三者完美融合，清词丽句，新鲜洁净。谢灵运同时代的大诗人鲍照，曾评价他的诗"如初发芙蓉，自然可爱"，可谓一语中的，抓住了谢诗的特色。

谢灵运的山水诗，像《登池上楼》、《石门岩上宿》这样通篇完美的作品，不是很多，但散见在各篇中佳辞名句，却俯拾即是。如"野旷沙岸静，天高秋月明"（《初去郡》）；"明月照积雪，朔风劲且哀"（《岁暮》）；"白云抱幽石，绿条媚清涟"（《过始宁墅》），等等，描写自然景色多么细致入微而又情趣盎然。又如，"时竟夕澄霁，云归日西驰。密林含余清，远峰隐半规"（《游南亭》），把山林落日的景象，勾画得多么形象生动而又意蕴悠长。再如，"近涧涓密石，远山映疏木。空翠强难名，渔钓易为曲"（《过白岸亭》），把老庄哲学思想化入山光水色之中，由景涉理，浑无痕迹，甚为高妙。

由于谢灵运的家庭地位和他在诗歌上的突出成就，他的诗风对当时诗坛影响很大。《宋书·谢灵运传》说他在始宁（今浙江上虞）山居时，"每有一诗至都邑，贵贱莫不竞写，宿昔之间，士庶皆遍，远近钦慕，名动京师"。《文心雕龙·明诗》也说："宋初文运，体有因革，老庄告退，而山水方滋，俪采百字之偶，争价一句之奇，情必极貌以体物，辞必穷力而追新。"这里所谈东晋宋初的诗风特征，实际上正是谢灵运诗风的特点。所以从东晋玄言诗转向宋初山水诗，诗歌由晦涩之境而步入清新之途，谢灵运可谓具有筚路蓝缕之功。

　　总的来说，当时文坛盛行玄言诗，理过其辞，淡乎寡味，内容贫乏，晦涩难懂。而谢灵运则是扭转玄言诗风、开创山水诗派的第一位大诗人。他不仅对过去诗歌中很少具体描绘的山川风光，自铸新辞，精心刻镂，多有自己的开拓创造，而且对后世影响极其深远。

　　自他以后，南朝的谢朓、何逊，唐朝的孟浩然、王维等许多山水诗人，纷纷涌现，蔚为大观。山水诗作为诗歌的一个种类，更是成了中国诗歌百花园中的繁花硕果，珍品迭出，代有佳作，令人美不胜收。[4]

[1] 这几句诗摘自《怨诗楚调示庞主簿邓治中》，其大意为：夏天长，常常没饭吃，刚起床就盼望太阳快落山；冬天没有被褥，睡觉惧怕夜寒，刚天黑又盼着快天明。
[2] 主要参考资料：《陶渊明集》、《晋书·陶渊明传》、《续晋阳秋》、《陶渊明资料汇编》。
[3] "虬"，传说中有角的小龙。
[4] 主要参考资料：《宋书·谢灵运传》、《韵语阳秋》、《诗品》卷中、黄节《谢康乐诗注》。

【第 11 回】

鲍明远失路叹寒门
庾子山羁留哀故国

鲍明远失路叹寒门

在南朝诗坛上,除谢灵运以外,最为著名的诗人则首推鲍照。沈德潜在《古诗源》里将两人并举:"康乐(谢灵运)神工默运,明远(鲍照)廉俊无前,允称二妙。"胡应麟在《诗薮》里更是直接指出:"宋人一代,康乐外,明远信为绝出,上挽曹(植)刘(桢)之逸步,下开李(白)杜(甫)之先鞭。"

然而,这些崇高的评价,都是后人所作,鲍照在当时可说"英俊沉下僚",终身寂寞郁闷。

鲍照,字明远,东海(今山东郯城北)人,约生于晋安帝义熙年间(公元414年)。他出身寒微,家里人不是扛锹种地的农夫,就是执缰牵马的劳役,但他自少有才,胸怀大志,功名事业心很强。

不幸的是,整个南朝是一个十分讲究门阀特权的时代,非士族豪门出身的人,各个方面都要受到排斥和歧视。正是如此,鲍照尽管才华出众,但在"上品无寒门,下品无世族"的南朝时代,却注定了只能是怀才不遇的可悲命运。

宋文帝元嘉十六年(公元439年),鲍照已经二十五岁了,仍然未得一官。他怀着强烈的用世愿望,特地赶到江西临川,去拜谒临川王刘义庆。他听说刘义庆素来爱好文艺,很有影响力的《世说新语》就出自他的手笔,而且秉性谦虚,待人诚挚,广招天下才学之士,很多士子都愿投奔他的门下。

谁知当他抵达临川王的府邸时,却被刘义庆的门人阻挡不让进见,并对他说:"你地位卑下,不可轻易打扰临川王。"

鲍照是一个性情刚烈的人,闻言大怒:"千载以来,英才奇士,沉没而不闻者,岂可胜数?大丈夫怎能兰艾不辨,终日碌碌,与燕雀相随乎?"

发了一通火后,鲍照回到客馆,心里仍然愤愤不平。他倚窗眺望,看着那波涛滚滚、奔泻分流的江水,不禁对人生产生无限喟叹,写下了一首《拟行路难》:

泻水置平地,各自东西南北流。
人生亦有命,安能行叹复坐愁?
酌酒以自宽,举杯断绝歌路难。
心非木石岂无感,吞声踯躅不敢言。

这首《拟行路难》乐府诗,以流水起兴,感叹世路多艰,对自己的怀才不遇,表现了强烈的愤慨之情。诗歌开篇,用泻水漫流比喻人生各自有命,想借此从无可奈何的痛苦中解脱出来。但自我安慰无法抹平心中的愁绪,于是诗人借酒浇愁,以抵御功名的诱惑;可是酒入愁肠,心中激起更大波澜,诗人不禁唱起这段积郁巨大不平的《拟行路难》之歌。

在这里,每一联诗都包含对立的两面,诗人要求自由迸发不平之气与险恶时世逼迫诗人自我抑制,构成尖锐的矛盾冲突。最后一联"心非木石岂无感,吞声踯躅不敢言",可说很好地概括了诗篇起伏跌宕、悲怆难抑的情绪,体现了大起大落、顿挫婉转的艺术风格。

却说鲍照写完这首诗后,又拿出以前写的十多首《拟行路难》,抄写整齐,将它们归并一卷。正在这时,一个朋友敲门走了进来。"明远兄,埋头伏案,忙着写什么呀?"客人说着,已走到书案前,"啊,《拟行路难》诗卷,我可真有眼福,得以先睹为快!"

客人拿起诗稿,一边翻阅,一边开玩笑地说:"想不到明远兄正当盛年就整理诗作,莫非要效法先贤,书之竹帛,镂之金石,传之后世?"

鲍照闻言,苦笑着说:"我辈岂敢有如此非分之想。只是白天去拜谒临川王,被他的门人挡了回来,连面也没见上,所以整理诗作,想献诗明志。"

客人沉默了好一会儿,开口说道:"我有一言,请兄一

听。自魏文帝实施九品中正制,士族门阀制度日趋严重,东晋王朝,显官要职,几乎都出自王导、谢安、庾亮、桓温四大家族。左思《咏史》诗有言:'世胄蹑高位,英俊沉下僚。地势使之然,由来非一朝。'兄家世贫寒,位卑身贱,想用世于今日,难上之难啊!"

鲍照说:"所言甚是。不过,现在晋已废,宋已立,武帝刘裕就出身破落士族,所用辅臣,亦有选自寒门,我辈岂能藏璞掩玉,自甘沉沦?"

客人摇摇头,叹息着说:"江山可改,积习难移,君不见士族势力,仍然根深蒂固?你这些年来胸怀济世之志,却到处碰壁,不正是明证吗?你这十几首《拟行路难》,尤其是'对案不能食'一篇,写得悲怆慷慨,不是备受冷落和歧视,哪里会有如此愤慨诗情!我是怕兄再次受到打击,才冒昧说了这些,请兄多加珍重!"说完,客人便告辞了。

鲍照思之再三,觉得朋友的话虽然有理,但此次既然已来到临川,还是再作一番努力为好。于是,他把十几首《拟行路难》诗,呈献给了刘义庆,其中也包括了朋友提到的那一首:

对案不能食,拔剑击柱长叹息。
丈夫生世能几时,安能蹀躞垂羽翼?

弃置罢官去，还家自休息。
朝出与亲辞，暮还在亲侧。
弄儿床前戏，看妇机中织。
自古圣贤尽贫贱，何况我辈孤且直！

诗篇一开始，就为我们塑造了一个满怀激愤的失意英雄的形象：他面对满桌饭菜，却食咽不下，于是停杯投箸，推案而起，拔剑欲舞，击柱长叹，不甘自沉的神态和动作，跃然纸上。他无力改变自己的处境，便想通过陶醉于甜蜜的家庭生活，来对抗不合理的现实。最后借古时圣贤皆多贫贱，来抚慰自己被压抑的痛苦，强作欢语，实际上包含了极大的哀怨和愤怒。

刘义庆确实是文学的行家里手，非常有眼力。他一见到鲍照的献诗，就十分欣赏他的才华，马上召见，赏给他二十匹锦帛，并授他做了侍郎。从此，鲍照步入仕途，但不过是做点事务性笔墨工作，一直做了将近六年，刘义庆病逝，他也就失业了。

此后，他虽然分别在始兴王刘濬、孝武帝刘骏、临海王刘子手下，担任过侍郎、县令、参军等职，却始终是无法施展宏大抱负的小官，直到泰始二年（公元466年）去世，情况也没有改变。钟嵘在《诗品》里哀叹他说："才秀人微，故取湮当代。"

鲍照最有名的作品,就是《拟行路难》十八首。这些乐府体组诗,格调高昂,感情充沛,语意浅显流畅,形成了雄骏奔放的风格。这组作品把五言句和七言句无规则地交杂组合,音节错综,变化多端,既有很强的表现力和感染力,又给人新鲜活泼的印象,对唐代岑参、李白、杜甫等大诗人,都产生了很深的影响。

鲍照的五言体乐府诗也写得很好,如《放歌行》、《东武吟》、《贫贱愁苦行》、《拟古》中的《束薪幽篁里》等篇,写出了各类贫贱者穷途没落的痛苦,概括了他们的惨痛生活和悲凉心情。这类深切表现下层人民生活的作品,在六朝诗歌中是十分难得的。

鲍照还有一些从军边塞之作,情辞激壮,在当时诗坛上,也是足以振人视听之作。请看脍炙人口的《代出自蓟北门行》:

> 羽檄起边亭,烽火入咸阳。
> 征师屯广武,分兵救朔方。
> 严秋筋竿劲,虏阵精且强。
> 天子按剑怒,使者遥相望。
> 雁行缘石径,鱼贯渡飞梁。

箫鼓流汉思,旌甲被胡霜。
疾风冲塞起,沙砾自飘扬。
马毛缩如蝟,角弓不可张。
时危见臣节,世乱识忠良。
投躯报明主,身死为国殇。

诗篇开端描写边关警报传来,以及朝廷出兵的经过,使人从紧急的气氛中感到战局的严重;中间极写战士们冒着严寒,跋涉行军的艰苦状况;最后抒发感慨,表达了战士忠心为国,誓死捐躯的英勇志气。这首诗,风格雄健苍凉,沉郁精工,可谓开唐代"边塞诗"先河的标本。

鲍照的诗歌,由于深切地反映了生活而具有充实的内容,由于语言雄健苍凉,在六朝诗人中具有出类拔萃的艺术价值。杜甫曾用"俊逸鲍参军"来称誉李白豪放矫健、清新刚劲的诗风。这固然是对李白的颂扬,但更是对鲍照的礼赞,由此可以想见鲍照在后代诗人心目中的崇高地位。[1]

庾子山羁留哀故国

南北朝时,南朝文学极为兴盛,谢灵运、鲍照,以及沈约、谢朓、江淹、何逊等,都是活跃于南朝,并垂名后世的杰出文学家。而当时的北朝文坛却相当寂寞,可称得上著名文学家的,只能找出庾信一人。其实,庾信原来也是南方人,只是后来才流落到北方,成了北周的文坛泰斗。

庾信,字子山,南阳新野(今河南新野)人。他于梁武帝天监十二年(公元513年)出生在一个世代官宦的家庭。父亲庾肩吾,早在梁简文帝萧纲当太子时,就是晋安国常侍,后来简文帝萧纲继位,授他以度支尚书的重任,掌管国家的财政大权,相当于现在的财政部长。庾肩吾还是当时颇有名气的文学家和书法家,有《庾度支集》传世,并被张溥收入《汉魏六朝百三家集》中。他的论述书法源流演变的专著《书品》,是书法史上的重要典籍,为历代书家所重视。

庾信有这样的家庭背景,加上自己聪明过人,长得魁梧奇伟,因而年纪轻轻就颇受器重,大约二十岁左右即当上了梁湘东王的侍郎。他和父亲庾肩吾及徐摛、徐陵父子出入禁宫,恩礼甚隆,很为人们钦慕。

当时,太子萧纲(简文帝)爱好作诗,创造了一种专用轻浮艳丽的字句来歌咏女色的"宫体诗"。他们四人都有文学天才,为迎合太子萧纲,自然也写一些绮艳的宫体诗。这些作品,不是自己真性情的自然流露,且多以描写妇女体态和生活为内容,所以很为后世诟病。不过,庾信和徐陵的辞赋却很受当时人的喜爱，每有新作问世，京师争相传诵，群起仿效，后人称之为"徐庾体"。

《周书·庾信传》描述当时情况说："父子在东宫，出入禁闼，恩礼莫与比隆。既有盛才，文并绮艳，故世号为徐庾体焉。当时后进，竞相模范，每有一文，京都莫不传诵。"

梁武帝太清二年（公元548年），东魏降将侯景反叛，从寿春（今安徽寿县）率部直取建邺（今江苏南京）。当时，庾信为东宫学士，兼建邺令，领宫中千余人与叛军抵抗，因寡不敌众，城池失陷。他被迫沿长江西行，逃往江陵（今属湖北），投奔梁元帝萧绎。

侯景之乱，使南朝人民和庾信家庭都蒙受巨大灾难。由于战乱，当时"千里绝烟，人迹罕见，白骨成聚，如丘陇焉"（《南史·侯景传》）。庾信的两个儿子和一个女儿，在这次战乱中不幸死去，而父亲庾肩吾和他在江陵会面不久，也撒手人寰。侯景之乱，使庾信切身感受了国破家亡之痛，对他后半生影响巨大，也为他后期写出《哀江南赋》、《伤心赋》等名篇，提供了很多形象素材。

梁元帝承圣元年（公元552年），萧绎平息侯景叛乱，即位于江陵，封庾信为御史中丞，不久又迁为右卫将军，加武康县侯。两年后，庾信奉命出使西魏，适逢西魏准备出兵讨伐梁国，因而被扣留长安。不久，西魏攻克江陵，杀了梁元帝萧绎；而庾信则被留在西魏，做了右金紫光禄大夫、骠骑大将军。

这时，承圣四年（公元555年），庾信已经四十多岁了，被迫失节北朝，不仅屈事二主，而且是在杀他"旧君"的政权下做官，被视为变节降敌，因而颇为后世讥刺。明朝文学家杨升庵的诗话里，就载有一首为他"失节"而悲歌的诗："四朝十帝尽风流，建邺长安两醉游。惟有一篇杨柳曲，江南江北为君愁。"

过了两年（公元557年），西魏发生宫廷政变，太师宇文觉篡位称帝，建国号为周，史称北周。这时，原来的梁朝也被陈霸先篡位，立国号为陈。改朝换代后，周、陈两国逐渐改善关系，互通和好，南北双方流寓人士，都放还本国。不少羁留北朝的南朝人员，陆续回到了南方，但周武帝爱庾信有才，独将他和王褒两人留而不放。

当时，北周贵族，从君主到王公，多爱好文学，因而庾信很受推重，官至骠骑大将军、开府仪同三司，这已是很高的官位了，所以后人又称他为"庾开府"。一时间，王公贵族，都愿与他为友，有如布衣之交；爱好文学者，更是以庾信为榜样，"庾信体"成为当时北周的流行文风。

庾信在北周虽然非常显达，但内心却很愁苦。亡国之痛和羁旅之悲，时时萦绕心头，这使他的思想和文风都发生了很大变化。他的诗文,一扫前期那种因袭宫体文学的轻靡之风,充溢刚健清新、悲慨苍凉之气。杜甫在《戏为六绝句》里说:"庾信文章老更成,凌云健笔意纵横",便是高度评价他晚年文学创作的卓越成就。

庾信当时身在北方,常常思念故国,怀念家乡江南,于是作了一篇《哀江南赋》,抒发心中的感慨和乡思。这篇赋,不仅是庾信最为著名的代表作,也是南北朝时期,乃至整个中国文学史上最出色的赋文之一。

《哀江南赋》是一篇感人至深的自传体史诗,也概括了南梁故国灭亡的悲惨过程。它除了陈述作者自己的家世本末和一生不幸遭遇外,主要追溯梁朝由盛而衰的经过及原因,深切表达了作者对故国覆亡的悲悼之情和怀念之心。赋的前半篇,竭力渲染梁初的表面繁荣,虽然对梁武帝萧衍不无溢美之辞,但也清醒地看出了国家存在的严重危机。请看赋中两段描写:

于时朝野欢娱,池台钟鼓,里为冠盖,门成邹鲁。连茂苑于海陵,跨横塘于江浦。东门则鞭石成桥,南极则铸铜为柱。橘则园植万株,竹则家封千户。西赆浮玉,南琛没羽。吴歈越吟,荆艳楚舞。草木之遇阳春,鱼龙之逢风雨。五十年中,江表无事。王歙为和亲之侯,班超为定远之使。马武无预于甲兵,冯唐不论于将帅。

　　岂知山岳暗然,江湖潜沸。渔阳有闾左戍卒,离石有将兵都尉。天子方删诗书、定礼乐,设重云之讲,开士林之学。谈劫烬之灰飞,辨常星之夜落。地平鱼齿,城危兽角。卧刁斗于荥阳,伴龙媒于平乐。宰衡以干戈为儿戏,缙绅以清谈为庙略。

这里,前一段是对梁朝建国后歌舞升平景象的描写,虽然有些夸大,但"五十年中,江表无事"的说法,却基本符合事实;侯景之乱前的梁朝,确实比较稳定兴旺。后一段写梁朝潜在的矛盾,如梁武帝沉溺于佛教,"设重云之讲,开士林之学";国家不修武备,崇尚空谈,以至"宰衡以干戈为儿戏,缙绅以清谈为庙略"等,表现了作者对当时形势的敏锐认识。

接着,赋文对梁朝君臣纵容姑息侯景,从而导致叛乱的做法,提出了批评;对那些掌握兵权的皇族不顾国难、互相火并的行径加以痛斥;特别对萧绎自私残忍,在平息侯景之乱后,专力于剪除异己的恶行,作了尖锐的揭露。

这一切,都归咎于人谋不善,因而梁朝灭亡,罪有应得。但作为梁朝故臣的庾信,在回溯这一幕幕惨景时,自然不能不痛心疾首了。因为他对梁朝君臣的严厉指责和批评,正是从对故国的深厚爱恋出发的，所谓"爱之越深，责之越切"也。

赋中还描写了江陵陷落后，西魏军队俘获十万梁朝臣民，押运长安，充作奴隶的悲惨情形："冤霜夏零，愤泉秋沸。城崩杞妇之哭，竹染湘妃之泪。水毒秦泾，山高赵陉。十里五里，长亭短亭，饥随蛰燕，暗逐流萤。"这些颠沛流离的江陵臣民，"莫不闻陇水而掩泣，向关山而长叹"。许多人家，妻离子散："况复君在交河，妾在清波，石望夫而逾远，山望子而逾多。"至于在战乱中被杀害的人，更是不计其数，以致"鬼火乱于平林，殇魂游于新市"。

这里十分沉痛地描绘了梁朝亡国惨祸，反映了十万臣民被俘长安的血泪生活。如此真实而生动地表现重大历史事件，同时深深地寄托作者的故国之思和悲痛之情，在以往的辞赋作品中是十分罕见的。这是庾信骈赋的一大特点，也是此赋历来为人们称道的主要原因。

庾信的赋，在艺术上也取得了很高的成就。它吸收南北文风的长处，熔清新绮丽和雄浑刚健于一炉，声情并茂，遒逸兼得，语句精工，词采传神。他的辞赋创作，不仅集六朝之大成，而且对后代产生了巨大影响。王勃《滕王阁序》中传颂千古的名句"落霞与孤鹜齐飞，秋水共长天一色"，就是从庾信《马射赋》中的"落花与芝盖同飞，杨柳共春旗一色"脱胎而来。

庾信的辞赋还特别善于运用典故,许多脍炙人口的名篇,如《哀江南赋》、《枯树赋》、《小园赋》、《竹杖赋》、《伤心赋》等,虽然都用了很多典故,有些段落甚至全部借用典故来表达,但一般都用得灵活自然,毫无生硬之感,请看《哀江南赋·序》中的一段:

日暮途远,人间何世!将军一去,大树飘零。壮士不还,寒风萧瑟。荆璧睨柱,受连城而见欺;载书横阶,捧珠盘而不定。钟仪君子,入就南冠之囚;季孙行人,留守西河之馆。申包胥之顿地,碎之以首;蔡威公之泪尽,加之以血。钓台移柳,非玉关之可望;华亭鹤唳,岂河桥之可闻!

这短短数句,就用了庄子、伍子胥、荆轲、蔺相如、毛遂、钟仪、季孙、申包胥、蔡威公、陶侃、陆机等许多古代名人名事的典故,既无明显晦涩之弊,毫不影响文章的整体美感,又显示了他的渊博学识,曲折沉痛地表达了羁留异域的悲愤和对故国山川的眷念之情。

庾信后期的诗歌,也写得相当出色,只是他的赋名太盛,诗名往往为其所掩盖罢了。他那颇为世人称道的《拟咏怀》

二十七首，仿照阮籍《咏怀诗》的形式，感叹自己身世，倾吐故国情思，全是肺腑之言，具有感人至深的艺术力量。

此举两首，以见一斑：

> 俎豆非所习，帷幄复无谋。
> 不言班定远，应为万里侯。
> 燕客思辽水，秦人望陇头。
> 倡家遭强娉，质子值仍留。
> 自怜才智尽，空伤年鬓秋。
> ——《拟咏怀》之三

> 榆关断音信，汉使绝经过。
> 胡笳落泪曲，羌笛断肠歌。
> 纤腰减束素，别泪损横波。
> 恨心终不歇，红颜无复多。
> 枯木期填海，青山望断河。
> ——《拟咏怀》之七

诗篇深沉哀婉，处处流露着羁留不归的愁苦。他把自己被逼屈节仕北的痛楚，比喻为不愿嫁人的娼女被强行逼嫁，没有自由的"人质"被迫留在异国他乡。他说自己常常闻胡笳而落泪，听羌笛欲断肠；过度悲伤损害了身体健康，终日流泪使双目异常；然而愁恨绵绵，望断江河，了无尽期。诗人的"乡关之思"可说无边无际，无处不在，凄怨之情，哀感顽艳。

庾信还有一些五言绝句，写得言浅意远，清新流畅，相当感人：

> 玉关道路远，金陵信使疏。
> 独下千行泪，开君万里书。
> ——《寄王琳》
> 阳关万里道，不见一人归。
> 唯有河边雁，秋来南向飞。
> ——《重别周尚书》
> 故人倘思我，及此平生时。
> 莫待山阳路，空闻吹笛悲。
> ——《寄徐陵》

这些小诗，都在寥寥数语中，抒写了他怀念故国的痛苦，语言虽然简短平易，表现的意绪却千回百转，悲凉深沉。这类小诗的风格，已具有唐人五言绝句的境界，为唐人在这一体裁上耕耘，提供了直接的借鉴之资。在这个意义上，也可说庾信是南北朝时期最后一位优秀诗人，同时也是唐诗发展的先驱。

大象初年（公元579年），庾信年老，因病辞职。不久，北周就为隋朝所灭，他感慨万分。就在隋文帝登基这年（开皇元年，公元581年），他脸朝着南方，睁眼死去，终年六十八岁。

"庾信生平最萧瑟，暮年诗赋动江关。"这是杜甫在《咏怀古迹》里，借庾信自况的名句，它也很好地概括了庾信由于经历时代苦难，而在文学上取得极高成就的悲壮历程。[2]

[1] 主要参考资料：《宋书·鲍照传》、《南史·宋宗室及诸王传》、《世说新语》、钱仲联《鲍参军集注》。
[2] 主要参考资料：《周书·庾信传》、《北史·文苑传》、《庾子山集注》、陈寅恪《金明馆丛稿初编·〈读哀江南赋〉》。

【第 12 回】

王子安妙文滕王阁
骆宾王续诗灵隐寺

王子安妙文滕王阁

南北朝之后,中间经历短暂的隋朝(只有 29 年),接着兴起的便是唐代。

唐代不仅是中国历史上最繁盛的朝代,也是中国诗歌发展的黄金时期。中国文学史家,一般多把唐诗的发展分为初唐、盛唐、中唐、晚唐四个时期。在初唐的八九十年间,最负盛名的作家,就是"初唐四杰"。大诗人杜甫曾写过一首诗,对"初唐四杰"作了高度评价:

> 王杨卢骆当时体,轻薄为文哂未休。
> 尔曹身与名俱灭,不废江河万古流。
>
> ——《戏为六绝句》其二

杜甫在诗中说:王勃、杨炯、卢照邻、骆宾王崛起于初唐诗坛,虽然带有当时绮靡文风而遭到一些人的指责和哂笑,但那些嘲笑者终将身名俱灭,而"四杰"的作品却将与江河同在,千古永存。

初唐四杰之中,王勃被推为首席。他出身名门,祖父王通是隋末著名学者,著有《中说》传世,被尊称为"文中子"。叔祖父王绩,字无功,乃隋末唐初杰出诗人,其诗清新飘逸,《王无功集》向为人传颂。父亲王福畴博古通今,尤善文词,曾任太常博士。

王勃自幼早慧,聪明过人,六岁时就做得一手好文章。九岁时,他读了颜师古注的《汉书》,竟写出学术著作《指瑕》十卷,辨正颜氏注解中的许多过失,一时传为奇谈。

当时,有人向朝廷推荐这位"神童",沛王李贤甚至不敢相信,后把他找来,当殿对策,发觉果然名不虚传,很为器重,便将他授予官位,留在宫中。

王勃因才学过人,未成年就做了官;可也是因才学过人,很快就把官位弄丢了。

却说唐高宗和武则天一共生了四个儿子,大儿子李弘立为太子,次子李贤封为沛王,三子李显封为周王,小儿子李旦封为豫王。皇子们生逢盛世,终日锦衣玉食,闲着无聊,乃各出资财,相与斗鸡,以决输赢取乐。

周王李显所养之鸡,高冠长尾,金毛铁爪,凶狠异常,每次与各鸡相斗,十之八九取胜。王勃身在沛王府,当然要为沛王助威,他仗着自己有才气,竟别出心裁,挥毫写了一篇《檄周王鸡文》。兹举其中段落,以为欣赏:

历晦明而喔喔，大能醒我梦魂；遇风雨而嘐嘐，最足增人情思。处宗窗下，乐兴纵谈；祖逖床前，时为起舞。肖其形以为帻，王朝有报晓之人；节其状以作冠，圣门称好勇之士。秦关早唱，庆公子之安全；齐境长鸣，知群黎之生聚……两雄不堪并立，一啄何敢自妄？养成于栖息之时，发愤在呼号之际。望之若木，时亦趾举而志扬；应之如神，不觉尻高而首下。于村于店，见异己者即攻；为鹳为鹅，与同类者争胜。爰资枭勇，率遏鸱张。纵众寡各分，誓无毛之不拔；即强弱互异，信有喙之独长。昂首而来，绝胜鹤立；鼓翅以往，亦类鹏抟。搏击所施，可即用充公膳；翦降略尽，宁犹容彼盗啼。岂必命付庖厨，不誉魂飞汤火……

　　就其本意，这不过是一篇闹着玩的游戏文章，不料因写得生动有趣，竟一时流传开来。高宗李治闻之，找来文章一看，勃然大怒道："王子斗鸡，王勃不行谏阻，反作檄文激扬，此乃挑拨诸王关系，有损诸王情谊！"高宗遂命沛王将王勃立即斥出宫门，并明令不得再回朝做官。

　　本来少年得志，前途无量，没想到忽然受到如此意外打击。王勃开始四处漂泊，遨游山水，写了不少文章和诗歌。咸亨元年（公元670年），朝廷选拔人才，沛王、周王、豫王三个王府，同时征召王勃，可惜王勃生病，未能应召。病愈后，王勃到虢州（今河南灵宝）做了个参军。

这期间，他认识一个名叫曹达的官奴，因犯了罪，逃到他那里躲避。最初王勃把他隐藏起来，后来担心会犯窝藏罪，想去揭发，但又怕别人骂他出卖朋友，就秘密地把曹达杀了。事情败露后，按律他本被判处死刑，幸亏赶上高宗改换年号，大赦天下，他被免刑释放。不过，他父亲王福畴却因受他牵连，被贬为交趾（今越南河内）县令。

高宗上元三年（公元676年），王勃到交趾去探望父亲。他租了一叶扁舟，沿赣江南下，九月九日重阳节这天，抵达洪州（今江西南昌），正赶上当地的都督阎伯屿，在整修一新的滕王阁上大宴宾客。这位都督所以请客，是别有用意的。他表面上是为了庆祝滕王阁重修之盛，实际上是想借此机会，让他的女婿吴子章当场做一篇滕王阁序文，以博取众人的夸耀。王勃因早有文名，也被邀请参加了这次聚会。

席间，都督故意说："在座各位，多文章好手，值此良辰美景，何不一展才华，为滕王阁作序题词，以助雅兴。"说罢，令人捧出文房四宝，遍邀宾客挥毫落笔。

宾客之中，虽然多是一方才子，但因看出都督的用意，个个推让，不愿动笔。笔墨送到王勃面前，他年纪最轻，出于礼节，本来也该辞谢，但他却毫不客气，接过纸笔，挥洒起来。

这可出乎都督意料之外,他非常生气,但又不好发作,说声少陪,拂袖而去,到阁后小屋休息去了。可是他又很想知道王勃究竟写得怎样,于是就派一个亲信,叫他随时报告王勃所写内容。

王勃乘着酒兴,开篇写道:"豫章故郡,洪都新府。"南昌在汉朝时,是一个郡的所在地,而唐朝改郡为州府,所以有"故郡"、"新府"之说。这第一句,只是一般文章起笔先交代地点的老套,因此都督听了不以为然,说是"老生常谈"。

接着,亲信报道,下句是"星分翼轸,地接衡庐"。翼、轸是星宿名,古人常以天上某个星宿对地上某个区域,这叫"分野"。衡,指湖南衡山;庐,指江西庐山。这两句描述洪州的地理位置,上天下地,气势非凡,都督听后沉吟了一下,未置一词。

一会儿,亲信又报来一句:

落霞与孤鹜齐飞,
秋水共长天一色。

都督听了,大吃一惊,长叹一声说:"真天才也!可永垂不朽矣!"他忍不住赶紧出来,一边和众人一起喝彩称赞,

一边亲睹王勃文思泉涌，笔走龙蛇的风采。

王勃一任才思奔驰，宣泄直下，全篇写完，结尾又题了一首四韵古诗：

> 滕王高阁临江渚，佩玉鸣鸾罢歌舞。
> 画栋朝飞南浦云，珠帘暮卷西山雨。
> 闲云潭影日悠悠，物换星移几度秋。
> 阁中帝子今何在？槛外长江空自流。

这首诗的大意是：滕王阁高耸江边，当年供滕王寻欢作乐的轻歌曼舞，早已收场。清晨，从南岸飞来的白云飘忽在阁上雕梁画栋之间；黄昏，卷起阁上的窗帘可以远眺西山蒙蒙烟雨。闲云潭影，物换星移，岁月悠悠，时光流逝，从唐高祖李渊第二十二子李元婴修建滕王阁至今，过了多少寒暑春秋。阁中的滕王早已不复存在，只有楼外的滔滔江水空自长流。

这首吊古伤怀之作，慨叹年华易逝，胜景不常，可谓意境开阔，辞采华美。王勃写了令人叹服的《滕王阁序》以后，还能以如此精美的诗作压卷，足见其才华卓越，文思敏捷。

王勃写完最后一个字，掷笔于架，抬头拱手正欲向众人施礼,阎都督早已迎上前来,欣然拉着王勃,携手并座,连呼:"幸会,幸会!"众人把盏论文,纵说古今,直至傍晚,才尽欢而散。

王勃平时写文章有个习惯,就是从不打草稿。他先磨墨数升,然后纵情饮酒,醉后躺到床上,蒙头酣睡,醒来掀被而起,奋笔疾书,顷刻成篇,不改一字,当时人都说他有"腹稿"。然而,今日当场献技,即席表演,除去了打"腹稿"的过程,他作文照样如行云流水,一气呵成,真不愧为千古才子。如今,当年的滕王阁和王勃,早已被历史长河湮没得无影无踪了,但《滕王阁序》却作为中国文学史上的名篇,历来为人们称颂。

王勃不但文章写得好,诗也写得十分出色。他的诗以五言居多,感情深沉,境界壮阔,具有自己独特的风格。如他的名作《送杜少府之任蜀州》:

城阙辅三秦,风烟望五津。
与君离别意,同是宦游人。
海内存知己,天涯若比邻。
无为在歧路,儿女共沾巾。

这首送别诗的大意是说:长安城被辽阔的关中大地护围

着,从长安遥望巴蜀,视线为迷蒙的风烟遮蔽。我和你同样远离故土,宦游异乡,这次离别,何必感伤。只要我们彼此了解,心心相印,即使远隔千山万水,一个在天涯,一个在海角,而情感交流不仍然和亲邻一样近吗?可不要在临别时哭鼻子、抹眼泪,像一般小儿女那样啊!

本来,亲朋好友互相离别,总是情绪低沉,悲伤销魂。这首诗却独创新意,一洗凄凉格调,变哀怨为豪放,表现了不平凡的胸怀和气量。尤其是"海内存知己,天涯若比邻"两句,言简意赅,境界博大,音调爽朗,意味深长,是人们千古传诵的名句。

他还有不少诗,也都写得十分精彩。如《山中》这首小诗:

长江悲已滞,万里念将归。
况属高风晚,山山黄叶飞。

这首表现旅愁思归的作品,前两句是一对句:诗人以"万里"对"长江",从地理概念上写远在异乡,归路迢迢的处境;以"将归"对"已滞",从时间概念上写旅途长久,思归未归的状况。诗的后两句,即景点染,用秋风萧瑟,黄叶飘零的深秋景色,来映衬和烘托旅愁思归的心情。

在这里，抒情和写景是相互作用、彼此融合的：羁旅的愁思，由于深秋景色的渲染，加浓了它的悲怆色彩；而秋风落叶之景，也由于旅思乡情的注入，增强了它的感染力量。全诗仅寥寥二十字，却既有浑壮悲凉的气势，又有空灵含蓄之美，实为不可多得的佳作。

明代胡应麟在《诗薮·内编》里，认为王勃诗歌"兴象婉然，气骨苍然，实首启盛唐、中唐妙境。五言绝句亦抒写悲凉，洗削流调。究其才力，自是唐人开山祖"，实乃有识之见。

却说王勃由滕王阁回到船上，已是晚间时分，一轮半弯的月亮高悬天空，映着滔滔江水，泛出条条银波。他回忆起写《滕王阁序》受到众人称赞时的情景，不禁得意非常，口中朗朗有词，吟诵起白天挥毫时的词句。

当他吟到"关山难越，谁悲失路之人？萍水相逢，尽是他乡之客"两句时，不由黯然神伤。王勃想到父亲受自己牵连，被远谪交趾，而自己却有闲情逸致在这儿逞能作赋，一种自责、惭愧的心情油然而生。他吩咐船家，立即开船，连夜离开洪州。

万万没有想到的是，王勃还没到达目的地交趾，在乘船渡过南海时，不幸落水而亡。其时为上元三年（公元676年），这年王勃只有二十八岁。他死得太早了，不然，一定会给我们留下更多精美的诗篇。[1]

骆宾王续诗灵隐寺

王勃的死讯，在各地传开后，人们都为一代才子的早亡而惋惜。这消息传到"四杰"之一骆宾王的耳中时，差不多已是将近两年以后的事了。

骆宾王约生于唐太宗贞观元年（公元 627 年），是婺州义乌（今浙江义乌）人。他自幼聪慧好学，少年即显出杰出诗才。传说他家住在义乌城北的一座小村里，村旁有个骆家塘，垂柳环绕，碧波荡漾，甚是优美。宾王七岁那年，一天家中来了几位爱好吟诗作赋的客人，闲中无事，带他在池塘旁游玩。客人见几只白鹅在塘中嬉戏，一边拍水追逐，一边引吭高歌，便想趁此考考小宾王的诗才，让他即景赋诗。宾王面对池塘，略加思索，就高声吟诵道：

鹅、鹅、鹅，
曲项向天歌。
白毛浮绿水，
红掌拨清波。

这首《咏鹅》诗,把白鹅戏水的情景描绘得极为生动形象,既有引颈高歌的情态,又有争相游弋的场面,可谓有声有色,栩栩如生。尤其是后两句"白毛浮绿水,红掌拨清波",色彩清新,宛如图画,仿佛生活实景一般生机盎然,活灵活现。客人不禁为之啧啧赞叹,大为倾倒。从此,骆宾王诗名传遍乡里,被誉为"神童"。

唐高宗永徽年间(公元650—655年),骆宾王曾做道王李元庆的府属;后以奉礼郎的身份,参加薛仁贵征西军,戍戌边疆。以后又入蜀,他在姚州道行军总管李义的军中任职,李义平定蛮族叛乱时,文檄多出自他的手笔。

仪凤三年(公元678年),他由长安主簿调入朝中担任侍御史,因秉性耿直,遇有不平之事,经常上书讽谏,到任不久,便得罪一些朝臣,被人诬告在任长安主簿时曾接受贿赂,有贪赃枉法行为,结果在这年冬天被捕入狱。他正是在狱中,得知王勃死讯的。

骆宾王蒙冤入狱,遭受了狱卒的拷打迫害,对当时武后(武则天)干涉朝政,信用酷吏十分不满;这时听到王勃英年早逝的噩耗,更加义愤填膺。骆宾王和王勃虽然没有见过面,但彼此互相敬佩,神交已久,而命运的不幸,仕途的坎坷,两人相似的经历,更引起他对王勃的同情。

这时,监狱墙外的秋蝉,正在一个劲"知了、知了"地叫着,他听着心烦,便愤愤地骂蝉儿说:"你成天'知了、知了'地叫,可知道王勃为什么早死?我为什么无辜入狱?"待气稍微平息一点,他将这种心情进行艺术提炼,写出一首著名的诗——《在狱咏蝉》:

> 西陆蝉声唱,南冠客思深。
> 哪堪玄鬓影,来对白头吟。
> 露重飞难进,风多响易沉。
> 无人信高洁,谁为表予心?

秋蝉阵阵鸣叫,囚犯深深思乡;怎堪见那蝉儿,对着自己的白头悲切哀吟。秋露沉重,蝉儿难以高飞;秋风呼啸,蝉鸣渐渐消歇。既然无人相信我的高洁,谁又能为我一表寸心呢?这就是这首诗的大意。在这里,诗人以蝉自喻,忧伤自己蒙受不白之冤,却无法洗刷冤屈。五、六两句以"露重"、"风多"指说恶势力对他的迫害,使他和秋蝉一样,想飞,飞不起来;想鸣,声音受到阻碍。这首诗,将深沉哀痛寄于比兴之中,附物贴切,用典自然,语多双关,托意遥深,具有很高的艺术价值。

在狱中待了一年,恰逢高宗改年号为"调露",大赦囚犯,骆宾王得以出狱。他曾北游幽燕,随裴行俭西征突厥,回来后出任临海（今浙江天台县）县丞，所以人们又称他为"骆临海"。

光宅元年（公元648年），武则天废中宗李显为庐陵王，自己意欲篡位当女皇。唐代开国元勋徐世勋的孙子徐敬业，因不满武则天专权，在扬州起兵造反，骆宾王参加了这一军事行动，任徐敬业的艺文令，写了赫赫有名的《代徐敬业传檄天下文》。

这篇檄文共分三个部分：第一部分历数武则天的身世和罪恶；第二部分宣扬徐敬业军队的声威和实力；第三部分则号召天下官兵将领都来响应徐军，推翻武则天的统治。其结尾几句写道：

公等或居汉地，或协周亲，或膺重寄于话言，或受顾命于宣室，言犹在耳，忠岂忘心。一抔之土未干，六尺之孤安在？……请看今日之域中，竟是谁家之天下！

这篇檄文，写得有理有据，义正词严，铿锵有力，气势磅礴。"一抔之土未干，六尺之孤安在？"寥寥十二字，形象深刻地揭露了武则天急于废帝自立的用心。"请看今日之域中，竟是谁家之天下！"更是慷慨激昂，令人感奋不已。如此有力的诘问和号召，深深拨动了宗室重臣和具有正统思想臣民的心弦。八方民众，闻风响应，旬日间得起义军十余万，一时声势浩大，威震四方。

骆宾王眼看举事成功，振奋异常。一天，他随徐敬业登上城楼，检阅义军，只见旌旗蔽空，枪戟如林，战马驰骋，号角连天。他为这浩大的场面和声势所激动，张口吟咏了一首五言绝句：

城上风威冷，江中水气寒。
戎衣何日定？歌舞入长安。

这首《在军登城楼》，首句以"风威冷"，极言军容严整，杀气凛然；因扬州临江，登城楼则见江水，次句借"水气寒"喻战事将起，敌人丧胆。第三句以"戎衣"指战斗，盼望反对武则天的战争早日获胜；末句预含大军将载歌载舞，进入首都长安。此诗格调雄放，壮怀激烈，充满必胜信心，具有很强感染力。

却说徐敬业起兵之事传到洛阳，武则天闻之大惊，正拟派兵征讨，忽报有徐军檄文一纸，送将上来。当时武则天正患感冒，卧床休息，便要内侍读给她听。

内侍才读了几句，便担心起来：这么激烈的声讨言词，如果天后听了发起火来，殃及池鱼，自己岂不倒霉？于是内侍战战兢兢,边读边偷看武则天的脸色,声音也有些颤抖。

武则天看出他的心病,微笑着说:"你如何怕来?此含血喷人之语,又非你写,只照读不误,与你无关!"

内侍闻言,这才放心大胆地读了下去。武则天听完檄文,惊出一身冷汗,感冒顿时好了。她笑着对内侍说:

"此檄写得真不错,颇能蛊惑人心,不知何人所作?"

内侍答道:"听说是一个叫骆宾王的人所写。"

武则天悚然长叹道:"如此有才能的人,没有得到朝廷的任用,反让他流落不遇,这岂不是宰相的过错么!"

武则天召集朝臣,商量对策,决定派大将军李孝逸率兵三十万,征讨扬州。徐敬业的几万义军,乃是临时召集的乌合之众,自然不是三十万训练有素的官军的对手。虽经几次浴血奋战,徐军终于兵败。临出征时,武则天吩咐李孝逸一定要活捉骆宾王,但李孝逸到处查找,却一直没有发现他的踪影,最后只得以"不知去向"交差。

《旧唐书·骆宾王传》说,当时他已死于乱军之中。《新唐书·骆宾王传》则说他"亡命不知所之"。而孟棨《本事诗》、计有功《唐诗纪事》、辛文房《唐才子传》等,都说他兵败逃脱,出家做了和尚,并有下面一段动人故事。

那是徐敬业兵败二十年后的一天,诗人宋之问被贬越州(今浙江绍兴)后放还,途经钱塘(今浙江杭州),顺道去游览蜚声海内的名刹灵隐寺[2]。他来到武林山下,只见灵隐寺在苍松翠柏的掩映之中,显得分外幽静、壮丽;步入金碧辉煌的大雄宝殿,香烟缭绕,庄严肃穆,尊尊佛像,栩栩如生。宋之问一路观赏,赞叹不已,见天色已晚,便借了间禅房住下来。

当夜,皓月凌空,天宇如洗。与灵隐寺一溪之隔的飞来峰,形影可辨。"梆、梆、梆"的木鱼声,使月夜山寺显得格外静谧。宋之问漫步月下,近观远眺,口默心动,张口吟出了两句诗:"鹫岭郁岧峣,龙宫锁寂寥。"

鹫岭,是印度的灵鹫山,这里借指飞来峰;龙宫,相传龙王曾请佛祖讲经说法,这里借指灵隐寺。这两句诗的意思是,飞来峰高耸葱茏,灵隐寺沉浸在寂静之中。诗句借用佛家掌故,又能词从己出,写山寺相互辉映,寥寥两笔,就勾勒出了灵隐寺的胜景。

这是一个多好的起句!宋之问为觅得这两句诗好不高兴。他来回踱步,反复吟哦,不料却怎么也想不出下面的诗句。

正当他苦吟默想之时,忽然一个苍老的声音传来:"客人深夜不寐,如此用心吟诵,可敬可佩!"

宋之问循声望去,只见一间禅房的门敞开着,一位须眉皆白的长老,在禅床上打坐。

他赶忙上前,躬身施礼,禀告实情。

长老手捋银须，微笑说："'楼观沧海日，门对浙江潮'，君以为如何？"

"'楼观沧海日，门对浙江潮'"，宋之问复吟了一遍，脸上立刻露出惊喜的神色，禁不住喝彩道：

"续得好，续得好！登灵隐寺，凭高远眺，可见一轮红日，从海上喷薄而出，冉冉升起；推开山门，天下奇观钱塘江潮，波涛翻滚，铺展眼前。这两句诗，气魄宏大、遒劲壮丽，非法师深厚功力，断然吟不出如此佳句。"

长老说："随兴戏言，愧对如此赞赏。"

宋之问见法师谈吐不凡，更加敬重，连忙说："今得法师指教，实为万幸，请问法师大号？"

长老道："贫僧入空门多年，早不知姓甚名谁了。"

宋之问见长老执意不肯说出姓名，只得回到借住的禅房。他独坐灯下，夜不能寐，终于续写完了这首名为《灵隐寺》的诗：

鹫岭郁岧峣，龙宫锁寂寥。
楼观沧海日，门对浙江潮。
桂子月中落，天香云外飘。
扪萝登塔远，刳木取泉遥。
霜薄花更发，冰轻叶未凋。
凤岭尚遐异，搜对涤烦嚣。

待入天台路，看余度石桥。

这首诗，前三联写灵隐寺的胜景，后四联写诗人在灵隐寺周围探幽揽胜的情景和感想，生动勾画出了灵隐寺的幽美景色。其中由长老代作的两句"楼观沧海日，门对浙江潮"，由胜景而观佳景，开人心胸、壮人豪情、怡人心境，诗句一出，人们竞相传诵。它以对仗工整和景色壮观，博得世人称赞，是脍炙人口的名句。

第二天凌晨，宋之问匆忙起床，顾不得梳洗，便拿着诗稿去向长老请教。谁知推开虚掩的房门，只见禅堂空空。他耐心等候，始终不见人影。几经打听，才知这位长老，竟是"初唐四杰"之一的骆宾王。

当年徐敬业兵败，骆宾王为了躲避武则天的搜捕，便隐姓埋名，落发为僧，遍游名山，最后落脚灵隐寺。宋之问得知长老就是骆宾王，更加渴望相见，谁知长老天没亮已乘筏浮海而去，不知何日而归。这也是人们所知道的骆宾王晚年的唯一情况，最后他究竟死于何时、何处，均无人知晓，至今仍是一个谜团。[3]

[1] 主要参考资料：《新唐书·王勃传》、《旧唐书·文苑传》、《唐才子传》

卷一、《唐摭言》、蒋清翊《王子安集注》。

[2] 据《淳祐临安志》说,东晋咸和元年(公元326年),印度僧人慧理,看到武林山,惊叹道:"此天竺国(古印度)灵鹫山之小岭,不知何年飞来,佛在世日,多为仙灵所隐……"于是筹建了灵隐寺。

[3] 主要参考资料:《旧唐书·骆宾王传》、《新唐书·骆宾王传》、《唐诗纪事》卷七、《唐才子传》卷一、陈熙晋《骆临海集笺注》。

【第 13 回】

陈子昂蓟丘伤今古
王之涣旗亭比高低

陈子昂蓟丘伤今古

唐高宗开耀二年（公元682年），二十一岁的陈子昂在东都洛阳（今河南洛阳）应试落第。他带着自己所写的百来篇精彩诗文，赶赴西京长安（今陕西西安），希望得到京城人的赏识。可是，由于人生地疏，无人介绍引见，无法拜会名人显贵，他想名扬京师的愿望，很难如愿以偿。

这天，他郁郁不乐地漫步京城街头，看到一处围着许多人，便挤进去观看。原来是一个卖胡琴的，说他的胡琴得自西域，是龟兹国最好的琴师所制，音色极佳，要价百万钱。如此高价，京城的富豪子弟都望而生畏，只是互相传着观看，没一个人想买。

陈子昂分开众人，不由分说，竟用高于百万钱的价格把胡琴买下。众人看了，无不吃惊。他却一本正经地说："我善拉此琴。"众人纷纷请他拉，他笑道："今天我尚有别事，明日请诸位驾临敝人住处，我当一献薄技。"

第二天，这些人如期而至，还引来许多好事者。陈子昂先请众人大吃一顿，直至酒酣耳热时，才走向案几，捧起胡琴大声说：

"蜀人陈子昂,有诗文百篇,驰走京都,然知音难觅,至今沉沦无闻。这把胡琴,不过嬉娱之物,竟价值百万,众人赞赏,难道绝代才子比这娱乐器物还低贱吗?"

话语刚落,陈子昂举起胡琴,往案几上奋力一击,顿时碎片四散。众人见此情景,无不惊愕万分。

正当众人瞠目结舌之时,陈子昂拿出自己的百篇诗文,遍赠来客。大家当场展卷,见其写景抒情,高雅冲淡,卓然不凡,均称赞不已。其中一人得到一轴《度荆门望楚》,禁不住吟咏起来:

> 遥遥去巫峡,望望下章台。
> 巴国山川尽,荆门烟雾开。
> 城分苍野外,树断白云隈。
> 今日狂歌客,谁知入楚来。

这首诗写诗人从蜀地(今四川)巫峡沿江东下,过楚地(今湖北)荆门时的所见所想。描绘巴山楚水,壮美奇秀,笔锋雄健,胸襟阔大;最后写自己这个"狂歌客",竟然狂歌到楚狂屈原的家乡来了,放达豪迈,气魄逼人,实为不可多得的佳作。

此时,一位头戴蓝巾的士子早已忍耐不住,站起来抢着说:"这儿还有首《岘山怀古》,同样精彩。"

> 秣马临荒甸,登高览旧都。
> 犹悲堕泪碣,尚想卧龙图。
> 城邑遥分楚,山川半入吴。
> 丘陵徒自出,贤圣几凋枯。
> 野树苍烟断,津楼晚气孤。
> 谁知万里客,怀古正踟蹰。

"诗人过了荆门,来到襄阳(今湖北襄樊),登上城南岘山,不禁触景生情。遥想晋代名将羊祜都督荆州,宽仁博爱,百姓爱戴,望其碑者,无不为之垂泪;又思蜀汉名相诸葛亮,当年隐居襄阳,胸怀天下,刘备日后称雄争霸,乃卧龙先生图略。可今日丘陵依旧,但圣贤早已作古,怎不让人伤怀感慨。此诗于秣马登高之际,追思名将贤臣功业,实有继承先贤之志,可敬!可叹!"这位士子诵毕诗篇,意犹未尽,又即兴发挥,抑扬顿挫地作了一番评点。

当天下午,客人散去,奔走相告,展示诗卷,相与赏析。数日之间,陈子昂的大名传遍京城,令人刮目相看。当时任京兆司功的诗人王适,读了他的诗篇惊讶不已,夸赞道:"此人将来必定会成为海内文宗!"

别看陈子昂这回年纪轻轻，驰名京师，他以前可是个不争气的孩子。中国有句古话："浪子回头金不换。"陈子昂早年的经历，可说是这句话的最好印证。

陈子昂生于唐高宗显庆六年（公元 661 年），是梓州射洪（今四川射洪）人。他的家庭是当时远近闻名的富豪，从小娇生惯养，使他形成了任性放纵，轻财好施，慷慨任侠的习性。到十七八岁时，他还不知道用功读书，整天摆出阔公子的派头，游手好闲，狩猎赌博。他的父母看着孩子一天天长大，仍然这样淘气，可急坏了，常常跟在他后面唠叨或责骂，虽软硬兼施，恩威并举，却毫无效果。

然而，有一天，他到乡里的学堂去玩，看到别人都在用功读书，突然悔悟过来，从此一改旧习，发愤用功，立志做一个有作为的人。由于他才分高，极聪明，加上勤奋刻苦，仅几年时间，就读遍古典要籍，学完了一般人十多年所学的知识，而且写诗作文，思远力遒，刚健清新，颇得建安风骨的神韵。正是如此，他的诗才能名扬京城，得到王适的赞赏。

二十四岁那年，陈子昂再次北上京师，终于考中了进士。有了功名，他当然希望能够得到一官半职，好施展自己的抱负和才干。可惜他生不逢时，那年正是唐高宗驾崩，武则天执政的开始，朝廷里整日你争我斗，哪有人会注意到他的仕进小事。

陈子昂孤注一掷，为高宗灵柩迁葬西京之事，冒昧上书谏阻，谁知却意外得到了武则天的赏识，让他任麟台正字（一种掌管秘书文字工作的官职），后升为"右拾遗"（一种对皇帝进行劝谏、举荐官员的职务）。

尽管当时武则天信用酷吏，滥杀无辜，但他怀着忠心报国的决心，不畏迫害，屡次上书，直言除弊兴国大计。可是，他的进谏很少被采纳，并一度因为受到反对武则天的"逆党"的株连，被捕入狱。几年狱中生活，吃尽了苦头。但出狱后，他仍不甘沉沦，上书乞请从戎边塞，自愿驰骋沙场，以报效国家和人民。

万岁通天元年（公元696年），契丹叛乱，建安王武攸宜奉命征讨，陈子昂作为参谋随军北伐。军至渔阳（今河北蓟县），前锋大败，全军震恐，士气低落。

陈子昂向武攸宜慷慨陈词，乞求率兵万人为前驱，与敌再战；又说军队纪律松弛，建议严立法纪，以振军威。可武攸宜不但不听，反而嫉恨，把他贬为军曹，不让他过问军机大事。

陈子昂心怀忠义，但报国无门，满腔忧愤，郁闷心头。他北上蓟丘，登上蓟北楼（即幽州台，遗址在今北京大兴），极目远眺，只见古燕国的旧都，城池荒芜，霸业泯没。他想到战国时代的燕昭王，筑黄金台，招纳贤士，振兴国业的历史，深感古贤难追，明主难求，不禁感慨万分，仰天浩叹：

>　　前不见古人，
>　　后不见来者。
>　　念天地之悠悠，
>　　独怆然而涕下。

子昂用低沉悲凉的声音，将这首《登幽州台歌》连吟数遍，越发感到孤单寂寞，凄凉悲伤，眼泪顺着脸颊簌簌下落，全然不顾。此诗短短四句，直抒胸臆，浑然天成。前两句俯仰古今，写时间的绵长；第三句登高远望，写空间的辽阔；第四句写诗人在广阔无垠的天地中，倍感自己悲哀苦闷的心情。

读这首诗，我们眼前仿佛出现这样一幅图画：在广漠无边的原野上，兀立着一位仁人志士，他胸怀大志，报国无门，环顾四野，莽莽苍苍，因而凄凉悲伤，怆然泪下。在这里，宇宙无限，人生有涯之感，壮志难酬、怀才不遇之情，表现得是这样酣畅有力而又意蕴无穷。它是中国诗歌史上一座难以翻越的奇峰，确可谓千古绝唱。

圣历元年（公元698年），因父亲年老病危，陈子昂解官回乡。次年父亡，在他居丧期间，权臣武三思因与陈子昂

有宿怨，遂指使射洪县令段简，罗织莫须有的罪名，把他逮捕入狱。他家里虽然花了二十万缗钱，也未能把他解救出来，最后于长安二年（公元702年），惨死在狱中，这年他才四十二岁。

子昂一生，命运多舛，际遇坎坷。他困于遇，感于心，发为言，写有为数可观的《感遇诗》（今传三十八首）。这些《感遇诗》，将身世之慨，时事之叹，寓于苍莽古调之中，向来为诗家所称道。其第三十五首，可谓是他一生的形象描绘：

> 本为贵公子，平生实爱才。
> 感时思报国，拔剑起蒿莱。
> 西驰丁零塞，北上单于台。
> 登山见千里，怀古心悠哉。
> 谁言未忘祸，磨灭成尘埃。

诗人的家世出身、性格爱好的特点，感时报国、拔剑而起的豪情，思接千载、缅怀古贤的感慨，用才未竟、壮志难酬的叹息，在这里表现得酣畅淋漓，可说是陈子昂一生的精神概括和真实写照。

唐朝早期的诗歌，经过"初唐四杰"的努力，开始逐渐摆脱六朝的绮丽诗风。但是，真正从理论和实践两个方面，扫清齐梁萎靡纤弱之音，开辟盛唐诗歌发展道路的，却是陈子昂。李白、杜甫、白居易、韩愈的创作，都曾深受他的启发，并对他作了高度评价。杜甫曾评价他："公生扬马[1]后，名与日月悬。……终古立忠义，《感遇》有遗篇。"白居易则把他与杜甫相提并论，说"杜甫、陈子昂，才名括天地"。韩愈在《荐士》诗中称赞他说："国朝盛文章，子昂始高蹈。"由此，可见他在整个唐代文学中所占的重要地位。[2]

王之涣旗亭比高低

隋唐时期，由于国力强盛，疆土扩大，边境战争频繁，以及对外经济文化交流的展开，人们对边塞生活逐渐关心。在这种情形下，歌咏从军卫国的英雄气概，表现将士征战疾苦和思乡情绪，描写边疆山川风貌的边塞诗，日益增多并不断发展。这类诗歌创作，拓宽了唐诗的表现领域，又促进了唐诗的兴盛繁荣，在唐诗发展史上，具有重要意义。这方面取得最高成就的，主要有高适、岑参、王昌龄、王之涣、李颀、崔颢等人，他们被合称为"边塞诗派"。

作为边塞诗派的骨干，王之涣虽然排名较后，但创作成就比其他人并不逊色。著名的"旗亭（即酒楼）画壁"的故事，颇为有趣地说明了这一点。

唐玄宗开元年间的一个冬天，王之涣、王昌龄、高适三人正好都在京都长安。当时，他们都很落魄，除王昌龄混了个小小的秘书郎官职外，其他两人都未做官。由于三人是好朋友，他们常常聚到一起游览京城，饮酒论诗。这天，大雪纷飞，寒气逼人，三人又凑到一块儿，乘兴走进旗亭，临窗而坐，一边饮酒驱寒，一边观赏雪景。

忽然，十几个梨园弟子[3]也来饮酒欢聚，身后还跟着四个年轻艳丽的歌伎。于是，他们退避一旁，围着炉火，静静观看。乐工和歌伎嘻嘻哈哈地坐定后，便清嗓奏乐，演唱起来，所唱都是当时的名诗名曲。

三位诗人交头接耳道：我们都驰名诗坛，一直难分高低，今日可密观诸歌伎演唱，谁的诗入曲最多，便算优胜。

不一会，一位歌伎唱道：

寒雨连江夜入吴，平明送客楚山孤。

洛阳亲友如相问，一片冰心在玉壶。

王昌龄听了喜出望外，连忙用筷子在墙上画个记号说："一首绝句。"

原来，这是王昌龄《芙蓉楼送辛渐》的诗句。这首送别诗,前两句写景,以苍茫寒雨和楚山孤影,衬托诗人送别时的寂寞孤独之情。第三句以虚拟的手法设想亲友询问,既表达了诗人对亲友的深切怀念,又自然引出"一片冰心在玉壶"的结句,形象地体现了诗人洁身自好、高洁清正的品格。这首诗,写景壮阔鲜明,抒情浑厚深沉,结句的比喻,新颖生动,意境高远,是历代传诵的名句。

大家还沉浸在诗的意蕴中,只听见歌声又起:

> 开箧泪沾臆,见君前日书。
> 夜台今寂寞,犹是子云居。

高适一听,是自己的《哭单父梁少甫》诗,甚为高兴,仰起脖子饮了一杯酒,也在墙上画了个记号。这首诗的大意是:打开箱子见梁少甫往日的书信,睹物思人,眼泪汪汪;少甫虽然长眠地下,孤独寂寞,但和西汉文学家扬雄一样,人们仍然怀念他。这首睹物伤怀的诗作,短小凝练,朴实无华,情谊深挚,悱恻动人。

余音还在楼台缭绕,忽然曲调一变,歌声复起:

> 奉帚平明金殿开,且将团扇共徘徊。
> 玉颜不及寒鸦色,犹带昭阳日影来。

这又是王昌龄的诗！只见他得意地在墙上加了个记号，满脸红光地说："两首绝句。"

这首《长信秋词》，虽然写的是汉代班婕妤[4]在长信宫的孤寂遭遇，但实质意义却在借古讽今，反映唐代宫廷妇女的生活。诗作前两句写天色方晓，金殿刚开，班婕妤就拿起扫帚，打扫庭院；清扫之余，别无他事，手执团扇，来回徘徊，这是写她失宠后生活内容的变化。后两句用一个巧妙的比喻，进一步倾诉这位宫女的怨情。古代多以皇帝比太阳，"日影"即指皇恩。寒鸦能从昭阳殿上飞过，所以它们还带有昭阳日影；而自己深居长信宫，君王从未一顾，虽有洁白如玉的容颜，反倒不如浑身乌黑的老鸦了。这里，"玉颜"与"寒鸦"两种截然不同事物的对比，鲜明强烈，极富创造性，全诗具有很强的艺术感染力，是宫怨诗中十分著名的作品。

王昌龄十分擅长写宫怨诗，他还用《西宫春怨》、《西宫秋怨》、《殿前曲》、《春宫曲》等为题目，写了相当数量的这类作品，并都达到了很高的艺术水平。请再看他的一首《西宫秋怨》：

芙蓉不及美人妆，水殿风来珠翠香。
谁分含啼掩秋扇，空悬明月待君王。

这里前两句极写宫女之美，说芙蓉花不及宫女的美貌，风从丽人身边吹过，都带来阵阵珠翠和肌肤之香；后两句笔锋一转，写宫女们虽有羞花闭月之貌，却只能情掩秋扇，空待君王。

宫女们的悲惨遭遇，很早就被文人注意，并在文学作品中加以描绘，但较集中地用诗歌形式揭示她们的内心痛苦，且写得如此新颖生动、蕴藉含蓄者，王昌龄是文学史上卓有成就的第一人。他为后来以写宫词著名的王建、王涯等，可谓开了先河。值得注意的是，王昌龄的宫怨诗，多写于在长安任校书郎，壮志难酬时期，他对宫女们的同情和对统治者的不满，显然隐藏着自己抑郁不得志的愤懑。

王之涣在一旁坐不住了。他自信自己诗作不在两位晚辈朋友之下，便对他俩说："刚才三位都是潦倒的歌女，唱的都是一些俗曲。"他指着歌女中一直未启朱唇，也是最端庄俏丽的一个说："待她所唱，若不是我的诗，一辈子甘拜下风；若是我的诗，两位当拜倒我的脚下，奉我为师。"王昌龄、高适颔首点头，哈哈大笑。

只见那最美丽妩媚、楚楚动人的歌女，未启朱唇先动容，字正腔圆地唱道：

黄河远上白云间，一片孤城万仞山。

羌笛何须怨杨柳,春风不度玉门关。

这正是王之涣的名作《凉州词》。它的大意是:源远流长的黄河,好像一条丝带飞上云端;在万丈高山的衬托之下,小小城池显得险要孤单。羌笛啊,你吹奏出如泣如诉的《折杨柳》曲调,何必埋怨这里的杨柳不发芽呢?应该知道,春风是吹不到玉门关来的啊!

这首诗,起笔描绘山川的雄阔悲苍,戍守边疆的孤危凄凉,然后引入羌笛之声,含蓄表现守边将士的思乡离情。全诗格调悲怆而不失其壮丽风格,鲜明的形象和深厚的意蕴浑然一体,达到了很高的艺术境界。明代文学家王世懋曾认为:这首诗是唐代七言绝句的"压卷之作"。

听到歌女果然唱到自己的诗作,王之涣顿时容光焕发,他得意地奚落两位说:"怎么样,我的话还会错吗?"三人都大笑起来。

乐工和歌女见他们那样开心,莫名其妙,待问明缘由,慌忙施礼道:"小辈有眼不识泰山,诸位大诗人多多原谅,请与我们一道喝酒吧!"三位诗人兴致勃勃,与乐工歌女添酒把盏,谈诗论艺,欢歌笑语,沸沸扬扬,直到天黑,才尽兴散去。

平心而论,三位诗人的四首诗,都属上乘佳作。但比较

起来，王之涣的《凉州词》确实艺高一筹，流传也更为广泛，当时即有"传乎乐章，布在人间"的美誉。他们酒楼赌诗，王之涣终操胜券，也是理所当然。

不过，既然谈到王之涣的这首《凉州词》，就不能不提王昌龄那首有口皆碑的《出塞》。这不仅因为两首诗的题材相同，都是著名的"边塞诗"，而且因为两首诗都押同一个韵，都以"关"、"山"为韵脚。请看王昌龄的《出塞》：

秦时明月汉时关，万里长征人未还。
但使龙城飞将在，不教胡马度阴山。

诗篇首句从千年之前、万里之外落笔，写秦汉时的明月依然照在当年的边关上，以暗示战争历史悠久，构成雄阔苍凉的意境。第二句紧接着写战士在万里征程上牺牲无数，不见回还，感叹自秦汉以来世世代代战争所造成的人间悲剧。第三、四句通过对汉代名将李广的怀念，盼望唐王朝能任用得力将领来抵御胡马的侵扰，保障大唐边疆的和平和安宁。

这首诗有对历史的回顾，有对现实的关怀，有对英雄的歌颂，还暗含对朝廷任用边关将领不当的批评，更饱含战胜敌人、保卫国家的坚定信念，写得境界阔大，深沉含蓄，情调高昂，意味隽永，确为难得佳作。只是开头和结尾相比较，王夫之在《姜斋诗话》中说其"未免有头重之病",或许是这首诗的一点瑕疵。由此观之,同作为边塞诗的代表作,王之涣的"黄河远上"比王昌龄的"秦时明月",艺术上似更加完美。

然而,王之涣更著名的诗作,却是那首妇孺皆知的《登鹳雀楼》:

白日依山尽,黄河入海流。
欲穷千里目,更上一层楼。

诗的前两句描写登楼远望的景色,写得境界壮阔,气势雄伟。诗人选择"太阳"、"高山"和"黄河"、"大海"这四个自然景象,以"尽"和"流"这两个动词将它们联系起来,一下子把我们带入了浩渺博大的空间之中和永恒流逝的时间长河。正当我们的心灵为广阔无际的宇宙时空而震撼时,诗人紧接着发出了人类奋进不已、不断追求的呐喊,顿时把我们引入了积极向上,永远进取的新天地和新境界。这首诗自然朴实,浑然天成,词近意远,深寓哲理,不愧为千古传诵的名作。[5]

[1]"扬马",指汉代著名文学家扬雄、司马相如。

［2］主要参考资料:《新唐书·陈子昂传》、《唐才子传》卷一、《陈子昂集》、卢藏用《陈氏别话》、岑仲勉《陈子昂及其文集之事迹》。

［3］"梨园弟子",唐代戏曲艺人的别称。

［4］"班婕妤"是汉成帝的一位姬妾,她既美丽又擅长诗文,最初很得宠。后来汉成帝又爱上了赵飞燕姐妹,她担心被害,就主动要求到长信宫去侍奉太后,以了余生。

［5］主要参考资料:《全唐诗》、《全唐诗话》卷二、《唐才子传》卷二、薛用弱《集异记》卷二、谭优学《唐诗人行年考》、傅璇琮《唐代诗人丛考》。

【第 14 回】

孟浩然隐居鹿门山
王摩诘避祸辋川园

孟浩然隐居鹿门山

中国的山水田园诗,虽然早在六朝时期,陶渊明和谢灵运就筚路蓝缕,开创先河;但因为受到当时宫体艳情诗的冲击,一直消沉寂寞,并未真正发达起来。到了盛唐时,一些诗人自觉继承"陶谢传统",写了大量新的歌咏自然美景和田园生活的诗篇,形成了文学史上有名的盛唐"山水田园诗派"。

自然诗派的主要作家是孟浩然、王维,其他还有储光羲、祖咏、常建、裴迪等。其中孟浩然年岁最长,成就亦高,被推为自然诗派的首席代表。

孟浩然生于永昌元年(公元689年)。他青少年时代的经历比较简单,日子也过得冷冷清清。他家住襄州襄阳(今湖北襄樊),那里山清水秀,气候宜人,自古以来,就是文人逸士隐居的好地方。三国时期的诸葛亮,早年就隐居在那一带。

受先辈遗风的影响,孟浩然虽自幼苦学,满腹经纶,但并不想招摇过市,急于求官达仕,而是年纪轻轻就在家乡的鹿门山上隐居起来。他在《涧南园即事贻皎上人》诗中写道：“敝庐在郭外，素业唯田园。左右林野旷，不闻城市喧。钓竿垂北涧，樵唱入南轩。"这基本是他当时隐居生活的真实写照。他有时也走出山门，到处逛逛，但游的都是名山大川，访的都是文人墨客，从不涉足官场。

当然，中国知识分子有一个传统，就是"身在江湖，心存魏阙"。所谓"魏阙"，就是皇宫的大门。这句话的意思是说，虽然身为一般平民百姓，但心里仍想着为国效力。孟浩然就是这样一个人。他一方面把名利和做官看得很淡，另一方面也想为国家和人民做点事，这种矛盾一直萦绕在他的心头。

唐玄宗开元十八年（公元730年），孟浩然已经四十岁了。他想：自己应当有所作为，不应再这样默默隐居下去。于是，他抱着试试看的心情，向京城长安进发，寻求发挥自己政治才干的机会。没想到运气不好，他参加当年的进士考试，名落孙山。

不过，他这次进京，也很有收获，就是结识了许多文坛名人，他的诗才也博得了不少人的赞赏。这年中秋节，在皇宫集贤殿书院（国家秘书部门）工作的文人学士，举办赏月诗会，孟浩然也被邀请出席。他即席赋诗一首，其中有"微云淡河汉，疏雨滴梧桐"[1]佳句，语惊四座，上下倾倒，以致满堂文人学士，无一人肯随后继续吟诗，怕相形见绌，丢人现丑。

孟浩然在京城期间，和王维一见如故，结为至交。据传，王维正在皇宫里供职，一日他私自邀请孟浩然到宫中谈诗论文。不料两人谈兴正浓之际，忽报"皇上驾到"！

孟浩然是个"布衣"（即没有官职的读书人），慌忙间无处回避，就躲进了一张床底下。

唐玄宗李隆基是何等精明之人，这样的仓促之举怎能逃过他的眼睛。

王维见瞒不过去，只得向玄宗如实禀报："襄阳孟浩然，是我的故交，他的五言诗，匠心独运，意境深远，天下称其善。小臣正在和他谈说诗文，不意皇上驾到……"

玄宗一听，不但没有生气，反而大喜道："孟浩然朕早闻其名，就是无缘谋面，何故匿于床底？快快请出！"

惊恐未定的孟浩然这才从床下爬出，满脸尴尬神色。

玄宗倒是并不介意，笑着对他说："孟卿可诵近作，博朕一笑否？"

孟浩然生性随便，无所顾忌，见皇上命他吟诗，略加思索，便吟出著名的《岁暮归南山》：

北阙休上书，南山归敝庐。

不才明主弃，多病故人疏。

  白发催年老,青阳逼岁除。
  永怀愁不寐,松月夜窗虚。

  这首诗中的"不才明主弃,多病故人疏"一联,表面上是说自己没有什么才能,所以被英明的皇上抛弃,又因为多病,所以遭到当权故友疏远;实际上含有讥讽皇上不分贤愚,埋没人才的意思。这点言外之意,唐玄宗自然一听就明白,他顿时板下脸来说:

  "你自己不求仕进,朕什么时候遗弃过你?'不才明主弃',岂不是对朕的不满?你为什么不诵'气蒸云梦泽,波撼岳阳城'那首诗呢?"

  其实,孟浩然就是真的吟咏"气蒸云梦泽,波撼岳阳城",也未必能博得玄宗的欢心。因为这两句诗出自他的另一诗篇《望洞庭湖赠张丞相》,其中也照样有春秋笔法。请看全诗:

  八月湖水平,涵虚混太清。
  气蒸云梦泽,波撼岳阳城。
  欲济无舟楫,端居耻圣明。
  坐观垂钓者,徒有羡鱼情。

这首诗是赠给当时丞相张九龄的。孟浩然胸怀济世之志,却报国无门,自然希望得到张九龄的赏识和任用,因而写了这首诗表达自己的心情。

　　诗篇的前四句极写洞庭湖浩淼阔大的景色,气势磅礴,卓然千古。唐玄宗本来爱好诗赋,欣赏其中的名句"气蒸云梦泽,波撼岳阳城",是很自然的。但是,诗作的后面四句,却明显含有抱怨自己不受重用的讽刺之意。大概唐玄宗被"不才明主弃"这句诗气懵了,只想起"气蒸云梦泽,波撼岳阳城"的气魄和壮美,而忽略下一联"欲济无舟楫,端居耻圣明"的潜藏含意了。

　　却说唐玄宗听了孟浩然的牢骚诗,一时怒火中烧,气愤不已,当即下令:"放归南山,终生不仕。"

　　孟浩然实在是命途多舛,刚刚有幸见到"龙颜",就触犯了"天怒"。受此意外打击,他只好离京返乡。临行前,他赠给王维一首诗,淋漓尽致地表现了自己当时的心境:

　　　　寂寂竟何待,朝朝空自归。
　　　　欲寻芳草去,惜与故人违。
　　　　当路谁相假,知音世所稀。
　　　　只应守寂寞,还掩故园扉。

仕途挫折，孤独寂寞；打算按照自己的理想（芳草）归隐山林，只可惜要与老朋友王维离别；世态炎凉，人情淡薄，无人相助，知音难求；看来还是应当避开尘嚣，甘于孤寂，归隐故园，闭门不出。这些就是《留别王维》这首诗的大意。如果说，孟浩然本来还有一点求官达仕、胸怀济世的愿望，那么，受到这次打击，他可完全心灰意冷了。

开元二十二年（公元734年），襄州刺史韩朝宗，知道他是位"高士"，觉得人才难得，想再次把他举荐给朝廷，便和他约好见面的日期和地点。谁知到了那一天，他只顾和朋友欢聚喝酒，把这事忘得干干净净。正当他喝得兴致勃勃的时候，韩朝宗派人来请，他很淡然地对来人说："我正在喝酒，算了吧！"

开元二十五年（公元737年），他的好友张九龄由丞相贬为荆州刺史，硬拉他去当"参事"。他本来是不会去的，但因和张九龄交情甚笃，盛情难却，便去应付了较短一个时期，很快又回家乡隐居了。他耿介不随的性格和清白高尚的情操，由此可见一斑。

孟浩然一生特别赞赏陶渊明，他曾说："我爱陶家趣，林园无俗情。"所谓"俗情"，就是陶渊明所深恶痛绝的官场上吹牛拍马，争名逐利的风气。他之所以不愿趋承逢迎，混迹于官场，终生寄情山水，过着隐逸生活，推崇超尘拔俗的陶

渊明,厌恶官场的"俗情",是很重要的缘由。

唐代大诗人李白,对他的高洁人格非常倾慕,曾写《赠孟浩然》诗赞叹说:"我爱孟夫子,风流天下闻。红颜弃轩冕,白首卧松云。醉月频中圣[2],迷花不事君。高山安可仰,徒此揖清芬。"

孟浩然的诗,言浅意深。除"气蒸云梦泽,波撼岳阳城"外,"野旷天低树,江清月近人","荷风送香气,竹露滴清响"等,都是传诵千古的名句。当然,在他的作品中,最脍炙人口的还是那首五绝《春晓》:

春眠不觉晓,处处闻啼鸟。
夜来风雨声,花落知多少。

首句破题,写春睡的香甜,流露出对明媚春天的喜爱。次句即景,写悦耳的鸟声,也交代了醒来的原因。三句转而写回忆,由风和日丽的早晨倒回风雨交加的夜晚。末句又回到眼前,写诗人对春花的怜惜和担忧。

在这里,时间的跳跃,阴晴的交替,声色的变幻,感情的波动,都极富魅力、极富情趣,给人无穷兴味。寥寥二十个字,把轻灵无迹地降临人间的春天,写得如此形象生动,自然有趣,实在有如天助!

开元二十八年（公元740年），孟浩然背部不幸生了一个疽，经医治疗养，已经痊愈了。恰逢诗人王昌龄游襄阳，登门拜访。两人相见甚欢，纵情宴饮，不想因吃鲜食，毒疽并发，病死山中，时年五十二岁。[3]

王摩诘避祸辋川园

说到孟浩然，人们总会想到王维，这不仅因为他俩曾有一段令人难忘的友谊，更因为他俩的诗歌创作，在题材和风格上有许多相近之处。他们继承陶渊明、谢灵运田园山水诗的传统，成为唐代田园山水诗歌流派的代表人物，被文学史家称为"王孟诗派"。

王维虽然比孟浩然小十二岁，但才华却在孟浩然之上。唐代作家中，王维可谓最多才多艺的一位。他是个伟大的诗人，同时也精通音乐、擅长书法，更是一个大画家，被推为文人画的始祖。他的成就，不仅表现在诗歌、音乐、书法、绘画等各个方面，都有极高的造诣；更表现在他善于在创作中把诗歌与绘画相互结合，加以融化，达到"诗中有画，画中有诗"的妙境。

王维，字摩诘，生于长安元年（公元701年），卒于上元二年（公元761年），是太原祁（今山西祁县）人。他自幼好学慎思，聪慧早熟，九岁时就能写诗作文，青少年时代已创作出不少优秀诗篇。如向来为人们称颂的《九月九日忆山东兄弟》：

独在异乡为异客，每逢佳节倍思亲。
遥知兄弟登高处，遍插茱萸少一人。

这是他十七岁离家远游时的创作。青春年少，竟能把作客异域的思乡情感，表现得如此质朴自然且深厚有力，实在让人惊叹。尤其是前两句："独在异乡为异客，每逢佳节倍思亲"，几乎成了中国语言中最能表达游子思乡情感的格言式警句。

王维二十岁那年，一次与十多位文人一起，在宁王李宪府上聚会。那李宪是一个很奢华而贪色的皇子，家有数十名宠妓，个个姿容美丽，能歌善舞。王府左邻有个卖饼人，其妻洁白妩媚，明丽动人。宁王李宪一见，凝视忘步，乃赠送大批财物给其丈夫，把她娶入王府，并对她特别宠爱。过了一年，宁王问她："你如今天天锦衣玉食，还想念那卖饼人吗？"女子不答。宁王派人把饼师招来，她默默看着丈夫，泪流满面。当时在座的十多位文人，见此情此景，无不哀怜。

宁王见状,反倒来了雅兴,命在场宾客赋诗吟咏。不料王维年纪最轻,却最先写成:

莫以今时宠,能忘旧日恩。
看花满眼泪,不共楚王言。

这首诗题为《息夫人》。息夫人是春秋时息侯的妻子,楚文王灭息时将其占有。她到楚国后,一直不说话。楚王一再问其缘由,她才答道:"像我这样,又有什么话可说?"饼师妻子的遭遇,与息夫人何其相似!王维借古喻今,贴切自然,巧妙委婉,令人赞叹。

此诗表面看来只是吟诵古人古事,实乃春秋笔法,蕴含了诗人对饼师妻子的深深同情和对宁王的怨艾不满。《唐诗纪事》卷一六载,宁王读了王维的诗,似有所悔悟,将女子归还饼师,以成全其忠贞之志。而在座其他文士墨客,见王维的诗作得好,就不敢再写了;有的已经写好,也不敢拿出,怕相形见绌,丢了面子。王维具有如此才华,他在二十一岁时就考中进士,也是理所当然之事了。

王维考上进士后,立即被封以官位:开始做大乐丞,用现在的话说,就是皇宫乐队的队长;后来升为右拾遗、监察御史。那时他在京城,既有才学,又有地位,加上生得相貌堂堂，为人正派，一般王公大臣、文人墨客，都愿与他为友，可谓名重一时。

然而，官场向来有黑暗的一面，王维步入仕途后，自然也免不了受这黑暗一面的侵扰。那时，当朝宰相张九龄，出身贫寒，为人正直，主张任用具有真才实学的人来治理国家。他的治国方针和措施，受到朝廷里保守官僚的激烈反对，为首的就是李林甫。

李林甫是历史上有名的"口蜜腹剑"的家伙，他耍弄各种阴谋手段，诬蔑陷害张九龄，终于在开元二十四年（公元736年），把张九龄赶下台，自己接任了相位。由于王维的政治主张与张九龄比较接近，加上受过张九龄的提拔，因而被看作是张九龄的人。李林甫小人得志，气焰嚣张，对王维这样的人，自然没有好脸色，训斥、羞辱可谓家常便饭。

面对如此险恶的环境，王维整日郁闷寡欢，沮丧万分。好在不久他就奉调出京，跳出了长安这政治斗争的是非中心，到凉州（今甘肃平凉）当了个文职官员。凉州的这段生活，对王维大有好处。边塞的壮丽风光，使他耳目一新；紧张的军事活动，使他精神振奋。原来政治斗争投放到他心灵上的阴影，被雄伟粗犷的大自然，被激昂的爱国热忱，一扫而光。

王维这一时期创作的诗歌，多半以边塞生活为主，格调雄浑，气势豪壮。其代表作《使至塞上》，向来为人们称颂：

单车欲问边,属国过居延。
征蓬出汉塞,归雁入胡天。
大漠孤烟直,长河落日圆。
萧关逢候骑,都护在燕然。

这首诗写诗人出使凉州途中所见到的塞上风光。几笔雄健粗放的线条,不仅勾勒出荒漠壮阔无边的奇异景色,还有力表现了诗人对这壮丽景色的强烈赞叹。诗作画面开阔博大,意境雄浑深远,尤其是"大漠孤烟直,长河落日圆"一联,最为诗家称道,王国维誉之为"千古壮观"的名句。

在边塞待了三四年后,王维又被调回长安。那时,李林甫仍在执政,而且党同伐异,变本加厉,凶狠异常。如何对付这个小人呢?王维自然不会见风转舵、改变初衷,向李林甫低头哈腰;但官场上激烈争斗,彼此倾轧的残酷,也使他毛骨悚然,望而生畏。于是,他采取了消极退避,少管时政的态度,尽量避免与李林甫发生正面冲突。

他在长安附近的终南山里,买了宋之问的一座山庄,叫"辋川别墅",风景异常美丽,清溪碧池,山幽谷秀,竹洲花坞,亭台轩榭,可谓极尽园林之盛。他与好友裴迪整日逍遥其中,念佛写诗,游览风景,过着半官半隐,名官实隐的生活。王维的隐居生涯,就是以这种方式开始的。

正是在这种情形下,王维创作了不少山水诗。特别是他和裴迪对辋川别墅里的优美景色每景一诗,两人一唱一和,得诗四十首,收为一本诗集《辋川集》,传为文坛佳话。这本集子里的每首诗,都像一幅精美的山水画,形象鲜明生动,意境清幽雅丽。请看下面两首:

空山不见人,但闻人语响。
返景入深林,复照青苔上。
——《鹿柴》

独坐幽篁里,弹琴复长啸。
深林人不知,明月来相照。
——《竹里馆》

寂静的空山杳无人迹,但偶然仍能听到人的话语;深深的密林幽暗潮湿,但忽而仍能在青苔上见到缕缕阳光。独自一人坐在月夜的竹林里,拨琴咏叹;但幽深的密林无人知道,无人响应,只有那澄澈洁净的月光与自己形影不离,伴随相照。在这里,既有诗的意韵,更有画的妙境,赏心悦目,韵味无穷。诗的情感意趣和画的声光形色,达到了高度融合和高度统一,历来为人们赞不绝口。

唐玄宗天宝十四年(公元755年)冬季,大军阀安禄

山、史思明发动叛乱，使繁荣昌盛的唐王朝陷入"安史之乱"的灾难中。当时，安禄山的叛军横冲直撞，进军神速，很快就直逼长安。

次年六月，唐玄宗仓促奔蜀（四川），许多官员都被甩在长安，沦为安禄山的俘虏。其时，整个长安城，胡骑横行，烈焰冲天，尸满通衢，血溅街巷。面对此情此景，官至给事中（一种抄发章疏，稽察违误的要职）的王维，痛心疾首，不甘束手受辱，便设法逃出长安，追随西奔的唐玄宗，不料半途仍被叛军抓获，送回洛阳。

安禄山称帝后，为巩固地位，收买人心，对唐王朝的不少官员大封官爵，原唐王朝的左丞相李希烈等三百余人，都被授予伪职。

王维才华出众，威望又高，安禄山自然不敢小视，仍逼他任给事中要职。但王维故意服下泻药，终日拉痢，弄得面黄肌瘦，不成人形，称病不出。安禄山无可奈何，只好把他囚禁在洛阳的普施寺中。

安禄山当了皇帝，得意异常，便在洛阳禁苑的凝碧池，大摆庆功宴席，命他的新臣旧部都得参加，王维也被逼赴宴。

席间，全部被囚的唐朝梨园子弟，都被招来为宴会伴奏歌舞。乐工们及其家属，多半遭到叛军凌辱，哪有心思演奏，但迫于压力，只得勉强应付。其中有个弹琵琶的乐师，名叫雷海青，弹奏间突然右手猛地一抹，只听"乓乓乓"一阵乱响，弦全部都断了。

安禄山脸色一变，拍案而起，怒声喝问道："你这是干什么？想死吗？"

雷海青也站了起来，横眉怒目，毫不畏惧地答道："你这个杂胡，本是朝廷边将，不去卫国保家，却叛逆作乱，烧杀淫掠，无恶不作！原是罪该万死，今日还要摆宴庆功，你何功之有？早晚朝廷大军杀回，定叫你死无葬身之地！"

安禄山"哇哇"直叫，气急败坏地连喊："抓起来，给我把他卸巴了！"禁军一拥而上，雷海青高举琵琶，奋力朝地上一摔，砸个粉碎。禁军把雷海青绑到试马殿前，遵照安禄山的命令，把他杀害了。

王维在座中将这一切看得清清楚楚，深为雷海青壮烈殉国而悲愤。他回到普施寺，郁闷塞胸，彻夜不眠，挥笔写下了《闻逆贼凝碧池作乐》：

万户伤心生野烟，百官何日再朝天。
秋槐叶落空宫里，凝碧池边奏管弦。

王维身陷囹圄，却在标题上直斥"逆贼"，可见其勇气；"万户伤心生野烟，百官何日再朝天"，更表现了他臣子的忠心。后两句感伤秋槐落叶在空寞的皇宫里，痛恨逆贼竟然在凝碧池边跋扈寻乐，写得凄凉怨愤，深沉炽烈。据说这首诗传到蜀地时，正在避难的唐玄宗看了很是感动。

过了两年，新皇帝唐肃宗在回纥军队的帮助下，反攻长安，讨伐叛军，终于收复京城。

当时，凡在安禄山当权时受过"伪职"的人，都要重重治罪。但因王维在沦陷时曾写过《闻逆贼凝碧池作乐》这首诗，斥责叛乱，表示了对唐朝的忠心；加上他弟弟王缙是个紧跟肃宗的有功之臣，表示愿削自己的官职来为哥哥赎罪，所以肃宗皇帝特别宽恕了他。开始，王维稍微被贬了一下，任太子中允，但很快官复原职，后又升至尚书右丞（相当于副丞相的职务），因而人们又尊称他为"王右丞"。

可是，此时的王维已更加看破世事，觉得功名富贵，不过是过眼烟云，为其忙碌争逐，实在毫无意思。于是，他平静地走出金碧辉煌的朝廷大门，投向佛寺和大自然的怀抱，彻底过起了隐居生活。

这一时期，他又写了不少极富魅力的山水诗，艺术上达到了炉火纯青的境界。《山居秋暝》中的"明月松间照，清泉石上流"；《终南别业》里的"行到水穷处，坐看云起时"；《汉江临泛》中的"江流天地外，山色有无中"等名句，字字珠玉，百诵不厌。

王维还擅长写送别诗,他写的《渭城曲》,是唐代以来传诵最广的送别辞:

渭城朝雨浥轻尘,客舍青青柳色新。
劝君更尽一杯酒,西出阳关无故人。

早春的渭城,细雨绵绵,湿洒路尘,雨中客店,翠柳掩映,青色空濛;朋友啊,请再干一杯酒吧,等你跋涉千里,西出阳关(今甘肃玉门以西)后,可很难碰到熟人了。这里,前两句写送别的时间、地点、气氛,选择"春雨"、"道路"、"客舍"、"杨柳"等景物,一下子烘托出惜别的情调;后两句将道别时的千言万语、深情祝愿全部注入一杯酒中,使复杂的心理、丰富的感情,以最平凡最简单的方式表露出来,既有震慑人心的力量,又含不尽之意于言外。[4]

[1] 此诗全诗不存,这两句见《全唐诗》卷一六〇残句。
[2] "中圣",指害酒病,即过酒瘾。
[3] 主要参考资料:《新唐书·孟浩然传》、《唐才子传》卷一、《唐诗纪事》卷八、《孟浩然集》、陈贻焮《唐诗论丛·孟浩然事迹考辨》。
[4] 主要参考资料:《旧唐书·王维传》、《新唐书·王维传》、《本事诗》、《集异记》、《唐才子传》卷二、《诗林广记》前集卷五、陈贻焮选注《王维诗选》。

【第 15 回】

李太白豪饮称谪仙
杜少陵忧国成诗圣

李太白豪饮称谪仙

开元、天宝年间,是唐代诗歌发展的极盛时期。这一时期出现了两颗光芒万丈的诗坛巨星,他们就是"诗仙"李白和"诗圣"杜甫。

玄宗天宝元年(公元742年)的一天,早以《咏柳》、《回乡偶书》[1]等诗作名扬四方的贺知章,在家中接待了一位气宇轩昂、神采飘逸的客人。贺知章这时已八十多岁,在朝中任"秘书监"(掌管朝廷典章著作、史书撰写的官职),德高望重,人人敬佩。他看了这位客人奉上的诗作,昏花的老眼闪烁激动的光芒,脸上现出惊喜神色。翻到《蜀道难》这首诗时,他禁不住高声吟咏起来:

噫吁嚱,

危乎高哉!

蜀道之难,

难于上青天!

刚刚吟完这第一句,贺知章便不顾自己年迈体弱,起身拉着客人连连赞叹说:"好一个开篇,笔锋峻峭,似劈空惊雷,力拔千钧。奇文!奇文!如此诗句。若非天授,岂凡人所及?对,你一定是天上下凡的谪仙!"

"谪"是贬责的意思,"谪仙"就是指由天上罚下人间的仙人。这位被贺知章看作仙人的来客,不是别人,正是唐代伟大诗人李白。他的诗篇,清新俊逸,狂放豪迈,飘洒脱俗,超凡绝世,所以后人多沿用贺知章对他的赞美,称李白为"诗仙"。

李白,字太白,号青莲居士。据他自己说,他的老家在陇西成纪(今甘肃秦安),西汉那位豪气凌云、功高盖世的飞将军李广,就是他的远祖。据史书说,他的先辈在隋朝末年被流放到遥远的西域。公元701年,李白出生于西域碎叶(现吉尔吉斯斯坦境内)。他五岁那年,父亲带着全家迁往绵州昌隆县(今四川江油)。由于父亲经商赚了不少钱,李白从小在富有的家庭环境中长大。青少年时代,他爱读诗书,喜好舞剑,轻财任侠,重情尚义。

据说李白一次外出游玩,看到一位老太太在石头上磨铁杵,悟到"只要功夫深,铁杵磨成针"的道理,从此以后,学文习武,格外用功。他本来就聪慧过人,诸子百家,过目成诵,加上勤学苦练,自然成了一个才华出众的人。

李白从小还培养了志趣远大,品性高洁,胸襟开阔,潇洒脱俗的精神境界。当时的读书人,为谋取功名,都去参加进士考试。李白看不起这种按部就班地往上爬的做法,认为这都是"凡儒俗人"干的事,他从没有去应试过一次。

按照李白的想法,他要么一鸣惊人,一步登上显要高位,成为国家栋梁之材;否则甘愿一辈子默默无闻,当一个普通百姓。曾经有人推荐他做个小官,才高性傲的李白根本看不上眼,一口拒绝了。他常常自比东晋时期治国有方,并领导淝水之战的著名政治家谢安,认为自己必定能像谢安那样,做出一番惊天动地的大事业。李白曾写过一篇《代寿山答孟少府移文书》,很能表达他的人生理想。其文中说:

达则兼济天下,穷则独善一身。安能餐君紫霞,荫君苍松,乘君鸾鹤,驾君虬龙,一朝飞腾,为方丈蓬莱之人耳?此则未可也。乃相与卷其丹书,匿其瑶瑟,申管晏之谈,谋帝王之术,奋其智能,愿为辅弼。使寰区大定,海县清一,事君之道成,荣亲之义毕。然后与陶朱、留侯,浮五湖,戏沧洲,不足为难矣。

李白在这里畅叙了自己的宏伟抱负。他愿为帝王的辅弼大臣,在政治上做出赫赫贡献,然后再像范蠡、张良那样,舍弃卿相之贵,浮游江海,栖隐山林。他的政治理想是,

"使寰区大定，海县清一"，即使国家强盛，社会安定，人民过上幸福安宁的生活。唐前期政治比较清明，国家蒸蒸日上，人们对自己的前途多充满信心。李白的豪情壮志，具有当时鲜明的时代色彩。

怀着"安社稷"、"济苍生"的远大抱负，李白二十五岁时，离开四川，仗剑远游。他先出走三峡，漫步襄汉（今湖北），再南游洞庭（今湖南），东步金陵（今江苏），又往太原（今山西），最后到了齐鲁（今山东），住在任城（今山东济宁）。

李白的这次漫游，长达十七年之久，足迹踏遍长江、黄河中下游许多名城古邑、风景胜地；结交了许多文人学士、社会名流。他重友情、讲义气、爱喝酒，每到一处，遇到好友知己，总是开怀畅饮，三杯下肚，诗兴大发，美词妙语，如泉喷涌。请看下面这首诗：

故人西辞黄鹤楼，烟花三月下扬州。
孤帆远影碧空尽，唯见长江天际流。
——《黄鹤楼送孟浩然之广陵》

这首赠送给孟浩然的离别诗，感情真挚动人，意境开阔幽远。尤其是后两句，"孤帆远影碧空尽，唯见长江天际流"，既写了诗人翘首凝望、极目远送朋友时所看到的景色，又含不尽深情于宽阔无边的画面之中。李白那神驰目注孤帆远影的镜头，不正是他与朋友难舍难分，一往情深的表现吗？那浩淼东去，流至天际的一江春水，不正是诗人怅惘若失，心潮起伏的象征吗？情景交融到如此完美境界的诗句，真是千古难得！

李白四十二岁那年，由于贺知章欣赏他的诗文，在玄宗皇帝面前鼎力推荐，玄宗在金銮殿召见了他。两人畅叙当世大事，李白谈吐不凡，妙语迭出，甚为玄宗赏识，便摆出酒席，请他吃饭。席间，玄宗看一碗汤太烫了，就拿起汤匙，亲自为他调冷一些，这就是有名的"御手调羹"的佳话。

此后，玄宗多次召李白进宫，让他即席作诗。李白每次都提起毛笔，不假思索，龙飞凤舞，一挥而就；写出的诗篇，声情激越，气魄雄伟，瑰丽多姿，意韵悠长。玄宗看了，叹服称奇，不久就让他当了翰林供奉，专在宫廷里写诗作文。

李白受诏进宫，开始是满怀壮志，准备施展宏图，像东晋政治家谢安那样，建立丰功伟业。但不久他就发现，后期的唐玄宗已不是个励精图治的皇帝；玄宗赏识他，只不过想让他做个歌功颂德、增添雅趣的御用文人，根本不想让他发挥治国平天下的政治抱负。这使李白非常失望。于是，他常和一帮文人学士聚在一起，城内城外，纵酒游乐，以狂放傲世来排遣心中的愤懑。

　　李白进宫的第二年春天，后宫沉香亭畔，牡丹花盛开，近赏芳姿艳丽，远观五彩若霞，煞是好看。一天，唐玄宗携杨贵妃，由高力士和杨国忠陪着，到亭子里来观赏牡丹。玄宗见杨贵妃桃腮粉面，笑生双颊，轻步漫游，媚胜百花，心中十分高兴，便吩咐召见李白，让他来立献新诗。

　　几个内侍牵着御马玉花骢，匆匆跑到翰林院，根本不见李白人影，后听说他到街上喝酒去了，才又奔向城里。偌大一个京城，茶坊星罗棋布，酒肆鳞次栉比，何处去寻李翰林？内侍走东坊，跑西肆，正急得没法，忽听一座楼上有人高歌：

　　　　天若不爱酒，酒星不在天。
　　　　地若不爱酒，地应无酒泉。
　　　　天地既爱酒，爱酒不愧天。
　　　　……
　　　　三杯通大道，一斗合自然。
　　　　但得酒中趣，勿为醒者传。

　　"这不是李翰林的声音吗！"内侍们说着，三步并作两步登上酒楼，果然见李白正在举杯痛饮。他听说皇上宣召，只得怏怏离去。

来到沉香亭,玄宗见他醉态可掬的模样,便笑着对他说:"太白,今日牡丹盛开,朕与贵妃赏花,卿就即景写首《清平调》吧!"

李白望着亭外色彩缤纷、竞相开放的牡丹花,忽然一阵风吹过,送来杨玉环身上浓烈的香气。李白斜着醉眼一看,杨贵妃果然生得花容月貌,不愧为绝代佳人。于是,第一首诗已涌现脑海:"云想衣裳花想容……"

李白来到几案前,舔笔铺纸,准备挥毫。

玄宗见他伸出的脚上,两只靴子都穿开了缝,便随口问道:"太白,你的靴子怎么破成这样?"

李白张口便说:"臣有一双新靴,是专为进宫时穿的,今日来得仓促,未及换上。"

杨贵妃、高力士、杨国忠等在座的,听了这话都哂笑起来。玄宗也给他的话逗乐了,便接着问道:"朕给卿的俸银呢?难道再买双靴子也买不起吗?"

李白毫无羞色,大大咧咧地回答:"俸银都让臣买酒喝了。"

玄宗为他的豪爽而高兴,笑着点点头说:"朕记得你《将进酒》中的诗句:'钟鼓馔玉不足贵,但愿长醉不复醒。古来圣贤皆寂寞,惟有饮者留其名。'"

吟着这样狂放的诗句,玄宗不禁哈哈大笑起来,随后扭

头对高力士说:"你去拿双新朝靴来,让太白换上。"

不一会儿,高力士提来一双新靴子。李白接过靴子,便准备将旧的换下,可脱了几次也没脱下来。原来古代靴子都有个高腰,脱起来很费劲。他见高力士站在旁边,便借着醉酒,把腿一伸,对高力士说:"帮我脱下来!"

且说那高力士是大名鼎鼎的内侍省主管,挂着右监门卫将军的官衔,玄宗不理朝政时,他事实上就是皇帝的代表。朝中大小官员,都很巴结他,而小小的翰林学士,竟敢指使他当众脱靴,实在是对他的莫大侮辱。但当着皇帝的面,他又不好发作,只好忍气吞声,替李白脱下了双靴。

李白穿上新靴,提起御笔,饱蘸浓墨,铺开锦笺,龙飞凤舞地挥洒起来。李白一边写,杨玉环在一边轻吟。写了几行字,李白移动锦笺时,发现放在边上的御砚碍事,便又随口吩咐杨玉环道:"把砚台拿起来一下。"

杨玉环是玄宗的宠妃,在皇帝面前说一不二,谁敢吩咐她做事?可今天李白写诗,却让她捧砚,真是胆大包天。幸亏当时杨贵妃高兴,倒真的把砚台捧了起来,待李白将锦笺移动并铺好后,才放了回去。顷刻之间,李白便写成《清平调词》三首:

  云想衣裳花想容,春风拂槛露华浓。

若非群玉山头见，会向瑶台月下逢。

一枝红艳露凝香，云雨巫山枉断肠。
借问汉宫谁得似，可怜飞燕倚新妆。

名花倾国两相欢，常得君王带笑看。
解释春风无限恨，沉香亭北倚阑干。

  第一首极写牡丹和贵妃之美，说相比之下，霞云自觉彩衣不灿，鲜花自愧容貌不艳；如此娇美的名花和贵妃，若不是在神话中的群玉山上看到，恐怕只有到西王母的瑶池里才能相遇。第二首写玄宗胜过梦会巫山神女的楚王，杨贵妃胜过汉成帝宠妃赵飞燕；战国时的楚王与神女相会，只不过是梦幻虚境，而玄宗却能亲赏"红艳"与"凝香"。第三首说名花和美女相互辉映，经常得到君王的欣赏；在这样美好的环境中，即使有再多的闲愁暗恨，也会消失殆尽。

  这三首诗，浓艳华美，风流旖旎，语带双关，句句妥帖；以花衬人，不露痕迹，以人写花，浑然一体。玄宗看罢，赞叹不已："李卿真是高才，可压倒翰林院里所有学士了。"

  杨玉环对这三首《清平调词》，更是爱不释手，时常低声吟诵。一天，高力士见四下没别人，便神秘地向她问道：

"'借问汉宫谁得似,可怜飞燕倚新妆',这句怎讲?"

杨玉环得意地说:"那是用汉成帝的皇后赵飞燕与我相比呢!可怜她只有穿上新妆的时候,才有点像我。"

高力士阴险地说:"娘娘只知其一,不知其二。赵飞燕本是宫娃,立为贵妃后,曾宠极一时,但终被废为庶人,打入冷宫,自杀而死。李白是诅咒你同赵飞燕一样,出身下贱,好景不长呢!"

杨玉环一听,不禁怒火中烧,对李白心怀怨恨。从此以后,她便常和高力士等一起,瞅着机会就在玄宗面前说李白的坏话。

李白哪里知道这些!他得罪权贵,演出了"力士脱靴"、"贵妃捧砚"这一幕幕让人捧腹的好戏,纯属性格放达,一时随意所致。杜甫曾写过一首诗,传神地描绘了他狂放不羁的性格和当时在京城的生活:"李白斗酒诗百篇,长安市上酒家眠。天子呼来不上船,自称臣是酒中仙。"

可是,像高力士、杨贵妃这样的权贵,哪里能忍受得了李白如此桀骜不驯、不恭不敬呢?他们的一次次谗言攻击,终使玄宗对他的态度也逐渐冷漠下来。

李白这时也看出,长安已不是他所待的地方了,于是主动上书玄宗,要求还乡。就这样,他吟诵着"凤饥不啄粟,所食唯琅玕。焉能与群鸡,刺蹙争一餐"[2]的高傲诗句,告别了帝都，经由商州大道，离开关中。这时为天宝三年（公元744年），从天宝元年秋入长安，李白落脚京城的实际时间，尚不足两载。

离开京城长安后，李白又开始遨游四方，过起漂泊生活了。这次漫游的时间也长达十年多，地域也很广阔：北至河北、山西，西至陕西、河南，南至安徽、江西。他走一路，喝一路酒，交一路朋友，写一路诗，让酒香、友情、诗篇几乎洒遍了半个中国。

由于受到官场挫折，更广泛地接触了社会，李白这一时期的创作有了重要变化。他除了继续描写游山玩水、抒发豪兴、表现怀才不遇的诗篇外，还在创作中增加了抨击社会黑暗的内容。例如在《梦游天姥吟留别》这首想象极其丰富，风格极为豪放的杰作中，他写道："安能摧眉折腰事权贵，使我不得开心颜！"对当朝的"权贵"们，直言不讳地表示了鄙视和否定。又如在《将进酒》这一奔放豪壮、气势非凡的名篇里，他放声歌唱："君不见黄河之水天上来，奔流到海不复回。君不见高堂明镜悲白发，朝如青丝暮成雪。人生得意须尽欢，莫使金樽空对月。天生我材必有用，千金散尽还复来……"这里，由对现实忧愤而产生的狂放之情，表现得多么痛快酣畅！

天宝十四年（公元755年），"安史之乱"爆发。当时，李白正在庐山一带隐居。他怀着平息叛乱，保卫国家统一的心愿，参加了永王李璘反抗叛军的队伍。不料，唐肃宗李亨怕李璘势力扩大，把自己的皇位篡夺过去，就找茬儿给他一个"反叛"的罪名，并派兵讨伐。

李白这下可倒霉了，原来的救国之举，顿时变成"从逆"（跟从叛逆）之罪。他被抓起来投入监狱，饱尝了铁窗之苦。多亏名将郭子仪搭救，他才免于一死，被押流放夜郎（今贵州遵义附近），半途遇到大赦，才得以自由。

接到赦书时，年近六十的李白高兴万分，立即乘船沿江而下，开始了他人生最后一次漫游。《早发白帝城》这首诗，记载了他当时的喜悦之情：

朝辞白帝彩云间，千里江陵一日还。

两岸猿声啼不住，轻舟已过万重山。

迅疾飞动之势，畅快豪爽之情，把诗人历尽艰险后突然迸发出的欣喜欢愉，传达得淋漓尽致，精妙绝伦，实为千古佳构。

李白最后一次漫游时间只有三年多，地点主要在安徽南部一带。唐代宗宝应元年（公元762年），他在贫病交加中死于安徽当涂。

据说李白的死,是因他喝醉酒后,月夜泛舟长江,看到皎洁的明月映在水里,纵身跃入江中,捞月而去。这个"捉月而亡"的传说,虽然不一定是事实,却很符合诗人毕生追求高洁理想的性格特点。

李白诗歌创作的最大特色,是想象奇特,格调豪放。他喜欢从高处、远处、深处着眼,写出阔大壮美的境界;喜欢用夸张、拟人、比喻的手法,把景物写奇、写活。如他描绘庐山瀑布:"飞流直下三千尺,疑是银河落九天";形容朔风苦寒:"燕山雪花大如席,片片吹落轩辕台";抒发愁愤:"白发三千丈,缘愁似个长",这类以惊人想象力和夸张手法,来描写平凡景物的仙语神句,在李白的诗篇中随处可见。

李白,确可谓名副其实的"诗仙"!

"名扬宇宙而枯槁当年",这是李白在一篇文章中评说自己的话,实在讲得太好了!李白一辈子郁郁不得志,死后却受到人民的广泛赞颂。他作为一位伟大的诗人,如日月悬空,光芒万丈,值得人民永远敬仰。[3]

杜少陵忧国成诗圣

却说李白于天宝三年(公元744年)离开长安后,骑马出了潼关,来到东都洛阳。正是在这儿,他遇到了唐代另一位著名大诗人杜甫。

杜甫,字子美,别号少陵。他祖籍原在襄阳(今湖北襄阳),西晋那位"左传学"专家、官至征南将军的杜预,就是他的远祖。他的曾祖父杜依艺曾做过巩县令,所以他家后来就在河南巩县落了户。他的祖父杜审言,是初唐年间以恃才傲物而名重朝野的大诗人。

杜甫出生于唐睿宗太极元年(公元712年)。他自幼聪明好学,七岁时作了一首《凤凰诗》,连祖父杜审言都大吃一惊。到了十四五岁,他已能与当地的文人学士即席酬唱答和,成了洛阳诗人聚会中颇受欢迎的小明星。

玄宗开元十九年(公元731年),年方二十的杜甫,朝气蓬勃,风华正茂,他辞别家人,开始漂泊远游。他先游吴、越(今江苏、浙江一带),饱览了江南鱼米之乡秀美的湖光水色;而后又调过头来,再游齐、赵(今山东、河北一带),领略了辽阔无垠的东北平原和绵延千里的太行山脉。

在游齐鲁时,巍峨高大和无比雄壮的泰山,激起他心中一腔豪情。那首著名的一挥而就的《望岳》诗,表现了他对祖国山河的一往情深。诗的最后两句是:"会当凌绝顶,一览众山小。"[4]这豪气凌云的诗句,抒发了杜甫勇于攀登高峰,蔑视一切困难的志向和气概。

然而，胸怀大志的杜甫，在现实中却一再碰壁。二十四岁那年，他赶到长安去考进士，不幸名落孙山。郁闷之下，他又在齐、赵一带开始了第二次漫游。这次漫游，他进一步吸取各地的文化精华，扩大了眼界和见闻。

唐玄宗开元二十九年（公元741年），他结束了漫游生活，返回故乡，同司农少卿杨怡的女儿杨氏结了婚。随后，便在洛阳附近的首阳山下，筑建了几间新居，决心埋头苦读一段时间，然后再去投考进士。

天宝三年夏，他便在洛阳与李白相遇，两人志同道合，一见如故，不忍分手，相约共同畅游齐鲁。他们寻道访友，谈诗论文，议论时事，狩猎饮酒，白天携手出游，晚上同床共被。两人形影不离，结下了兄弟般的深厚友谊。

次年秋，杜甫决定西去长安，而李白则准备重游江东，两人在兖州（今山东兖州）分手，原以为今后还能重逢，不想这却是永别，杜甫为此写过不少怀念李白的感人诗篇。请看这首大约写于天宝五年（公元746年）的《春日忆李白》：

  白也诗无敌，飘然思不群。
  清新庾开府，俊逸鲍参军。
  渭北春天树，江东日暮云。
  何时一樽酒，重与细论文。

这里，首句称赞李白的诗无敌于天下，原因就在他思想情趣超尘拔俗，卓越不凡；接着说李白诗像南北朝著名诗人庾信那样清新，像鲍照那样俊逸。第三联写作者在渭北思念李白，遥望江东，唯见无边的云彩；而李白则在江东缅怀杜甫，翘首渭北，唯见远处的树色，表现了极深的离情别恨。正因为离情极浓，所以自然引出了末联的热切希望：何时才能再次欢聚，像过去那样饮酒畅谈，纵论诗文呢？结尾用诘问的语气，把盼望早日重聚的愿望，表达得既急切强烈，又含不尽之意于言外，令人读完全诗，心中仍回荡着作者的无限思念之情。

天宝五年（公元746年），杜甫怀着"致君尧舜上，再使风俗淳"的热情和理想，来到京都长安，准备再次参加科举考试，以谋求一官半职，于事业功名有所建树。

恰巧不久，天宝六年（公元747年），唐玄宗诏征各地有才之士，到京都就选。杜甫这次作了充分准备，对应试寄予了很大希望。谁想主持这次考试的中书令（宰相）李林甫，是个有名的"口蜜腹剑"、"嫉贤妒能"的家伙，他早在考试前已打定主意，一个都不录取。所以，尽管杜甫的答卷十分出色，仍然未能及第。

而李林甫呢，却在玄宗面前说：此次考试，未发现一个人才，全国能人早已被皇上罗致朝廷。他还上表给玄宗，说

皇上圣明，野无遗贤，值得大大庆贺。这一"野无遗贤"的结论，蒙骗了唐玄宗，更堵住了天下有识之士的"贤路"。此情之下，杜甫悲愤异常，却无可奈何，一筹莫展，只好困留长安，等待机会。

谁料这一等就是八九年。起先，他到处求人推荐，总是吃闭门羹。天宝十年（公元751年），玄宗决定祭祀玄元皇帝、太庙和天地，需要三篇歌颂盛典的辞赋。杜甫得到这个消息，倾注自己的全部心血，夜以继日地写了三篇洋洋洒洒的"大礼赋"——《朝献太清宫赋》、《朝享太庙赋》、《有事于南郊赋》，一起投入"延恩匦"[5]中，盼望能够得到唐玄宗的批阅，发现他的卓越才华。

果然，这三篇大礼赋得到了唐玄宗的赞赏，不过却没有直接给他安排职务，而要他再接受宰相的面试，然后量才录用。没想到那面试的宰相又是李林甫，考核完了，左等右等，总是没有下文。

杜甫这时的生活已极端困难。"朝扣富儿门，暮随肥马尘。残杯与冷炙，到处潜悲辛。"就是他当时落拓处境的真实反映。没有办法，他只好四处托人相问，诗赠权贵，但李林甫那儿仍然杳无音讯。直至几年以后，李林甫才让他当了右卫率府胄曹参军，任务只是看守兵甲器械，管理门禁钥匙。

尽管对杜甫来说，这太大材小用了，但它毕竟是一份工作,有了固定的收入。杜甫急于把这个消息告诉家人,便抽空到奉先(今陕西蒲城),探望寄居在那里的妻儿。

此时正处于安禄山举兵造反的前夕,整个社会已显出动乱的端倪。诗人敏锐地感觉到这一点,写出了长诗《自京赴奉先县咏怀五百字》。在这首著名的长诗里,杜甫既表达了他"穷年忧黎元[6],叹息肠内热"的满腔衷情,又用"朱门酒肉臭,路有冻死骨"这样的警策名句,概括了当时社会的尖锐矛盾;还描绘了自己"入门闻号咷,幼子饿已卒"的家庭悲剧。这首诗融注了杜甫长安十年政治生活的体验和感受,也反映了安史之乱前夕唐王朝危机四伏的社会现实,是中国诗歌史上里程碑式的杰作。

杜甫探亲后赶回京城,到官仅月余,安禄山就起兵造反了。他刚开始有个稍微安定的生活,一下又陷入战乱之中。叛军攻破长安,杜甫不甘束手就擒,冒险北上,投奔肃宗,不想逃至半途,被叛军抓获,押回长安。他目睹山河破碎,四处狼烟,百姓流离,满目疮痍的惨状,心急如焚,悲伤万分:

    国破山河在,城春草木深。
    感时花溅泪,恨别鸟惊心。
    烽火连三月,家书抵万金。

　　　　　白头搔更短，浑欲不胜簪。

　　　　　　　　　　　——《春望》

　　诗作开篇写春望所见：国都沦陷，城池残破，虽山河依旧，却杂草丛生，荒芜遍野。接着写诗人的感受：在这家破国亡的时刻，见了花容要涌出眼泪，听到鸟叫更惊动愁肠。触景生情，诗人诅咒战争，想念亲人，残酷的战火持续不断，已燃烧整整一个春天，这时如能接到一封家信，可真比"万金"还珍贵啊！然而家信不通，战乱不止，所以诗人搔首感叹，白发越搔越短，稀疏得连簪子也插不上了。

　　这一用血泪写出来的诗篇，不仅表现了诗人热爱国家，痛恨战争，眷念亲人的深切情愫，而且具有极高的艺术性——它内涵丰富而不芜杂，情感强烈而不浅露，意脉流畅而不平直，格律严谨而不板滞，写得气韵深厚，感情深挚，圆熟自然，巧夺天工。

　　却说杜甫被押至长安后，实在无法忍受囚监生活，半年后瞅着一个机会，再次冒着生命危险，逃离长安，投奔唐肃宗。待他历尽艰辛，到达凤翔肃宗驻地时，已是衣衫褴褛，凄惨万分。肃宗见他如此忠诚耿直，委任他为"左拾遗"（皇帝身边的谏官）。但是由于他不会见风使舵，直言上谏，不久触怒肃宗，被降职为华州司功参军（华州为今陕西华

县；司功参军，管文化教育事务的小官）。

　　这时，安禄山的主力虽被击败，长安、洛阳两都已经收复，但叛军残部在某些地区，仍然十分猖獗，战事还很频繁。杜甫在下层为官，对人民疾苦有了更深体察，写出了著名组诗"三吏"、"三别"。

　　"三吏"中的《新安吏》写老百姓忍痛送子当兵；《潼关吏》写潼关失守的教训和守备状况；《石壕吏》写一家三个儿子都被拉去当兵，现在又来抓老父亲，老妇人不得已，顶替老伴服兵役。

　　"三别"中的《新婚别》写新婚妻子送丈夫上前线，临别勉励他奋勇作战；《垂老别》写一个老人的子孙都已阵亡，自己也甩下拐棍，告别老妻，毅然从军；《无家别》写一军士，队伍被打散回乡，可家乡已成荒丘，县吏又来拉他服兵役，这时他已无家可别了。

　　"三吏"、"三别"惊心动魄地描绘了人民在战乱年代，蒙受官吏欺压、战争浩劫的深重苦难，同时又赞颂了人民热爱国家，坚毅顽强，不怕牺牲的伟大精神。这些光辉诗篇，充分体现了杜甫诗歌创作"善陈时事"的特点，是唐代战乱时期社会现实的高度艺术概括，代表了唐代写实诗歌的最高水平。

　　面对混乱不平的社会，杜甫感到忧愤，更感到失望，于是四十八岁那年,决然弃官。他一路辗转迁徙,颠沛流离,终于在乾元二年(公元759年)末,从陕西到达四川成都。由于朋友的帮助,他在成都西郊浣花溪旁盖了几间草堂,总算有了一个栖身之所,得以安居下来。

离开干戈不断、哀鸿遍野的中原,置身于幽雅宁静、风光美丽的环境中,杜甫忧患劳累、疲惫不堪的身心,得到休息和调节。他也怀着静谧之心、欣喜之情,写出了不少歌咏大自然的优美诗篇。如《春夜喜雨》中的"好雨知时节,当春乃发生。随风潜入夜,润物细无声";《水槛遣心》中的"细雨鱼儿出,微风燕子斜";《绝句》中的"两个黄鹂鸣翠柳,一行白鹭上青天"等,都是传诵很广的名句。

这一时期,和杜甫家有着世交友情的严武,正在成都做大官(官至成都尹兼剑南节度使),给过他不少关照和帮助。广德二年(公元764年),严武举荐他当了节度参谋检校工部员外郎,后人之所以称杜甫为"杜工部",就因为他曾任过这个官衔。不幸的是,永泰元年(公元765年)四月,严武突然死去,杜甫失去依靠,只得带着家人离开成都,乘舟漂泊。

在流落夔州(今四川奉节)时,他僻处山城,疾病缠身,生活穷困,孤独苦闷。为排遣心中的抑郁和哀愁,他整日沉吟苦思,创作了大量诗歌。在夔州不满两年,他成诗四

百多首,是一生中创作数量最多的时期。《登高》这首被后人誉为"古今七言律诗第一"的佳作,便是此时的名篇:

> 风急天高猿啸哀,渚清沙白鸟飞回。
> 无边落木萧萧下,不尽长江滚滚来。
> 万里悲秋常作客,百年多病独登台。
> 艰难苦恨繁霜鬓,潦倒新停浊酒杯。

前四句大笔挥洒,极写秋景,雄浑壮烈,沉郁苍凉。后四句感叹身世,陈述异乡漂泊,残年多病,白发日增,潦倒断酒的苦境,慷慨悲歌,催人泪下。全诗大起大落,开合自如,情景相洽,意蕴悠长。更值得称道的是,这首诗的八句全部对仗,即在声韵和文字上,每上下两句都格律相对。这种写法,比一般只要求中间四句对仗的普通律诗,要困难许多,但杜甫却写得流畅自然,毫无斧凿之痕,声韵格律仿佛对他全无约束。若非艺术技巧达到炉火纯青的境界,绝难做到这一点。

由于夔州位处三峡,气候恶劣,地形险要,朋友稀少,杜甫在那儿待了将近两年,便起程出峡,游溯沅、湘(今湖北、湖南一带)。这期间,他投亲靠友,虽有短暂栖身之处,但大部分时光却在一条破船上度过。"饥藉家家米,愁征处处杯"(《秋日荆南述怀》);"百年同弃物,万国尽穷途"(《舟出江陵南浦》),是他当时生活惨状的真实描写。

最后,杜甫竟在贫病交加、饥饿寒冷中,惨死于这艘漂泊在湘江之上的破船中,其时为唐代宗大历五年(公元770年),杜甫年五十九岁。

杜甫的一生,虽然青少年时期有过一段快意生活,但总的来说,一辈子坎坷多难,穷困艰辛。可是,他却以非凡的毅力,执著的追求,在诗歌园地里辛勤耕耘,为后人留下一千四百多首宝贵的诗篇。

他的诗歌,如长江大河,有时水波不兴,有时惊涛骇浪,有时曲岸平沙,有时浩渺无际,相当深广地反映了唐代由盛转衰时期的社会百态,生动地记载了他一生走过的曲折路程。

他的诗歌形式多样,各体皆备,古风近体,长篇短制,无不驾驭纯熟,曲尽其妙,达到熔各家精华于一炉,又自出机杼,富于独创,使各种诗歌形式,都获得新的发展的境界。

正是如此,宋代不少文学家和评论家都称赞杜甫是"诗学宗师"、"千载诗宗";到了明代,更有人称他为"诗圣",认为他在诗歌领域里,取得了无与伦比的成就。

杜甫一生敬仰李白,认为李白的诗是无敌天下的。事实上,他自己的诗歌,并不亚于李白。确切地说,他俩在创作方法上,一人以浪漫主义见长,一人以现实主义取胜;而在艺术成就上，却是难定高下，不分轩轾的。比他俩稍后的大文学家韩愈曾说："李杜文章在，光焰万丈长"，这话说得十分中肯。[7]

[1]《咏柳》全诗为："碧玉妆成一树高，万条垂下绿丝绦，不知细叶谁裁出，二月春风似剪刀。"《回乡偶书》全诗为："少小离家老大回，乡音未改鬓毛衰，儿童相见不相识，笑问客从何处来。"
[2] 这几句诗录自李白离开长安时所作《古风》其四十。
[3] 主要参考资料：瞿蜕园与朱金城《李白集校注》，《唐诗纪事》卷十八，《唐国史补》卷一，《诗林广记》前集卷三，李长之《道教徒的诗人李白及其痛苦》，王运熙《李白研究》。
[4] "会当"，唐代的口语，就是"一定要"的意思。这两句诗的大意为：我一定要登上高峰，去俯视那显得渺小的群山。
[5] "匦"，创设于武则天当政时期，作用大约相当于现在的意见箱，分四类：东叫"延恩匦"，南叫"招谏匦"，西叫"申冤匦"，北叫"通玄匦"。凡是觉得自己有才能并希望得到官职的人，可以把他的诗文或对时政的意见投入"延恩匦"。
[6] "穷年"，整年的意思；"黎元"，即老百姓。全句的大意为：整年忧愁老百姓的苦难。
[7] 主要参考资料：蔡梦弼《杜工部草堂诗笺》，《新唐书·杜甫传》，浦起龙《读杜心解》，冯至《杜甫传》，《古典文学研究资料汇编·杜甫卷》。

【第 16 回】

白居易垂泪湿青衫
刘禹锡题诗刺权贵

白居易垂泪湿青衫

　　唐德宗贞元三年（公元787年），一位十六岁的风华少年，风尘仆仆地从江南赶到长安，去拜访名重文坛的老作家顾况。

　　且说这顾况，可是个不好接近的人，他身任著作郎（朝廷国史编纂，文稿拟定的主管），作诗为文，奇语迭出；待人处事，恃才傲物。别说一般文人墨客，他不屑一顾，就是较有名气的作家，他也颇多微词。

　　今日见这位不速之客只是个毛头小伙子，又看到递上的诗稿署名是"白居易"，顾况便皱起眉头打趣说："近来长安米价昂贵，想在这里'居'可很不'易'啊！"

　　顾况边说边打开诗卷，读了第一首，就觉手眼不凡，不类常人；翻至《赋得古原草送别》这首诗，竟然情不自禁地摇头吟诵起来：

　　　　离离原上草，一岁一枯荣。
　　　　野火烧不尽，春风吹又生。
　　　　远芳侵古道，晴翠接荒城。

又送王孙去，萋萋满别情。

"好诗！好诗！"顾况拍案叫绝道："做得如此绝妙好诗，就是长安，居又何难！"

顾况如此称赞名不见经传的白居易，这消息很快就不胫而走。白居易的大名与"野火烧不尽，春风吹又生"的诗句，一时享誉长安。

白居易，字乐天，号香山居士。他生于唐代宗大历七年（公元772年），自称是秦朝大将白起的后裔，祖籍山西太原。他祖父时代，举家迁至下邽（今陕西渭南），遂为下邽人。

白居易生来绝顶聪明，七个月时，就认识"之"、"无"两字，试了百十次，毫无差错。五六岁时就开始学作诗，九岁时已能按复杂的声韵写律诗了。他作诗习文，废寝忘食，以至整天念书，口舌生疮，总是伏案，手肘长茧。

自从十六岁赶赴京城，诗作受到顾况的夸奖后，白居易回到家里（这时他家已迁到符离，在今安徽宿州），更加发愤攻书，决心考取进士。二十七岁，他通过乡试，当了举人；第二年到京师应考，一举中了进士甲科。从此以后，他踏上了仕途，在中央和地方做了四十多年官，直至七十五岁病逝。

白居易漫长的仕途生活，虽然中间也辞职过、被贬过，但总的来说,是官越做越大。他开始当秘书省校书郎,为朝廷校勘和整理图书典籍;三十五岁时任翰林学士,也就是李白曾经做过的翰林供奉;次年升为左拾遗,在皇帝身边上言进谏;五年后任京兆府户曹参军,管理京城长安地区的民政税务。四十四岁时,因上书进谏,一下被贬为江州(今江西九江)司马,当州里行政长官刺史的助手;后改任忠州(今四川忠县)刺史、杭州刺史、苏州刺史。

五十六岁后,白居易重返京城长安,主要当过秘书监,为秘书省的最高长官;刑部侍郎,这是司法部门的副部长;河南尹,是东都洛阳的总负责;太子少傅,即皇太子的导师;直到七十多岁时,还挂着刑部尚书(司法部门的部长)的头衔。晚年的白居易,一直担任要职,身居高位。

在封建社会里,升官就意味着发财,不少人只要弄到一官半职,就全力搜刮民脂民膏。"三年清知府,十万雪花银",是那时较普遍的现象。

然而,白居易虽然终身为官,各种官都做过,却从来没发过财,有时甚至还陷入穷困之境。这主要是他为政清廉,洁身自好。他在忠州、杭州、苏州任刺史期间,以他的卓越才干,勤奋工作,为人民做了许多好事,政绩相当显著,以致他每离一地,老百姓都痛哭流涕,追送几十里。刘禹锡的一首诗,曾描述苏州人民送他的情景:"苏州十万户,尽作婴儿啼。"在一地做官,能受到老百姓如此拥戴和厚爱,实在是件不容易的事。

白居易的诗歌也和他的人一样,深受人民的喜爱。当时另一位大作家元稹,曾说他的诗歌流传非常广泛:"禁省(皇宫)、观寺(庙宇)、邮候(邮局)墙壁之上无不书,王公、妾妇、牛童、马走(马夫)之口无不道。"白居易的诗在唐代受欢迎达到这种程度,不仅超过了当时的任何诗人,就是放在整个中国文学史上看,也是十分罕见的。

白居易的诗之所以深受欢迎,主要是因为内容充实丰富、贴近现实,语言浅近平易、通俗易懂。白居易的诗歌,现存二千八百多首,他自己曾将这些诗歌分为四大类:一讽谕,二闲适,三感伤,四杂律。在这四类诗中,最具有思想价值,白居易自己最看重的,就是讽谕诗。

"讽谕"的意思,是指通过描写某件事来说明某个道理,委婉曲折地进行规劝和指责。白居易创作讽谕诗的目的,主要是通过描写人民的疾苦和不平,来揭露现实矛盾和政治弊端,以便使当权者明白,从而纠正时弊。他有个著名的文学主张,即"文章合为时而著,歌诗合为事而作"。所谓"为时"、"为事",都是为现实的意思。他创作讽谕诗,正是对自己文学主张的实践和贯彻。

在白居易一百七十多首讽谕诗里,最杰出的是《新乐府》[1]五十首和《秦中吟》十首。如人们熟悉的《卖炭翁》，写一个贫苦老人，为了衣食温饱，到山里伐木烧炭，弄得"满面尘灰烟火色，两鬓苍苍十指黑"。他拉着一车炭，踏着冰雪到长安来卖，"可怜身上衣正单，心忧炭贱愿天寒"，自己衣服单薄，冻得发抖，却又担心炭卖不出价钱，还希望老天更加寒冷。忽然两个宦官骑马直冲过来，口称皇宫要炭，不由分说就把一车炭拉走了，只留下两块红绸挂在牛角上，充作炭钱。这里，诗人虽然没有直接发议论，但在爱憎分明的叙事中，有力地抨击了"宫市"掠夺人民财产的罪行。

再如《新丰折臂翁》，描写一个老人年轻时，为了逃避兵役，"偷将大石捶折臂"，自己用石头把自己的臂膀砸断了。以后的六十年里，这条断臂一直使他痛苦万分："至今风雨阴寒夜，直到天明痛不眠。"然而，尽管身体严重残疾，但没有死在无意义的战乱中，还是值得庆幸的。所以老人"痛不眠，终不悔，且喜老身今独在"。《新乐府》和《秦中吟》两组诗，就是这样一诗一事，具体而典型地反映人民疾苦，针砭了当时的腐朽现实。

除了讽谕诗外，白居易感伤诗中的长篇叙事诗《琵琶行》，最为人们称道。

《琵琶行》写白居易被贬江州司马期间，一个秋天的夜晚，他正在浔阳江畔送别友人，忽然听到一艘船中飘来动人的琵琶声。白居易素来爱好音乐，一听音律是那样和谐纯正，技法是那样娴熟严谨，不禁失声赞叹："妙极！妙极！想不到这穷乡僻壤，竟能领略到不亚于京都名手的音乐，实在难得！"

于是，他循声走上船去，只见一位怀抱琵琶半遮面的中年妇女，素裙淡妆，举止娴静，鹅蛋似的脸庞，虽然已失去青春的风采，却仍可见当年美艳动人的神韵。这是怎样一个妇人呢？她为何以陋船为家，在这江上空守寂寞呢？

白居易静听完一曲琵琶，上前施礼道："听娘子一曲清音，如闻仙乐，只是不知为何多带伤感抑郁之情？"

琵琶女见问，慢慢抬起头来，低声说道："先生闻声知情，真是知音人啊！"她轻轻地吁了一口气，叙述起自己的遭遇来：

"我本是繁华京城里的女儿，十三岁时弹琵琶，就赢得名师的赞扬；梳妆起来，常引起歌伎女伶的嫉妒。翩翩少年们，为我打拍子时敲碎云箆钿头，吃花酒时泼脏罗裙锦绣。今年快乐啊明年欢笑，不知度过了多少个秋夜春晓；弹琵琶的姐妹们辞别了世间，无情的岁月夺去了美好的容颜。门前车马越来越稀，嫁个商人漂流到浔阳江边；商人重钱财而轻别离，为做生意去浮梁（今江西景德镇）。我孤身一人，独守空船，江水冰凉，月光清冷，深夜梦起少年时代，泪水纵横,冲掉了脸上的脂粉……"

白居易听了琵琶女的自述,对她坎坷的经历无限同情。他想起自己的过去和现在,觉得和琵琶女一样,也是命运多舛。想当初,十年寒窗,一举成名,是何等风光!华阳观里,研讨时政得失,是何等尽心尽职!谏官任上,上书陈言,又是何等忠心耿耿!可如今,不也和琵琶女一样可怜,被抛出京都长安,受贬到这偏远的江州之地?

想到这里,白居易感慨万端,两行热泪,簌簌滚落,以至浸湿了青衫的前襟。他情不自禁地说:"萍水相逢,命运相似,千言万语,难慰愁肠。唉!同是天涯沦落人,相逢何必曾相识呢!"

深夜回到住所,白居易的耳边,仍然响着那如泣如诉,哀婉凄凉的琵琶声。伴随这绕梁不绝、起伏跌宕的音律,滚滚诗情,像决堤的洪水,在他胸中奔泻。白居易研墨铺纸,提笔写成了长达六百多字的七言古诗《琵琶行》。在诗中,他不仅倾吐了对琵琶女不幸身世的深切怜悯,而且对自己遭贬谪的经历发出了无限叹息和感慨。

《琵琶行》里,有一段描写琵琶女高超弹技的诗句,具有极强的艺术魅力:

大弦嘈嘈如急雨,小弦切切如私语。

嘈嘈切切错杂弹,大珠小珠落玉盘。
间关莺语花底滑,幽咽泉流冰下难。
冰泉冷涩弦凝绝,凝绝不通声暂歇。
别有幽愁暗恨生,此时无声胜有声。
银瓶乍破水浆迸,铁骑突出刀枪鸣。
曲终收拨当心画,四弦一声如裂帛。
东船西舫悄无言,唯见江心秋月白。

本来,音乐是看不见、摸不着的,为了把那动人的琵琶乐声传达出来,诗人调动各种艺术手法,运用许多新颖别致的比喻,使音乐形象化,令人未听乐曲,却如闻其声;未见演奏,却能深感其情。

诗篇用"急雨"和"私语",来分别比喻大弦、小弦发出的音响声;用大小珍珠落在玉盘中的碰击声,来摹写琴弦交错拨动发出的音律;用从花丛里传出黄莺的叫声,来比喻曲调的清脆婉转;用冰下流泉来比喻乐声的哽咽抽泣;用银瓶破碎、水浆迸出,骑兵冲杀、刀剑齐鸣来拟写乐曲停顿后的骤响;用猛烈撕开布匹的声音,来形容乐曲收拨一画,戛然而止。这些接连不断的比喻,新鲜、形象、贴切、传神,硬是把千变万化、美妙动听的音乐,不是用琴弹出,而是用笔"写"出来了,令人佩服不已。

却说白居易《琵琶行》脱稿后,被诗家称之为"千古绝调",很快就传唱开了,甚至连异域之人,也能稔熟吟唱。到了北宋年间,更有人在浔阳江畔建了一座"琵琶亭",以纪念白居易在该地巧遇琵琶女及其所创作的著名诗篇。

很快,江州琵琶亭成了游览胜地,亭中题诗,不计其数,都与白居易听琵琶伤怀有关。其中最有意趣者,当推宋人戴复古的一首《琵琶行》诗:

> 浔阳江头秋月明,黄芦叶底秋风声。
> 银龙行酒送归客,丈夫不为儿女情。
> 隔船琵琶自愁思,何预江州司马事?
> 为渠感激作歌行,一写六百六十字。
> 白乐天,白乐天,平生多为达者语,
> 到此胡为不释然?
> 弗堪谪宦便归去,庐山正接柴桑路。
> 不寻黄菊伴渊明,忍泣青衫对商妇。

字面上看,戴复古仿佛是在责怪白居易太多情;实际上,诗篇是说白居易谪居江州,因胸中郁积的怨愤太多太深,所以不能像"采菊东篱下,悠然见南山"的陶渊明那样,弃官归田,而是借写商妇之怨愁,抒发自己心中之感慨。

关于白居易《琵琶行》故事的真实性，宋人洪迈和清人赵翼都持怀疑态度。洪迈在《容斋随笔》中论《琵琶行》，认为白居易"尝居禁密，且谪官未久，必不肯乘夜入独处妇人船中，相从饮酒，至于极弹丝之乐，中夕方去"。赵翼也在《瓯北诗话》中说："不问良贱，即呼使奏技，此岂居官者所为？"

这种观点，明显是以道学先生的道德观来看问题。其实，将白居易去江州途中所作的《夜闻歌者》和《江南遇天宝乐叟》等诗，与《琵琶行》相参照，似可认定《琵琶行》的创作，是有现实生活作蓝本的。

从艺术形式上看，白居易诗歌一个很突出的特点，就是用语浅近，通俗易懂。唐代民间文学很发达，他不像有些诗人那样，认为民间文学粗俗直露，对其嗤之以鼻，而是十分重视它，并注意吸取其清新自然，朗朗上口的长处，在自己的创作中加以运用。如《新乐府》五十首，每篇句数和字数，都没有固定框框，自由活泼，平易近人，很明显受到了民歌的启发和影响。

此外，他的诗很少用晦涩难懂的字眼和典故，总是尽量写得明白如话，言简意赅。据说他每作好一首诗，常常先念给老太婆听。如果她们听不懂，他就不厌其烦地修改，直到她们能够完全听懂，才抄录下来传示别人。白居易的诗所以在唐代传播最为广泛,诗风平易、雅俗共赏是一很重要的缘由。[2]

刘禹锡题诗刺权贵

　　白居易一生有两个最好的朋友,一个是和他共同倡导"新乐府"运动的元稹,另一个就是后期与他唱和甚多的刘禹锡。

　　刘禹锡,字梦得,洛阳(今河南洛阳)人,生于唐代宗大历七年(公元772年),和白居易是同岁。他自幼好学,诸子百家,诗文辞赋,样样精通。贞元九年(公元793年),他二十一岁时,就与柳宗元同榜中了进士,接着又通过博学宏词科考试,被授予太子校书,开始踏上仕途。

　　那时,晚唐大诗人杜牧的祖父,以著《通典》而名重朝野的杜佑,正在当淮南节度使,因为爱重刘禹锡的才华,就请他做了书记,参加讨伐徐州乱军的活动。后来,刘禹锡跟随杜佑入朝,升任监察御史,与当年同时中进士的柳宗元成了同事。

　　永贞元年(公元805年),唐德宗李适驾崩,太子李诵即位当了皇帝(即唐顺宗),任用他的老师、翰林学士王叔文、王伾主持朝政。王叔文、王伾本来就与朝中柳宗元、刘禹锡等一批年轻有为、富有进取心的官员志趣相投,关系极好。他们当政之后,很快将刘禹锡提升为屯田员外郎、判度支盐铁案,请他参议朝中治国方略、机密大事。这时,刘禹锡只有三十三岁,他的青年时代,可谓一帆风顺,平步青云了。

王叔文、刘禹锡等对当时朝廷里宦官专权,地方上军阀割据,国家陷入积弱不振的局面,早就深感痛心。他们得到顺宗皇帝的重用后,立即采取一系列措施,大刀阔斧地进行改革。他们把矛头指向宦官,取缔了所谓"宫市"。宫市名义上是宦官为朝廷在市场上采购日用品,实际上宦官们都借此机会变相掠夺财物。他们还改革税制,取消一些名目繁多的苛捐杂税,减轻了老百姓不少负担。对一些臭名昭著的贪官污吏,他们也严惩不贷,或降职、或罢官、或处罚,为民除害。

这些改革措施,于国于民都有好处,因而得到较为广泛的支持和拥护。但是,宦官污吏、世族官僚及割据一方的藩镇军阀们,由于被剥夺了特权,受到了打击,都纷纷上书,竭力反对。本来,王叔文、刘禹锡等实施改革,是依靠顺宗皇帝的支持来进行的。不幸的是,这位皇帝身体极差,当太子时就常常躺在床上,即位后病情更加严重。他在龙椅上只坐了半年多时间，宦官俱文珍等就发动政变，迫使他把皇位让给儿子宪宗李纯了。

宪宗李纯上台后，按照宦官和世族权贵的要求，所办的第一件事就是迫害王叔文集团。王叔文被赐死，刘禹锡、柳宗元等八位朝廷官员，全部降职调离京城长安，分别被贬到西南各偏僻地区，去当有职无权的州司马（刺史的助手）。这就是唐代历史上有名的"二王八司马"事件。

刘禹锡当时被贬朗州（今湖南常德），这里在唐朝是极其落后的边远地区，荒蛮贫困，风俗鄙陋，人们都相信巫鬼，迷信思想十分严重。他们遇到各种事，总要以笛、鼓伴奏，唱"竹枝词"，祭祀鬼神。

刘禹锡遭受迫害，落魄受贬，郁郁不得志，走上了穷愁著书的道路。他模仿屈原流放沅湘时改编楚地祭神舞曲《九歌》的做法，吸收当地民歌营养，写了十多首民歌体小诗。请看《竹枝词》二首之一：

杨柳青青江水平，闻郎江上唱歌声。
东边日出西边雨，道是无晴却有晴。

这首诗写的是一位初恋少女的心情，她爱着一个男子，却不知道对方的确切态度，因此既抱有希望，又含有疑虑。

诗人以这位少女的口吻,用"日出"和"下雨"来比喻,巧妙地利用"晴"和"情"双关的谐音,将少女初尝爱情时复杂微妙的心理,表现得异常新颖动人,是脍炙人口的名篇。

刘禹锡在朗州这穷乡僻壤,一待就是十年。元和十年(公元815年)正月,他和柳宗元等人一起被召回长安,等待朝廷任命他们新的职务。一个风和日暖的早晨,刘禹锡闲着没事,听人说玄都观里的桃花开得很美,便和柳宗元一起去那儿观赏桃花。一路上,人声鼎沸,红尘飞扬,刘禹锡步入玄都观,只见满院红艳灿烂,如云似霞,一株株桃花争奇斗艳,笑凌春风。

面对盛开的桃花,刘禹锡百感交集。十年前,他参加王叔文、柳宗元的"永贞革新",触怒权贵,被贬荒僻之地苦熬至今;而当年反对革新的宦官权豪和趋炎附势的新贵们,则大兴朋党,排斥异己,恃宠专权。

想到这里,刘禹锡心中涌起阵阵怅恨,便借景抒怀,提笔在粉墙上写了一首诗,对当朝权贵和卖身投靠他们的人加以讽刺。这首诗的题目为《元和十年自朗州至京戏赠看花诸君子》:

紫陌红尘拂面来,无人不道看花回。
玄都观里桃千树,尽是刘郎去后栽。

这里，作者把炙手可热的新权贵，比作红极一时的轻薄桃花；把奔走于权贵门下的势利小人，比作接踵而至的看花者。说这些了不起的权豪势要，不过是刘郎（即刘禹锡）被排挤出去后提拔起来的罢了。

这首诗很快在长安流传开来，自然激怒了权贵，他们以"心怀怨恨，诽谤朝廷"的罪名，再度把他赶出京都，贬为播州（今贵州遵义）刺史。那时，播州荒无人烟，几乎完全是豺狼虎豹的栖居之所。刘禹锡被贬到这样的地方，可见当朝权贵对他何等痛恨。由于受到牵连，柳宗元也被贬出京，派往柳州（今广西柳州）任刺史。

柳宗元想到刘禹锡尚有八十多岁的老母亲要孝养，立即草表奏明皇上：

"禹锡有母年高，今为郡蛮方，西南绝域，往复万里，如何与母偕行？如母子异方，便为永诀。吾于禹锡为执友，胡忍见其若是？"

柳宗元请朝廷改刘禹锡为柳州刺史，自己愿代刘去荒僻的播州。恰巧御史中丞裴度也以刘禹锡母亲年迈为由，请求宪宗把他稍加内迁，刘禹锡这才幸免去播州，改任连州（今广东连县）刺史。此后，他又担任过夔州（今四川奉节）刺史、和州（今安徽和县）刺史，在外一待又是十三年。

宝历二年（公元 827 年），刘禹锡在和州奉诏回洛阳。

他经秣陵（今江苏南京）来到扬州，恰巧这时白居易因病罢苏州刺史，回洛阳途中也路过扬州。两位互相倾慕已久的大诗人，不期而遇，欣喜万分，携手来到酒楼，畅饮叙怀。白居易看着刘禹锡憔悴的面容，想到他的坎坷经历，胸中充满了不平之气，醉饮狂歌之际，提笔写了一首《醉赠刘二十八使君》：

> 为我引杯添酒饮，与君把箸击盘歌。
> 诗称国手徒为尔，命压人头不奈何。
> 举眼风光长寂寞，满朝官职独蹉跎。
> 亦知合被才名折，二十三年折太多。

这首诗一方面称赞了刘禹锡的才气和名望，另一方面又为他的不幸命运深感痛惜。诗的最后两句"亦知合被才名折，二十三年折太多"，大意是说：刘禹锡啊，你也该当不幸，谁叫你才名那样高呢！可二十三年的贬谪，也实在太过分了。这里，叙事中洋溢着不平之气，同情中包含着赞美之情，显得十分委婉感人。

刘禹锡捧读白居易诗作，百感交集，立即援笔赋诗一首，题名为《酬乐天扬州初逢席上见赠》：

> 巴山楚水凄凉地,二十三年弃置身。
> 怀旧空吟闻笛赋,到乡翻似烂柯人。
> 沉舟侧畔千帆过,病树前头万木春。
> 今日听君歌一曲,暂凭杯酒长精神。

这首酬答诗,首联承接白诗的话头,叙述自己二十三年被抛弃僻远地区的凄凉境遇,接着借"竹林七贤"之一向秀为悼念嵇康写《思旧赋》的典故,怀念永贞革新的旧友,对句则用晋人王质观棋烂柯的故事,感叹自己长期被放逐,今日回京已如隔世之人。然而,刘禹锡不甘寂寞,更不愿就此消沉,于是后两联一变前面伤感低沉的情调,发出了重新振作,投入新生活的自强之声。其中"沉舟侧畔千帆过,病树前头万木春"两句,形象生动,寓意深刻,是千古传诵的名句。

刘禹锡和白居易在扬州流连数日后,一起回到洛阳。从此以后,两人经常互相唱和,诗酒往返不绝。将他们的唱和诗收集起来,竟有数百首之多,当时就有《刘白唱和集》传世,这在中国文学史上,是十分罕见的。

后人谈论白居易,多将"元白"并称,实际上,当时诗坛却是将"刘白"并举的。的确,刘禹锡这位诗风清新,善于吸收民歌营养的诗人,和力求作诗"老妪都解"的白居易，在精神气质和为文风格上，都是志趣相投的。

却说刘禹锡返回洛阳后，初任东都尚书省主客郎中；大和二年（公元828年）又调回长安在朝中任主客郎中。他一到长安，就再游玄都观。不料十四年过去，往日的桃树已不复存在，游人更是寥若晨星。面对此情此景，他又写了一首《再游玄都观》：

百亩庭中半是苔，桃花净尽菜花开。
种桃道士归何处？前度刘郎今又来。

这首诗是前面游玄都观咏桃花诗的续篇。诗人以嘲弄的口吻，对昔日狐假虎威，如今已树倒猢狲散的政敌，作了辛辣的讽刺。当年那些桃花，红得发紫，显赫一时，如今却荡然无存，不知去处。末句"前度刘郎今又来"，更是向打击革新运动的当权者（种桃道士）的挑战——"我又来啦！看你们能把我怎样？"这里，诗人坚韧不屈的性格和顽强的斗争精神，跃然纸上，令人仰视。

正因为刘禹锡再度写诗批评权贵，又先后被调到苏州、汝州、同州任刺史。唐文宗李昂开成元年（公元836年），他已经六十四岁了，才回到朝中任太子宾客，后加授检校礼部尚书衔，所以人们又称他为"刘宾客"、"刘尚书"。

武宗会昌二年（公元842年），刘禹锡病故于洛阳。临终前，他特意撰写"自传"，为自己早年参加"永贞革新"辩护，为王叔文恢复名誉，表明了至死不渝的气节和情操。

刘禹锡的诗歌在唐代流传很广。白居易称他为"诗豪"，对他推崇备至。杨慎在《升庵外集》中也说："元和以后，诗人全集之可观者数家，当以刘禹锡为第一。其诗入选及人所脍炙，不下百首矣。"

刘禹锡的诗，现存八百多首，内容丰富多彩，风调清新自然，格律严谨精切，不少作品在唐诗中别开生面，对后世影响很大。请看他的两首七言绝句：

山围故国周遭在，潮打空城寂寞回。
淮水东边旧时月，夜深还过女墙来。
——《石头城》

朱雀桥边野草花，乌衣巷口夕阳斜。
旧时王谢堂前燕，飞入寻常百姓家。
——《乌衣巷》

第一首所写"石头城"（今江苏南京），是战国时楚国的金陵城，三国时孙权改名为石头城，并在此修筑宫殿，经过东吴、东晋、宋、齐、梁、陈六个朝代建都于此的豪奢，至唐初废弃,近二百年来已成为一座"空城"。诗人把这故都放到寂寞的群山中写,放到带有悲凉意味的潮声中写,放到朦胧而清冷的月夜中写,不仅尤为突出地显示了曾经繁华极盛的古都的没落和荒凉,而且表现了诗人对历史沧桑、人生凄凉的深沉感慨。

第二首所写"乌衣巷",是金陵城的一条街,位于秦淮河以南,附近有座朱雀桥,由于三国时孙吴在此设兵营,军士皆穿黑衣,故名"乌衣巷"。东晋时,乌衣巷是王导、谢安等大贵族聚居之地,但到中唐已变得十分冷落衰败。诗人选取巷口夕阳、桥边野花和屋前燕子三种景物,以极少的笔墨勾勒出一幅耐人寻味的画面,即过去豪门大院的乌衣巷,现已落入萧条苍凉之中。其深厚蕴藉、无限感慨,全借寻常小景点出,实可谓妙手偶得,自然天成,令人佩服之至。最后两句"旧时王谢堂前燕,飞入寻常百姓家",生动的形象中饱含精辟的哲理意味,是千古传诵的名句。

刘禹锡的七言绝句最为有名,可称得上是唐代七绝的代表作家。这两首凡喜爱中国古典诗词者皆能背诵的佳作,充分体现了他的七绝"开朗流畅,含思婉转"的风采。[3]

[1]"新乐府",是指唐朝人继承汉魏六朝乐府诗的传统,另立新题而创作

的反映社会现实和民生疾苦、表达直切顺畅的乐府诗。宋代郭茂倩在其所编《乐府诗集》中说:"新乐府者,皆唐世之新歌也。以其辞实乐府,而未尝被于声,故曰新乐府也。"

[2] 主要参考资料:《新唐书·白居易传》、《全唐诗话》卷二、《唐才子传》卷六、王汝弼《白居易选集》、陈友琴《白居易诗评述汇编》。

[3] 主要参考资料:《新唐书·刘禹锡传》,《全唐诗话》卷二,胡震亨《唐音癸签》卷二十六,《诗林广记》前集卷四,韦绚《刘宾客嘉话录》,《刘禹锡集》,卞孝萱《刘禹锡年谱》。

【第 17 回】

韩退之古文起八代
柳宗元妙笔记永州

韩退之古文起八代

唐宪宗元和元年（公元806年），当时全国最高学府"国子监"里，来了一位身材肥胖，走起路来慢悠悠的新教授（其时称"国子博士"）。太学生们见这位新教授体阔腰圆，行动迟缓，憨态可掬的样子，都在背后暗自窃笑，以为他没多大学问。

然而，这位胖教授第一天上课，就让学生们大吃一惊。他讲起课来，博贯古今，兼通百家，内容丰富，深入浅出，妙语连珠，警策动人。不久，他就成为太学生们最崇敬的教授，大家都以能成为他的学生而深感荣幸。

这位"国子博士"，能受到太学生们如此热烈欢迎，可不是偶然的，因为他正是唐代大文学家、哲学家韩愈。

韩愈是河南河阳（今河南孟县）人，生于唐代宗大历三年（公元768年）。他的童年很不幸，三岁就死了父母，由哥哥嫂嫂把他拉扯成人。尽管少年时代的生活相当清苦，但他从小就胸怀大志、发愤苦读，决心将来出人头地，成为国家有用之材。

韩愈七岁开始读书，日能诵记数千言，十三岁就能写文章,并在学习读书中,"前古之兴亡,未尝不经于心也;当世之得失,未尝不留于意也"。他二十五岁考取进士后,三试博学宏词科[1]都不成功。直到二十九岁,宣武节度使董晋慧眼识珠,请他做了观察推官(管理刑狱事务方面的官职),他才步入官场。不久,董晋去世,他就离职了。

韩愈志向很大,是个想做大官、做大事业的人,因而离开董晋后,虽然当过几任小官,心中却郁闷不乐。于是,他上书给当时权臣李实,陈述自己的抱负和才干,结果为李实所欣赏,升为监察御史。

《唐六典》载:监察御史的职责是"分察百僚,巡按郡县,纠视刑狱,肃整朝仪",官的品秩虽不算高,但权限却极广。韩愈生来性格耿直,上任后不久,就上疏朝廷,说当时天旱人饥,徭役赋税过重,应予酌情减免。德宗是个不喜欢臣子多讲话的皇帝,看了这份上疏,火冒三丈,把他降为阳山令(阳山在今广东境内)。

永贞元年(公元805年),顺宗即位,任用王叔文集团进行政治改革。韩愈由于受孔孟传统观念影响很深,政治上趋于保守。尽管他和王叔文集团里的中坚人物,如柳宗元、刘禹锡等都是好友,但对他们所推行的改革事业却竭力反对。

半年以后,宪宗即位,王叔文集团倒台,他北还京师,任国子博士,后迁职方员外郎、太子右庶子。元和十二年

（公元 817 年），宰相裴度征讨淮西节度使吴元济的叛乱，他随同去当行军司马，颇有功劳，因而回朝后升为刑部侍郎。这个官职相当于现在的司法部副部长，在当时已是很不小的官了。

可是，他刚上任不久，就把这官位弄丢了，还险些遭到杀身之祸。

原来，陕西凤翔法门寺的护国真身塔内，藏有佛祖释迦牟尼的指骨。为了让信徒们瞻仰，塔门每三十年开一次。据说开门这年，天下必是好年景，家家粮食满仓，人人岁泰平安。

元和十四年（公元 819 年），笃信佛教的唐宪宗李纯，得知今年恰逢护国真身塔开门，便派宫人三十六名，用香花彩车将佛骨迎入宫里，过了三日，再送回佛祠。佛骨进京后，围观者无数，王公士庶争相施舍。有的狂热分子，甚至不惜倾家荡产，捐献银两，对这块佛骨顶礼膜拜。

韩愈一向以儒家道统自居，排斥佛老不遗余力。面对这场闹剧，他自然怒不可遏，立即写了著名的《谏迎佛骨表》，上呈皇帝，加以指摘。

韩愈在《谏迎佛骨表》中说：百姓愚顽尚可原谅，可圣明的陛下怎么也干起这等事来？中国上古时没有佛教，可是黄帝在位百年，活了一百一十岁；少昊在位八十年，活了一百岁；颛顼在位七十九年，活了九十八岁。[2]自从汉朝末年佛教传入中土，动乱不已，凡信佛崇佛的朝代，几乎都是短命的，这该怎么解释呢？他还援引梁武帝的例子说，昔日梁武帝迷信佛教到走火入魔的程度，可结果怎样呢？最后饿死在台城，落得个国破家亡的下场。这不正说明：信奉佛教，求福不成而反致祸患吗？

宪宗看了这份谏表，龙颜大怒，气愤地说："责我信佛太过，尚可谅解，可韩愈竟敢对我暗喻朝代短命，这也太狂妄了！"于是他当即降旨，将韩愈斩首。幸亏宰相裴度等人为他再三求情，最后总算免于一死，被贬为潮州刺史。

潮州在今天的广东东部，离当时的京城长安，有数千里之遥。他踏上南行之路那天，心情异常沉重，到达离京城不远的蓝田县时，他的侄孙韩湘赶来送行。韩愈遇见亲人，悲愤激昂，挥毫写下了《左迁至蓝关示侄孙湘》这首诗：

> 一封朝奏九重天，夕贬潮州路八千。
> 欲为圣明除弊事，肯将衰朽惜残年。
> 云横秦岭家何在，雪拥蓝关马不前。
> 知汝远来应有意，好收吾骨瘴江边。

诗作首联直写自己获罪被贬的原因；次联申述自己不顾

生命安危上书,是为了帮助皇上"除弊事";第三联写诗人回首来路,云横秦岭而不见家乡,瞻望前程,风雪天寒马不愿前行,露出英雄失路之悲;结语向侄孙从容交代后事,让他等着到瘴江边来收自己的尸骨,进一步倾吐了凄楚难言的激愤之情。

这首诗直抒胸臆,诗味浓郁,虽言悲事,但风格雄放,境界阔大,卷狂波巨澜于方寸之间,具有震撼人心的艺术力量。它与《谏迎佛骨表》,一诗一文,堪称双璧,很能表现韩愈思想中闪光的一面。

话说韩愈到了潮州,一面勤奋工作,获得了很好的政绩;一面又后悔自己当初太鲁莽,上表皇上深谢不杀之恩,并歌颂朝廷丰功伟业。奏章送到京师,宪宗看了,颇感他自己能认罪,实为难得,便下诏将他迁为袁州刺史。这样他在潮州所待时间,不过六个月罢了。由此可见,韩愈虽然是个敢于直言进谏的人物,却也是个能屈能伸的识时务者,不属那种宁折不弯的劲节之士。

第二年(公元821年),穆宗李恒即位,召他进京,任国子祭酒,即当国家最高学府国子监的总负责。太学生们起初对他不太了解,但授课以后,个个兴高采烈,说"韩公来为祭酒,国子监可增光添彩了",可见当时读书人对他是很敬仰的。

后来韩愈升任兵部侍郎,恰逢镇州王庭凑起兵作乱,穆宗命他领兵征讨。大家都以为此行凶多吉少,但他却有本事不费兵卒,宣抚成功,凯旋而归。于是,他又升为吏部侍郎,后来还做过京兆尹、御史大夫等,在当时都是相当显赫的官位。

穆宗长庆四年(公元824年),他不幸得病而死,时年五十七岁。韩愈晚年,政治上尤有作为,穆宗诏征他为礼部尚书,谥号"文",后人即尊称他为"韩文公"。也有人因为他的郡望[3]为昌黎,他常常自称昌黎韩愈,所以又称他"韩昌黎"。

韩愈除了在政治上有所建树外,在文学上取得了更大的成就。南北朝时期,在诗歌和散文两个方面,浮华绮丽的文风都很流行。到了唐代,经过初唐四杰,特别是李白、杜甫的努力,一扫形式主义诗风,使唐代诗坛出现了全新气象。可是,在散文方面,南北朝盛行的骈体文,仍然统治着当时文坛。

骈体文的最大特征,就是不注意文章内容充实与否,专在对偶、音韵、用典等技巧上下功夫。举个例子:"进不能闲诗西楚,好礼北河;退无以振采六条,宣风万里。"这四句骈体文,是从南北朝散文家兼诗人沈约那里摘录来的。其中"进不能"对"退无以","闲诗西楚"对"好礼北河","振采六条"对"宣风万里"。它们不但文字相对，而且声韵也相对，并且四句中还包含了四个典故。像这样来写文章，实在太难、太累了，凭你搜肠刮肚，绞尽脑汁，沉思苦吟，半天也难写出几句话来。并且，由于得处处讲究对偶、声韵、用典等，在形式上花的功夫太大了，因辞害义、辞不达意、虚张声势、内容空洞的现象，必将随之而来。

骈体文虚有其表，妨碍准确而生动地表情达意，这种弊病在初唐时，陈子昂等指出并抨击过，但到了中唐，它依然盘踞文坛，势力很大。

真正扭转这风气，开启唐代散文创作新局面的，不是别人，正是韩愈。他首先从理论上提出"复古"主张，掀起一场"古文运动"。他所说的"古"，主要指先秦两汉时期，是针对南北朝以来的"近"而言的。"复古"就是要恢复"古"时候质朴清新、直抒胸臆的优良散文传统，摒弃"近"时矫揉造作的骈体文。

韩愈又提出，写文章要"道"（内容）"辞"（形式）兼重，也就是要注意内容和形式的统一。同时他还说，"唯陈言之务去"，"唯古之词必己出"，即要求写文章一定要去掉陈辞滥调，学习古人时不能一味拟古，而要有自己的理解创造。这些主张，不仅是医治当时文坛弊病的良药，就是在今天看来也是十分正确的。

更值得称道的是，韩愈不光在理论上倡导"古文"，而且身体力行，大力实践自己的"古文"主张。他无论是给皇帝上书，给亲友写信，还是写各种政论文、记叙文，给别人著作写序文，乃至给死者写祭悼文和墓志铭等，都一概按"古文"的要求精心撰写。出自他笔下的文字，雄奇奔放、感情充沛、巧譬善喻、说理透彻、流畅明快、造语新鲜，具有很强的感染力。请看他的《杂说》第四篇：

世有伯乐，然后有千里马。千里马常有，而伯乐不常有。故虽有名马，只辱于奴隶人之手，骈死于槽枥之间，不以千里称也。马之千里者，一食或尽粟一石，食马者不知其能千里而食也。是马也，虽有千里之能，食不饱，力不足，才美不外见，且欲与常马等不可得，安求其能千里也。策之不以其道，食之不能尽其材，鸣之而不能通其意，执策而临之曰："天下无马！"呜呼！其真无马邪？其真不知马也！

这篇以"千里马常有，而伯乐不常有"的故事，来比喻有才干的人难于被发现和赏识的著名文章，寄寓了韩愈自己怀才不遇的怨愤之情，也反映了当时埋没人才，贤路不畅的社会现实。它简短明快，语言质朴，层层深入，说理透辟，

一千多年来，一直传诵人口。直至今天，人们还常常用它来讽刺某些不合理的制度和官僚主义埋没人才的现象。

韩愈现存三百多篇散文，其中不少篇章，如《师说》、《进学解》、《送穷文》、《祭十二郎文》、《张中丞传后叙》等，都是流传久远的杰作。

由于才华出众，名文迭出，加上官位比较高，韩愈后来名气很大，许多人都乐于拜他为师。他本来就生性爽直，待人热情，喜好交游，所以文友极广。当时不少著名作家，如刘禹锡、柳宗元、皇甫湜、孟郊、贾岛、李翱、张籍等，都和他有着深厚的友谊。

正是有了这些条件，当他和柳宗元起来提倡"古文"，反对骈体文时，可谓是登高一呼，八方响应。朝野上下，很快掀起了一场声势浩大的"古文运动"，古文不久就取代了骈体文地位，并在整个社会蔚成风气。

由韩愈及柳宗元发起的这场"古文运动"，是中国散文史上的一个重要转折点。它冲破了骈体文的长期统治，使散文的面貌焕然一新。在这方面，韩愈出力尤多，功高盖世。宋代大文学家苏轼赞誉他"文起八代之衰"，就是说散文衰落了魏晋和六朝八个朝代，直至韩愈才振兴起来，这话并没有言过其实。明代文学家茅坤编选《唐宋八大家文钞》，把韩愈放在"八大家"的首位，也是理所当然。

值得一提的是，韩愈不仅文章写得精彩，诗歌创作也较出色，不过因为文名太盛，诗名被其掩盖罢了。他写诗的特点是"以文为诗"，即以散文的句调入诗，这是他提倡古文的主张在诗歌领域的贯彻，开创了诗歌创作的一种新格调，对宋代诗坛影响非常深远。他的诗歌，有些人以为诗味不足或奇险生涩；其实这不是主导方面，质朴不华，语言别致，就是他诗歌的长处。兹录两首，以窥其一斑：

新年都未有芳华，二月初惊见草芽。
白雪却嫌春色晚，故穿庭树作飞花。

——《春雪》

天街小雨润如酥，草色遥看近却无。
最是一年春好处，绝胜烟柳满皇都。

——《早春呈水部张十八员外》[4]

柳宗元妙笔记永州

唐宪宗元和十四年（公元819年）十一月八日，天幕低垂，阴沉灰暗，地处边陲的柳州（今广西柳州）州衙，笼罩着深深的秋色。

唐代著名文学家柳宗元，蜷缩在衙内寝室的病床上，痛苦呻吟，气息奄奄。他虽然只有四十七岁，正当壮年，但生活的折磨和疾病的摧残，已使他面色蜡黄，骨瘦如柴，卧床多日，濒临死亡。

柳宗元知道自己已到了生命的最后时刻，可他仍然顽强地睁开双眼，看着窗外经风霜吹打而越发红艳的枫叶，想起自己童年、青年和中年，那一幕幕激动人心或催人泪下的生活场景，像画面一般，跳到眼前……

柳宗元是河东（今山西永济）人，生于唐代宗大历八年（公元773年）。父亲柳镇，曾官至侍御史，以清正廉洁、疾恶如仇享誉一时。他自小聪明好学，家中藏书丰富，幼年和少年时代遨游书海，十三岁时写的《为崔中丞贺李怀光表》，惊动了长安不少文人学士，获得"奇名"。唐德宗贞元九年（公元793年），他刚刚二十岁就考取进士，二十五岁又通过博学宏词科考试，先后担任一段时间的校书郎和蓝田县尉后，就提升为监察御史。

永贞元年（公元805年），顺宗即位，任用王叔文主持朝政，大刀阔斧地进行改革。柳宗元积极参加这场革新，在罢黜宫市、减免赋税、放还宫女、惩办酷吏等一系列兴利除弊的活动中，表现了惊人的才华和热情。于是，他一下子被升为礼部员外郎，与刘禹锡一起成了王叔文集团的核心人物。

这时，他只有三十二岁，可谓青春得意了。

然而，这得意的时光如昙花一现，仅半年多，宪宗李纯上台，就扼杀了改革事业，王叔文集团的成员，个个遭到迫害。当时，柳宗元起初被贬为邵州刺史，上任途中，又加贬为永州司马。柳宗元从此从事业的顶峰跌落下来，踏上了命运的黯淡之途。

永州即现在的湖南零陵县，它在唐朝是边远地区，崇山峻岭，人烟稀少，通常只有罪犯才发配到那里。柳宗元到永州时，同行的还有七十高龄的老母，一路颠簸劳累，到永州后就大病一场，险些丧命。柳宗元本是个年富力强的人，但由于谪居生活与囚徒无异，身心受到极大损害，以至到了"神志荒耗，前后遗忘"的地步。

宪宗元和十年（公元815年）正月，柳宗元在永州度过了整整十年艰难的岁月，终于接到回长安的诏书。他本以为这次可以结束贬谪生活，回京城重新干一番事业。不想因刘禹锡《游玄都观》一首诗触怒权贵，他又被贬为柳州（今广西柳州）刺史，而刘禹锡则被贬为更加遥远荒蛮的播州（今贵州遵义）刺史，后经柳宗元冒死上书，宰相裴度仗义说情，才将刘禹锡改为连州刺史。

上路那天，他俩结伴同行，一直从长安走到衡阳（今湖南衡阳），才依依不舍地挥泪分手。临别时，他们互相赠诗，表达彼此深厚的感情。柳宗元在诗里说:"皇恩若许归田去,晚岁当为邻舍翁。"他希望将来告老还乡,能够和刘禹锡在一起作邻居。刘禹锡则在诗里说:"桂江东过连山下,相望长吟有所思。"这是说盼望柳州的桂江水能流到连州山下(实际上桂江水并不流过连山),而自己则可以和"挚友"相望长吟有所思了。

柳宗元和刘禹锡这种生死契合、同进同退、相濡以沫、终生不渝的友谊,是中国文学史上世代传诵的佳话。

却说柳宗元过去被贬永州时,就想为老百姓办点好事,但由于司马是个有职无权的闲官,他只能是心有余而力不足。这次被谪柳州,毕竟挂了个刺史的头衔,于是他一到任,就修整州容,发展生产,兴办学校,释放奴婢,政绩相当卓著,甚为人民拥戴。他曾写过一首《种柳戏题》诗,以幽默的笔调,透露了个中讯息:

> 柳州柳刺史,种柳柳江边。
> 谈笑为故事,推移成昔年。
> 垂阴当覆地,耸干会参天。
> 好作思人树,惭无惠化传。

柳宗元在这里说,自己这个姓柳的柳州刺史,在柳江边种植柳树，未来也会成为地方掌故吧。他希望自己种的柳树，树干参天，浓荫覆地，柳州人民睹树思人，怀念和纪念自己。最后他为没有给人民留下更多"惠化"而感到惭愧，一方面表达了他想更多施惠于民的愿望，另一方面也是他的自谦之辞。

实际上，他在柳州勤于职守，补偏救弊，为人民做了许多好事。韩愈在《柳州罗池庙碑》中赞扬他当时的政绩说："民业有经，公无负租。流逋四归，乐生兴事。宅有新屋，步有新船，池园修洁，猪牛鸭鸡，肥大蕃息……柳民皆悦喜。"

可惜的是，天不遐寿，柳宗元到柳州只四年多，疾病便夺去了他的生命，其时他仅四十七岁。柳宗元死后，当地人民非常悲痛，特地建了一座庙来纪念他。现在柳州市的柳侯公园内，还有柳侯祠和柳侯墓呢！

柳宗元被罢官贬职，虽然在政治上受到致命打击，但在文学上却获得了巨大成功。尽管他极有才华，早有文名，但为官当政时期，为了施展政治抱负，整天忙碌，根本无暇从事写作。被剥夺政治活动权利后，他把全部身心沉浸在文学创作上，写出了许多精美的文学作品。他在文学事业上取得的杰出成就，主要集中在被贬谪的后半生。

柳宗元的散文创作，体裁广泛，内容丰富，在政论文、哲理文、传记文、游记文等各个方面，均有佳作传世。政论文如《封建论》、《断刑论》等，哲理文如《非国语》、《天对》等,传记文如《捕蛇者说》、《梓人传》等,游记文如"永州八记"等,都被后人推为光照千古的"古今至文"。特别是游记文"永州八记",在中国散文史上占有重要地位,最为人们称道。

"永州八记"是他贬谪永州时所作。永州虽然边远荒僻,自然风光却很美丽。柳宗元政治失意,苦闷压抑,常常游览郊外,寄情山水,排遣怨愤。他每游一地,都写一篇游记,以优美的笔调,画廊式地展现了湘桂之交地区一幅幅山水胜景。其中一组八篇文章,即《始得西山宴游记》、《钴鉧潭记》、《钴鉧潭西小丘记》、《小石潭记》、《袁家渴记》、《石渠记》、《石涧记》、《小石城山记》,写得尤为精妙。"永州八记"就是这八篇文章的合称。

这些游记,不仅以峭拔峻洁,生动细腻的笔调,描绘了大自然的美景,而且借被遗弃荒野的美好景物,倾注自己不幸遭遇和抑郁心情,写得情景交融,感人至深,具有极高的艺术价值。后人写游记,多奉为楷模。

请看《小石潭记》中一段对游鱼的描写:

潭中鱼可百许头,皆若空游无所依。日光下澈,影布石上,怡然不动。俶尔远逝,往来翕忽,似与游者相乐。

这里，作者仅用四十个字，就活灵活现地画出了碧潭游鱼的美景。他写鱼好像在空中飘浮而没有任何依凭，又写它们的影子在阳光照耀下，非常清晰地映在潭底的石头上，没用一个"水"字，但水的透明洁净却让读者感觉到了。这是很高超的写作技巧，可谓"不著一字，尽得风流"。他又用拟人化的手法，先写鱼呆呆地怡然不动，这是一个静止的画面；接着又闪出一个活动的画面，写鱼突然（俶尔）飞窜远处，随之又飘来游去，好像在同游人共享快乐。这就把人和鱼从情绪上沟通起来，其情景合一的手法，确实非常高妙的。

柳宗元还是写寓言故事的高手。其代表作《三戒》，由一篇序文和《临江之麋》、《黔之驴》、《永某氏之鼠》三篇寓言组成。序文说明写作意图。《临江之麋》写麋依仗主人的宠爱，在异类面前逞强，终于被野犬吞食。《黔之驴》写驴子这庞然大物，虚有其表而毫无本领，终于被黔州的小老虎吃掉。今天仍活跃在人们口中的"黔驴技穷"这个成语，就出自这则寓言。《永某氏之鼠》写善于察言观色的老鼠，抓住主人因怕犯忌而姑息宽容的时机，肆无忌惮地为非作歹，可一换了主人，老鼠终于被消灭干净。

这三篇寓言，表达一个共同道理，即不自量力而又依势作歹的人，终究要受到历史的惩罚。这无疑是柳宗元投向当时腐朽势力的利剑。在艺术上，这些寓言短小精悍，语言犀利,形象毕肖,曲折生动,可谓嬉笑怒骂,皆成文章,具有高度的幽默讽刺技巧。

柳宗元的散文写得异常出色,与他善于吸收前人经验有关,更与他创作时的严谨态度密不可分。在《答韦中立论师道书》中,他总结自己的写作体会说:

> 故吾每为文章,未尝敢以轻心掉之,惧其剽而不留也;未尝敢以怠心易之,惧其弛而不严也;未尝敢以昏气出之,惧其昧没而杂也;未尝敢以矜气作之,惧其偃蹇而骄也。

这四句话,提出了作家写作时应该警惕和避免的四种错误态度,并以此来防止和克服一般文章中常易发生的四大弊端,可谓至理名言。它道出了柳宗元散文创作成功的奥秘,也提醒我们写作时要严肃认真,精益求精;否则,马虎从事,断然与好作品无缘。

和韩愈一样,柳宗元不仅文章写得精彩,诗歌创作在唐代也算得上一位大家。"千山鸟飞绝,万径人踪灭。孤舟蓑笠翁,独钓寒江雪。"这首足以显示其卓越诗才的《江雪》,千百年来一直脍炙人口,是人们所熟悉的。

请再看他被贬柳州时写的这首诗:

> 海畔尖山似剑铓,秋来处处割愁肠。
> 若为化得身千亿,散上峰头望故乡。
> ——《与浩初上人同看山寄京华亲故》

由于怀念故乡,诗人在秋天游览山景时,觉得一个个山尖就像利剑的锋芒一样,刺割着思乡的愁肠。因而恨不得自己能变出千万个身子,站到每个山尖上去眺望故乡。这奇异瑰伟的构思,深沉浓烈的感情,催人泪下,更令人叫绝!

由于柳宗元后期潜心创作,对每篇作品都字斟句酌,惨淡经营,所以他的诗文一脱手,即被人们传抄诵读。南方文人学士,络绎不绝地登门请教自不必说;就连远在长安、洛阳的青年学人,也有的千里迢迢,赶去拜他为师。

当时,韩愈正在京城大力提倡写"古文",柳宗元则利用自己的影响,与其密切配合,一南一北,遥相呼应,"古文运动"很快就轰轰烈烈地开展起来了。

在古文运动中,韩、柳一向并称。实质上,以影响来说,韩愈大于柳宗元,因为韩愈虽然也遭过贬,但毕竟不像柳宗元半辈子都困在边远荒城,而是多处于政治文化中心,且后期官位也较高,更易发挥主导作用。可是,以创作实绩来说,无论作品的思想性或艺术性,柳宗元都超过了韩愈,因为柳宗元虽遭贬逐,却能看穿世事,所写诗文除少数外,大多意深而语淡，情苦而气和，这正是韩愈所不及的。[5]

[1] 按照唐朝科举制度，考中进士只是具备了做官的资格。要当官，还得通过主管人事的部门（即吏部）的专门考试，才予以量才录用。这种专门考试，就是博学宏词科考试，主要考各方面知识和写文章才能。
[2] "黄帝"、"少昊"、"颛顼"均为上古时期华夏民族的首领。
[3] "郡望"，魏晋至唐朝时，每个郡的显贵家族，称为"郡望"，意即世居某郡，为当地人所仰望。
[4] 主要参考资料：《新唐书·韩愈传》、《旧唐书·韩愈传》、《昌黎先生墓志铭》、《韩文公神道碑》、马其昶《韩昌黎文集校注》、钱仲联《韩昌黎诗系年集释》。
[5] 主要参考资料：《新唐书·柳宗元传》、《旧唐书·柳宗元传》、《柳子厚墓志铭》、《柳河东集》、章士钊《柳文指要》、施子瑜《柳宗元年谱》、孙昌武《柳宗元传论》。

【第 18 回】

李长吉觅诗逞鬼才
杜牧之咏史超群伦

李长吉觅诗逞鬼才

话说韩愈高中进士,寓居洛阳期间,一天和文友皇甫湜谈论诗文,读到一首传抄来的诗作,署名是"李贺"。他俩一看诗作写得很不错,不禁纳闷:"这李贺是谁呢?若是古人,我俩也许无缘相识;若是今人,岂有不知之理?"

后来,他俩向人打听,才知这李贺原来是福昌昌谷(今河南宜阳)人,生于唐德宗贞元年间(公元 790 年),今年只是个七岁的孩子。

他俩还了解到,李贺出身于贵族世胄之家,是唐代开国皇帝高祖李渊的叔父——郑王李亮的后裔,只不过到他父辈时,已经家道中落,往日皇亲国戚的气派,差不多消失殆尽了。他们听说李贺的家就住在城南,便相约亲自去一趟,看看这个七岁即能吟诗的"神童",到底是真是假。

这天下午,两人骑马来到李家,韩愈拿出传抄来的一首诗,问小小的李贺:"这是你写的吗?"

李贺看了看,不急不慢地说:"是的,小生岂敢掠人之美!"

韩愈又问:"你能以我们来看你为题,当场再作一首诗吗？"

李贺又黑又亮的眼睛忽闪忽闪地眨着，调皮地说："两位大人想考我呀？行！"

只见他瞅了一眼门外的高头大马和装饰华丽的马鞍，走到桌旁，摊开纸，磨好墨，拿起笔，旁若无人地疾书了一首《高轩过》：

> 华裾织翠青如葱，金环压辔摇玲珑。
> 马蹄隐隐声隆隆，入门下马气如虹。
> 东京才子，文章巨公。
> 二十八宿罗心胸，元精耿耿贯当中。
> 殿前作赋声摩空，笔补造化天无功。
> 庞眉书客感秋蓬，谁知死草生华风。
> 我今垂翅附冥鸿，他日不羞蛇作龙！

这里的开头六句，写韩愈与皇甫湜的华丽服饰、精美鞍马、豪气威风和在文坛的崇高声望。中间四句写他俩胸中仿佛藏着灿烂星辰，学识广博，气宇轩昂，才艺精湛，可与老天争功。最后四句说，自己虽然如秋风中飘飞的蓬草，但今天两位大人光顾，顿觉神采焕发，借助两位提携，将来绝不会像蛇一样爬行泥土，而要如巨龙遨游碧霄。

若不是当面赋诗,谁会相信如此气势宏放,辞意俱佳的诗作,竟会出自七岁孩童之手?韩愈和皇甫湜捧读诗篇,喜不自禁,大为赞赏。李贺从此名声大振,十多岁时,他已和当时著名诗人李益齐名了,人称"二李"。

然而,"树大招风风撼树,人望名高名伤人"。李贺年纪轻轻,就锋芒毕露,自然遭到一些人的嫉妒和怀恨。

他十九岁那年,雄心勃勃地到长安报名考进士。谁知临考前,忽然接到主考官员的通知:他不能参加考试,否则就犯"讳"。什么叫犯"讳"呢?这是当时一种荒谬可笑的规定,即凡是高贵的、尊长的人,他们名字里有的字,做臣下、做儿子的不得使用,这叫"讳";如果用了,就是犯"讳"。举个例子说,汉高祖名叫刘邦,为了"避讳",原来该说"邦"的地方,都得换说"国"字。

李贺父亲的名字叫李晋肃,其中"晋"与进士的"进"同音,主考官员说他如考进士,就犯了父名的"讳"。实质上,这无非是一些与李贺争名的人,看他才华过人,技高一筹,所以在宦官权贵那里略施小计,取消他考进士的资格,以清除他们在仕途上的"劲敌"罢了。

遇到这种明知故意刁难,却又有口难辩的事,李贺无可奈何,只好怀着满腔怨愤,退出考试。这件事对他的打击太大了,他曾在《开愁歌》这首诗里说:"我当二十不得意,一心愁谢如枯兰。"一个二十岁的年轻人，心绪竟像枯萎的兰花一样，可见他当时是多么悲愁郁闷，心灰意冷。

韩愈十分同情他的不幸遭遇，听说这件事后，立即写了一篇《讳辩》，指出不让李贺参加进士考试，毫无道理。因为这已不是同字相"讳"，而是同音相"讳"了，古人都是不避同音字讳的。他还驳斥说："父名'晋肃'，子不得举'进士'；若父名'仁'，子不得为'人'乎？"这批驳可谓义正词严，字字在理。然而，由于"谗者百而爱者一"，韩愈的辩护，终未改变李贺的不幸遭遇。

不过，韩愈是个讲义气的热心人，第二年（元和五年，公元810年），他又花了很大力气，推荐李贺做了"奉礼郎"。这虽然只是皇家举行祭祀典礼时，帮助打杂的小官，对于才高志远的李贺来说，太大材小用了，但一时仕进无路，他只得委屈地干着。当了三年"奉礼郎"，越做越觉得无聊，所以二十四岁那年，他弃官离京，到潞州（今山西长治）投亲靠友混了一阵子。

李贺一生体弱多病，从潞州回洛阳家中不久，便一病不起，元和十一年（公元816年）就英年早逝了。他死时只有二十七岁，在中国古代著名诗人中，大概是寿命最短的一位。

不过，人生的价值向来不是以寿命的长短来确定的。李贺虽然命短，但他的诗作却如苍松翠柏，具有顽强的生命力，受到历代诗人的重视和好评。他写的诗，构思奇特，想象怪异，用词新颖，技巧高妙，是中国古代最富有独特风格的诗人之一。请看他的代表作之一《金铜仙人辞汉歌》：

    茂陵刘郎秋风客，夜闻马嘶晓无迹。
    画栏桂树悬秋香，三十六宫土花碧。
    魏官牵车指千里，东关酸风射眸子。
    空将汉月出宫门，忆君清泪如铅水。
    衰兰送客咸阳道，天若有情天亦老。
    携盘独出月荒凉，渭城已远波声小。

  这是一首咏史诗，所写的是魏明帝派官员去长安，拆除汉武帝时期铸造的金铜仙人塑像，准备把它搬到洛阳，放在皇宫大殿前作摆饰。诗篇表面吟咏魏人迁移汉宫铜人之事，实际上乃是写兴亡盛衰的感慨。

  诗的前四句感叹韶华易逝、人生短暂，写显赫一时的汉武帝埋葬茂陵古墓之中，他的魂魄夜晚出巡，人们仿佛听到马嘶声，而天一破晓，却一点踪迹也没有。他生前营造的三十六座离宫别馆，画栏犹存，桂树飘香，却青苔满地。

  中间四句运用拟人化手法，写金铜仙人塑像离别故地时的凄凉情态：魏国官员驾车载着铜人，起程东去千里，一阵悲风扑来，酸痛刺眼，看着只有汉代的冷月相照，铜人不禁流下重浊如铅的泪水。

后四句进一步描绘出城后途中的哀婉景象：长安古道上，只有枯败的衰兰送行，此情此景，苍天如果有情，也会因哀伤而衰老；铜人手托承露盘渐渐远去，月色更加荒凉，渭水抽泣的波声也听得越来越小了。

这首诗构思新奇，造语惊人，意境瑰丽：一开始说到汉武帝，流露了对一代伟业的向往和惋惜。但诗中的汉武帝竟以幽灵出现，似有似无，令人震骇；接着又把金铜仙人塑像、道旁衰兰、苍天明月等人格化，让它们流泪、哀痛、衰老，既出人意料，又在情理之中。这种似真似幻，凄艳迷离的艺术手法，在李贺的其他诗篇中反复出现，以至形成了他的独特风格。

李贺的诗写得怪，作诗的习惯也与众不同。他从来不是先立题，后作诗，而是一大早就骑只小毛驴，让一个小奴背一个古趣盎然的"锦囊"跟在后面，一边在郊外溜达，一边寻觅诗句。每想好一句，就赶紧记在纸条上，塞进"锦囊"里。这样东游西转，直到傍晚才回家。

他的母亲郑夫人很爱他，每次掌灯时分，倾倒锦囊，见到纸条纷纷飘落，就忍不住心疼地说："哎，你这孩子，非要把一颗心呕出来才罢休?!"

吃罢晚饭，李贺便一人关在屋里，细细推敲白天所得佳句,然后整理成篇。这时,是他创作最苦的时候,心中诗潮迭出,激荡胸襟,左右冲突,不能自已,常常为改动一字,苦思不得,捶胸顿足,痛楚不堪。正如他自己在诗中所说:"思焦面如病,尝胆肠似绞。"

由于李贺的诗是如此"寻觅"、"苦吟"得来,所以从来不和别人雷同,别人也难以模仿他。无论在遣词造句或缀句成篇上,他的诗都别具匠心,造诣极深。

宋代诗评家指出:李贺的诗善用"黑、光、金、紫、青、黄"等字眼,染成秾丽的色彩;又常用"鬼、梦、泣、血、死"等字,造成奇诡阴暗的气氛,颇有"鬼才",是不无根据的。人们之所以称他为"诗鬼",其缘由就在这里。

他所写的《秋来》一首诗,可说是自己一生的传神写照:

桐风惊心壮士苦,衰灯络纬啼寒素。
谁看青简一编书,不遣花虫粉空蠹?
思牵今夜肠应直,雨冷香魂吊书客。
秋坟鬼唱鲍家诗,恨血千年土中碧。

首联写秋风吹落梧桐树叶,使诗人惊心动魄,无限悲苦;而残灯照壁,络纬哀鸣,则提醒人们秋深天寒,岁月将暮。次联写诗人面对秋寒和衰灯,不禁长长叹息:自己呕心沥血写下的诗篇,又有谁来赏识而不致让蠹虫蛀成粉末呢?第三联写诗人深为世无知音而苦恼,似乎九曲回肠都要拉直了;但可以安慰的是,他愁思之时却仿佛在淅沥冷雨中看到古代诗人的"香魂"来凭吊自己。最后一联则写诗人听到秋坟中的鬼魂,唱着鲍照当年抒发"长恨"的诗篇,而他的遗恨就像苌弘的碧血那样,永远难以消逝!李贺和鲍照虽然相隔数百年,但两位才子共有怀才不遇之苦,可谓千古同恨。

这是一首著名的"鬼"诗,但诗人并不是真的要表现"鬼",而是要塑造诗人的自我形象。衰灯寒影,香魂凭吊,鬼唱鲍诗,恨血化碧等画面的描绘,都是为了表现诗人抑郁愁苦的情怀。诗人在活人的天地里找不到知音,只能在阴冥世界中寻求同调——这是他个人的不幸,更是时代对他造成的悲剧。而从诗歌艺术上来看,李贺如此构思立意,谋篇造句,却是相当奇异脱俗,富有独创性的。

如果把绚丽多彩的唐代诗歌比作百花园,那么,李贺的诗作则是其中的奇花异葩。[1]

杜牧之咏史超群伦

群星璀璨的唐代诗坛上,有两对"李杜":一对是"大李杜",即众所周知的李白、杜甫；另一对是"小李杜",即晚唐著名诗人李商隐和杜牧。

说到杜牧,人们首先会想到他那显赫的家世。他大约在唐德宗贞元十九年（公元803年）,出生在京兆万年县（今陕西西安）。京兆杜氏是魏晋以来的高门望族,家人世代为官,西晋时大将军杜预是其杰出代表。杜牧的祖父杜佑,不仅是善于持政的杰出宰相,而且还是编撰辉煌巨著《通典》的大史学家。他的堂兄杜悰,是当朝驸马,由京兆尹（京城长安的行政长官）、节度使[2],一直做到宰相。他的父亲、叔父等,也都是朝廷颇为重视的官员。当时长安城里有句顺口溜："城南杜家,去天尺五。"意思是说,位于城南的杜家,门第高贵,高到距天只有一尺半了。

出身在这样一个官宦世家,杜牧自幼受到良好而严格的教育。长辈们为了能够继承祖业,光耀门庭,十分重视向他传授各方面知识。他自己也非常喜欢读书,同时关心时事政治。十五六岁,他就立下宏愿,要成为国家栋梁之材,使危机四伏的晚唐社会,重振往日繁荣昌盛的雄风。因此,他十分注意钻研各代历史,对"治乱兴亡之迹,财赋兵甲之事,地形之险易远近,古人之长短得失",无不烂熟于心,并多有独到体会。

杜牧二十多岁,即获文名。当时,太学博士吴武陵读了他的诗文，推崇备至，便拿去给主管进士考试的侍郎崔郾过目。崔郾看到那篇著名的《阿房宫赋》，赞不绝口，遂于大和二年（公元828年）进士考试时，让他金榜题名。

起初，杜牧在江西观察使沈传师府中任幕僚，后驻防扬州的淮南节度使牛僧孺，闻其才名，请他去当书记。他本是个有远大抱负的人，对在别人手下做属员，自然不甚满意，因而对工作并不尽心尽力。

当时的扬州，是全国有名的繁华之地。杜牧长得英俊漂亮，加上风流倜傥，政治上不得志，便流连青楼妓馆，纵情声色艳游，过着放浪形骸的浪漫生活。他日后对自己的这段生活，也颇有感慨，曾作了一首《遣怀》诗：

落魄江湖载酒行，楚腰纤细掌中轻。
十年一觉扬州梦，赢得青楼薄幸名。

诗的前两句追忆昔日扬州生活：潦倒江湖，以酒为伴；秦楼楚馆，偎红倚绿，沉浸于放荡生活之中。后两句表达今日的悔过之意：啊，忽忽十年，当时的风流艳事，不过是一场大梦而已；连往日曾经迷恋的青楼，也责怪自己负心薄情。这首诗，表面看来写得轻松诙谐，实际上饱含着诗人不堪回首往事的抑郁心情。

开成四年（公元 839 年），杜牧从扬州回到长安，任左补阙（在皇帝身边上言规谏，举荐人员的官位）等职，后相继出任黄州（今湖北黄冈）、池州（今安徽贵池）、睦州（今浙江建德）刺史。

大中三年（公元 849 年），他回朝任司勋员外郎，其间出任过一年左右的湖州（今浙江湖州）刺史，又回京城任考功郎中（掌管朝廷官员考核的官职），直至升为中书舍人（为皇帝起草诏书，参谋机密大事的要职）。晚年的杜牧，在朝中很有威望，大小官员都对他十分敬重。

杜牧是个极有政治才干的人，不论在京城或地方做官，他总是把自己主持的一方天地，管理得井井有条，稳定兴旺。如他在各地当刺史时，都进行过不同程度的弊政改革，尤其是在免除苛捐杂税，减轻老百姓负担，打击贪官污吏，整顿官纪民风，兴修水利，发展生产等方面，政绩突出，声誉很好。

他还在一些重大国策上，如削平地方藩镇军阀叛乱，抵御边疆少数民族侵略等，向朝廷提出了极有价值的用兵策略和整治措施，实施后都取得较好的成效。他曾精心注释《孙子兵法》十三篇，献给宰相周墀，并在《上周相公书》中说：此书"虽不能上穷天时，下极人事，然上至周、秦，下至长庆、宝历之兵，形势虚实，随句解析"。由此可见，他

对自己的兵法研究是很自负的。有人说他颇具"将相之才",并非虚言。

杜牧在文学创作上成就很高,散文、诗歌在晚唐都极负盛名,堪称一流。

他的散文名作《阿房宫赋》,通过对阿房宫宏伟瑰丽的描述,揭示秦王朝大兴土木,奢侈无度,导致民怨沸腾,二世而亡的史实,借以对当时朝廷劳民伤财,大建宫室的风气,提出规劝和批评。赋中写道:秦朝盖宫殿,负栋之柱比田地里的农夫多,架梁之椽比织布机上的女工多,钉子比仓库里的粮食多,砖瓦比人们身上穿的衣服多……结果呢?老百姓"敢怒而不敢言",起来推翻了秦朝暴政。文章最后说:亡秦朝者,正是秦朝自己;后人对它发表感慨时,如不引以为戒,自己也会被后人哀叹。

这篇因事而作、丽辞雅义的著名文章,可以说是对当时统治者的警告。事隔几十年后,这一警告就变成了事实:正如陈胜、吴广农民起义推翻秦王朝一样,黄巢农民起义震撼了唐王朝大厦。

杜牧更杰出的文学才华,是在诗歌创作方面,尤其是咏史诗和写景诗。请看他的咏史诗名篇《赤壁》:

折戟沉沙铁未销,自将磨洗认前朝。

东风不与周郎便,铜雀春深锁二乔。

在大江边的沙堆里,偶然发现一件残断兵器,磨洗掉铁锈以后,辨认出是三国赤壁大战时的遗物。那场大战若不是东风帮了周瑜的忙,烧掉了曹操的战船,那么,孙策的妻子大乔和周瑜的妻子小乔,都将成为俘虏,被关到曹操的铜雀台中去。这首诗的写作,有两点值得注意:

一、咏史诗由于受到历史事实的限制,很容易写得呆板。但杜牧的论史绝句却能从大处着眼,小处着手,写得既警拔俊爽,又意趣盎然。《赤壁》诗说的是胜败存亡的国家大事,却偏偏从江边沙堆里偶然发现的残断兵器写起,在东风与周瑜"便"与"不便"中轻松展开;末句本意是说东吴要倾国覆亡,可是作者却偏偏不这样写,而只是说东吴的两位美女(大乔、小乔)将成为曹操铜雀台中的俘虏。

这样着笔,在人们意想不到的地方自出机杼,不仅使人读来耳目一新,而且增强了作品的艺术魅力。他的另一些咏史诗,如《过华清宫》绝句三首、《隋春宫》等,都具有这种特色。

二、更重要的是,杜牧的咏史诗具有独到的史识。著名的赤壁大战,一举奠定了三国鼎立的局面,由此人们向来认为周瑜具有杰出的军事才能。但在熟知兵法的杜牧看来,周瑜取得赤壁之战的辉煌胜利,几乎完全是侥幸的,如果不是老天相助,刮起东风,别说取胜无望,就连他的妻子都要成为曹军的俘虏。这不仅推翻了历代史家的"公论",显示了诗人对历史的精辟见识,更表现了作者感叹"世无英雄,遂使竖子成名"的豪迈情怀。

请再看他的另一首咏史诗《题乌江亭》:

胜败兵家事不期,包羞忍耻是男儿。
江东子弟多才俊,卷土重来未可知。

秦朝末年,楚汉相争,项羽兵败,突围至乌江(今安徽和县),乌江亭长请他赶快渡江,但他觉得愧对江东父兄,羞愧自杀。杜牧任池州刺史时,曾路过乌江亭,触景生情,便题了这首诗。他在诗中一反常人肯定项羽自刎的观点,而说战争中的胜负,常常出乎兵家意料。项羽垓下兵败,就引颈自戮,不能含羞忍耻,重聚江东英雄豪杰,卷土重来,算不得顶天立地的男子汉。

回顾历史,有多少兵败后忍辱负重,重整旗鼓,东山再起的事件,如越王勾践卧薪尝胆,越大夫范蠡甘为人质,大将军韩信曾受胯下之辱,汉高祖刘邦原为项羽手下败将,等等。这种种史实,让我们不能不佩服杜牧的精辟识见。

杜牧的写景诗，成就也很突出。如人们熟知的《山行》：

> 远上寒山石径斜，白云生处有人家。
> 停车坐爱枫林晚，霜叶红于二月花。

沿着蜿蜒的石子小路，登上深秋时节的山峰，在那白云飘起的山腰，时隐时现地见到几户人家。停下脚步，都因为这片枫林晚景太美了，那经过霜打的红叶，比二月里的鲜花还红艳哩！这首诗，不仅描绘了一片动人的深秋山野景色，还在最后一句把霜叶比作二月里的鲜花，使人感到尽管是深秋暮色，但并不让人忧愁哀伤，而是充满着生机勃勃的活力。这就摆脱了一般诗人描写秋色时，总要流露出萧瑟叹息的老调，体现出一种豪爽向上的精神。

再看脍炙人口的《清明》：

> 清明时节雨纷纷，路上行人欲断魂。
> 借问酒家何处有，牧童遥指杏花村。

清明时节，细雨纷纷，奔波于这凄风苦雨中的行人，禁不住心碎魂断。到哪儿去找一处酒家，借酒浇愁呢？一个牧童挥鞭指着远处的杏花村。这首小诗，语言浅近，音调和谐，景象清新，境界优美，韵味悠长，千百年来一直传诵不衰。

杜牧诗歌，别具一种独创风格，就是刘熙载在《艺概》中所说的"雄姿英发"。他的诗歌，能在俊爽峭健之中而又有风华绮靡之致，这是他忧国忧民的壮怀伟抱与感时伤别的绮思柔情水乳交融在一起，而又以其极高的艺术天分熔铸提炼所表现出来的特有风姿。

杜牧的才能是多方面的，他除了是个杰出的诗人和散文家外，还是一个有远见的政治家，其《上李中丞书》、《罪言》等，对晚唐政局危机的分析，相当精辟中肯。同时，他又是一个卓越的军事理论家，著有《孙子兵法注》、《战论》、《守论》、《原十六卫》等军事著作，都是中国古代的兵书要籍，宋代司马光编《资治通鉴》时，对其多择要采录。他的字也写得很好，行书、楷书均有自己独特风貌，堪称是个大书法家。

唐宣宗大中六年（公元852年），杜牧得了重病。他知道自己就要离开人世了，于是把毕生所写一千多篇诗文重新检视一番，凡是认为不满意的，质量不够好的，统统付之一炬，只留下二百多篇传世。幸亏他外甥裴延翰喜欢他的诗文，手里还有二百多篇稿子，才使他的作品保存下来四百五十篇。由于他的家住长安城南的樊川别墅，裴延翰把他的诗文汇编成集时，就取名为《樊川集》。[3]

［1］主要参考资料:《新唐书·李贺传》、《唐才子传》卷五、《唐摭言》卷十、《唐诗纪事》卷四十三、《太平广记》卷四十九、钱仲联《李长吉年谱会笺》。
［2］"节度使",总揽一个地区军政大权的最高长官,所管辖的地区有大有小,小的包括三四个州,大的可包括十多个州。
［3］主要参考资料:《新唐书·杜牧传》、《旧唐书·杜牧传》、《唐才子传》卷六、胡仔《苕溪渔隐丛话》后集卷十五、冯集梧《樊川诗集注》、缪钺《杜牧传》。

【第 19 回】

李商隐无题难索解
贾浪仙警句费推敲

李商隐无题难索解

和杜牧并称"小李杜"的晚唐大诗人李商隐,流传下来的诗歌有六百多首,可分政治诗、咏史诗、抒情诗、咏物诗、无题诗五大类。总的来说,李商隐的诗歌寄情深微,寓意丰富,笔触细腻,辞精韵美,在整个唐代诗歌中自辟蹊径,别具魅力。尤其是他的"无题诗",独具一格,成就卓然,备受称誉,对后世影响深远。

顾名思义,"无题诗"就是没有题目的诗歌。李商隐的无题诗,是指他的那些不便标题或难于标题,而以"无题"两字代替标题,或以篇首二字作为标题的诗歌。这类诗在李商隐的诗作中占有一定的比重,显著特点就是寓意隐晦,难以解释。如他以篇首二字为题的名作《锦瑟》诗:

>锦瑟无端五十弦,一弦一柱思华年。
>庄生晓梦迷蝴蝶,望帝春心托杜鹃。
>沧海月明珠有泪,蓝田日暖玉生烟。
>此情可待成追忆,只是当时已惘然。

这首诗究竟是悼亡呢？忧国呢？伤怀呢？还是咏物呢？千百年来，历代诗评家一直聚讼纷纭，莫衷一是，不知困惑了多少人。照字面看，诗的大意无非是说：锦瑟[1]呀，你为什么无故有那么多弦呢？每一音弦都追忆逝去的华年？像庄子梦迷蝴蝶、望帝魂化杜鹃一般，又如月落沧海，明珠泣泪，蓝田日暖，美玉生烟，岂止今天回忆起来无限叹息，就是在当时不也令人怅惘吗？

有人说，"锦瑟"是皇宫里一个歌伎的名字，李商隐曾经爱过她，诗是为她身亡而作，所以是首悼亡诗。又有人说，李商隐生活的年代，唐朝已失去了往日繁华气象，处于衰败之中，这是他感叹世风日下的忧国诗。还有人说，李商隐胸怀济国之志，却无端成了党派倾轧的牺牲品，这是他自伤身世的抒怀诗。宋代大文学家苏轼则说，这就是一首咏物诗，前两句写锦瑟这种乐器，中间四句以比喻手法，分别写锦瑟所奏出的适、怨、清、和四种情调，后两句发发感慨而已。另有人说，李商隐自己将这首诗题写在他诗集的卷首，所以实际上是他为自己诗集所写的序言。凡此种种互不相同的解释，似乎都有道理，似乎又都不够尽意，诗的主旨到底是什么呢？至今仍是一个难解之谜。

再看下面这首《无题》诗：

相见时难别亦难，东风无力百花残。

> 春蚕到死丝方尽，蜡炬成灰泪始干。
> 晓镜但愁云鬓改，夜吟应觉月光寒。
> 蓬山此去无多路，青鸟殷勤为探看。

这里，首联写与恋人离别时依依不舍的情景，次联写对女子的相思和对爱情的忠贞不渝，三联设想女子也在日夜思念对方的情态，末联想像仙鸟（青鸟）传书，帮助探望身处蓬山（传说中海上的神山）的意中人。

照字面意思看来，这首诗无疑是写男女之间的离情别恨，表现对爱情的忠贞和追求，以及会合无期的伤感。但是，这"女子"究竟是谁？"蓬山"究竟喻指何物？长期以来，注解迭出，却终无定论。有人指出：这根本不是什么爱情诗，它是诗人借助艺术形象的整体，来寄寓自己政治失意的苦闷和不甘沦落的心绪。这似乎也有道理，也说得通。这首诗的主旨到底是什么？实在令人费解。难怪有人说李商隐的一些诗作，是千古难揭的"诗谜"！

金代文学家元好问的《论诗绝句》第十二首，便发出这样的感叹：

> 望帝春心托杜鹃，佳人锦瑟怨华年。
> 诗家总爱西昆好，独恨无人作郑笺。

这里的最后一句便是抱怨李商隐的诗如同谜语一般晦涩难解，没有一个人敢像郑玄笺注《诗经》那样，来给李商隐的诗作注释。

然而，不管是不是"诗谜"，即便不能确定诗的主旨，人们也能感受到李商隐无题诗的巨大艺术魅力。

且说上面那首《无题》诗，不仅意蕴丰厚含蓄、情感深沉隽永，而且语言精工清丽，相当新颖别致。如古人有个成语，叫"别易会难"，而诗人却说"相见时难别亦难"，即相会本已困难，分别更使人难过，这就在古人的词意上翻进一层，具有自己的创造。再如，人们相思相爱的深挚感情，看不见、摸不着，很难生动表达，可是作者用"春蚕到死丝方尽，蜡炬成灰泪始干"两个比喻，不仅把生死不渝的忠贞情感，表现得淋漓尽致，而且用语造意是那样生动形象、别出心裁。杜甫曾说"笔落惊风雨，诗成泣鬼神"，李商隐的这联千古名句，可谓当之无愧。

李商隐是怀州河内（今河南沁阳）人，唐宪宗元和八年（公元813年）生于郑州荥阳。他自小才华过人，十七岁就受到太平军节度使令狐楚的赏识，让他到幕府里来做巡官（幕僚）。当时令狐楚让他同自己的儿子令狐绹同桌学习，并亲自给他们讲授"四六文"（骈文的一种）。

李商隐曾写《谢书》一诗，表示对令狐楚的感激：

微意何曾有一毫，空携笔砚奉《龙韬》。

自蒙半夜传衣后，不羡王祥得佩刀。

李商隐说，他带了笔砚到幕府里来，令狐楚不让他做抄抄写写的杂事（所以称"空携"），而让他读书学习，并亲自教他写文章，对此他感铭之至，认为得到令狐楚的指教胜过获得功名。

自唐文宗大和七年（公元833年）起，令狐楚三次资助李商隐赴长安参加进士考试。他二十五岁时（开成二年，公元837年），在令狐楚的特别推荐下，终于考取进士，在朝中任校书郎。

可是就在这年冬天，令狐楚不幸病逝，他在政治上失去了依靠。恰巧这时泾原（今甘肃泾川）节度使王茂元，请他做书记，他也就接受了邀请。王茂元很欣赏这位青年才子，不久就把才貌双全的小女儿嫁给他为妻。这时的李商隐，仕途顺利，婚姻幸福，命运对他可谓特别照顾了。

然而，他万万没有想到，就在他称心如意之时，已经埋下了使他长久烦恼的种子。

那时，朝廷官员基本上分为势不两立的两大派，一派以李德裕为首，一派以牛僧孺为首，这就是唐代历史上有名的"牛李党争"。

令狐楚和他的儿子令狐绹都是牛党的重要成员,他们都对李商隐恩重如山。按照封建社会里一般人的理解,受人滴水之恩,当以涌泉相报,李商隐自然应该无条件地忠于恩人。可是他却没有这样做,竟然跑到李党人物王茂元手下效力,并做了王茂元的女婿。于是,牛党的人纷纷骂他"忘恩负义",并在各方面齐力排挤他。

第一件事就是李商隐参加更高级的博学宏词科考试,本已考取,但名单最后送朝廷终审,被牛党在中书省的一位高官以"此人不堪"为由,一笔勾销了。这就使他难以成为独当一面的大官,而只能给别人当"幕僚"。

不过,李商隐这时处境还不太困难,因为李德裕正当着宰相,李党在朝廷里还占着上风。可是到了他三十四岁那年,李党被打了下去,牛党上了台,并且不久就由对他深恶痛绝的令狐绹作了宰相。这下李商隐可更倒霉了!尽管他极有才华,办事干练,但在王茂元去世后,他来长安期间,始终得不到官职。

大约在大中三年(公元849年)的重阳节,李商隐为了自己的仕途前程,到相府去请求拜见令狐绹,希望他能念过去同窗之情,帮助自己一下。没想到令狐绹对他背负家恩,一直怀恨在心,早就下令,李商隐求见,不准通报。事先有此吩咐,宰相府的属员们,自然对他没有好脸色。

李商隐心里本来就压抑不平，受此冷遇，一气之下，便在门厅的屏风上题诗一首，愤然而去。这首诗题为《九日》：

曾共山翁把酒时，霜天白菊绕阶墀。
十年泉下无消息，九日樽前有所思。
不学汉臣栽苜蓿，空教楚客咏江蓠。
郎君官贵施行马，东阁无因得再窥。

这首诗的大意是说：在满院白菊花盛开的时候，你的父亲令狐楚曾和我举杯饮酒。令狐楚去世十年，如今又逢重阳节，把酒赏菊时，不禁思念起他来。你令狐绹不学你父亲那样延揽人才，却让我像无故受贬的屈原一般，落魄江湖而空怀悲叹。你现在做了显贵的高官，在府门前摆起了遮挡人的木架（行马），你父亲过去那种广招人才的景象，再也窥见不到了。这首诗，在回忆令狐楚对自己关怀和培养的同时，对令狐绹大兴朋党之见，堵塞贤路的行为，表示了极大的不满和愤慨。

李商隐的一生，与晚唐四十多年的牛李党争相始终。在令狐绹当政的十年里，他一直像被压在大石板底下的一株小草，始终没有出头之日。唐宣宗大中十二年（公元858年），李商隐结束了长期潦倒愁闷的生活，病逝于郑州家中，这时他只有四十五岁。

李商隐的诗歌艺术具有很高的成就。意蕴含蓄，情韵优美，深细婉曲，典丽精工，是其主要特色。如历来被人传诵的名句"身无彩凤双飞翼，心有灵犀一点通"，寥寥十四个字，就把那种受阻隔的痛苦和心灵默契的喜悦，以及越受阻隔越感到默契可贵、越有默契越觉得阻隔难熬的复杂矛盾心理，揭示得深刻细腻，分外动人。再如"春心莫共花争发，一寸相思一寸灰"，表面上是写绝望相思的悲哀，骨子里又透露了绝望掩盖下的相思如春花萌发，具有不可抑制的炽热情怀。这就用强烈对照的方式，使诗句表现的悲剧美格外深沉有力，扣人心弦。

李商隐诗歌的特点是：思深意远，情致缠绵，有百宝流苏的绮丽，有千丝织网的细密，有行云流水的空明，读来使人荡气回肠而不能自已，仿佛一个绝世美人让人百看不厌。李商隐的诗歌在唐诗中开辟了一种新的境界，丰富和提升了唐诗的艺术价值。

如果把李白、杜甫的创作，比作日照中天，光芒万丈的正午太阳，那么李商隐的诗歌在整个唐诗发展史上，则是五彩缤纷、绚丽多姿的晚霞斜阳。这一境界，他的五言绝句《乐游原》，描写得再恰当不过了：

向晚意不适，驱车登古原。

夕阳无限好,只是近黄昏。[2]

贾浪仙警句费推敲

唐宪宗元和年间的一天,京兆尹韩愈出巡,车仗经过京都大街时,过往车马行人,都退避三舍,赶忙让道。清冷的大路上,只有一个和尚,骑着一头毛驴,低头思考着什么,径自向前走去。眼看就要和韩愈的仪仗队撞上了,卫兵们七手八脚地把他拉下驴来,架到韩愈面前,听候定罪。

韩愈探头一看,见是一个和尚,好生奇怪,便问他何故冲撞车仗。

和尚回答说,日前,他去寻访友人李凝,一路走得天色暗了下来,飞鸟归林,山月高挂,草没荒径,孤院幽僻。月下叫醒友人,与其共叙闲居之乐,依依分别时,相约后会有期。回来后,得《题李凝幽居》一诗,但反复诵读,总感到第四句有一字不妥。刚才骑在驴背上,神游于诗境之中,没注意到大人车仗,多有冲撞,乞望原谅。

韩愈一听来了雅兴,不但没有责怪,还让和尚把诗吟诵出来听听。于是和尚抑扬顿挫地咏哦起来:

闲居少邻并，草径入荒园。
鸟宿池边树，僧推月下门。
过桥分野色，移石动云根。
暂去还来此，幽期不负言。

和尚说："这第四句的第二字，我琢磨了好半天，不知是用'推'字好，还是用'敲'字好，乞望大人赐教。"

韩愈立马思之良久，笑着说："你是和尚，还不知寺院规矩？天一落黑，大门就闩上了。夜晚推寺院的门，能推得开吗？以我之见，当用'敲'字为佳。这样不仅符合事理，而且能寓动于静，收到'鸟鸣山更幽'的效果，使那幽静的环境平添些生气。"

和尚没有想到大人有如此高见，连连称是。所以流传下来的这首诗，"推"字就改成"敲"字；而"鸟宿池边树，僧敲月下门"这一联，则成了脍炙人口的名句；"推敲"一词，也成了有名的典故流传至今。

却说韩愈见这位和尚如此苦吟，甚为感动，便问起他姓名身世。

原来，这位和尚姓贾名岛，字浪仙，是范阳（今河北涿县）人。他生于唐代宗大历十四年（公元779年），从小因家中贫寒，生计困难，出家当了和尚，法号"无本"。

不过，他虽然身入佛门，却并不在佛教修行上用功，而是一个心眼挂在作诗习文上。每天一有空，他就离开寺院，或游览山水胜境，或漫步长安街头，以便能触景生情，吟诗作文。

韩愈听了，很同情他的遭际，更爱怜他的诗才，于是相邀同归，共入韩府，谈诗论道，数日不倦，两人结为好友。

贾岛这回算幸运，遇上了韩愈这样爱才惜士的人；以前他苦吟作诗，冒犯前任京兆尹刘栖楚，可吃过苦头。

那天上午，他骑驴在长安繁华的朱雀大街上溜达，当时正值秋风萧瑟，黄叶飘落满地，遂得"落叶满长安"一句，但搜肠刮肚，苦思对句，终不可得。他只顾苦思冥想，一任毛驴自行，不料碰撞了刘栖楚的出行车仗。刘大人不问青红皂白，下令把他关了起来，直到日头落山，也不来问他。

贾岛看着天色将黑，实在忍不住了，便在被关的房子里，向外高声吟了两句诗："不如牛与羊，犹得日暮归"，意思是说，自己连牛羊都不如，天晚了还不能回家。看管他的差役颇懂得一点诗，听了他吟的诗句，吃了一惊，赶忙报告刘栖楚。刘大人这才过来询问原委，听贾岛把事情经过说完，刘大人气也消了，便把他放回寺院。

无故被关了一天，贾岛在回寺院的路上也不生气，只顾专心致志地苦求对句。经过一路思索，他果然求得佳句"秋

风生渭水",从而完成了他的名作之一《忆江上吴处士》:

> 闽国扬帆去,蟾蜍亏复圆。
> 秋风生渭水,落叶满长安。
> 此地聚会夕,当时雷雨寒。
> 兰桡殊未返,消息海云端。

这是一首忆念朋友的抒怀诗。开头说朋友乘船前去福建,月亮由亏到圆,仍不见他消息。接着说诗人所处的长安是深秋季节,秋风从渭水那边吹来,长安落叶满地,以萧瑟的秋景寄托思友的情怀。随后转而写诗人忆起和朋友聚首谈心的往事,那天他俩谈得很晚,忽然外面下了大雨,雷电交加,让人感到阵阵寒意。结尾写由于朋友坐的船没有回来,自己无从知道他的情况,只好遥望天边尽处的云海,希望从那儿得到朋友的一些讯息。

这首谋篇布局都有自己特色的佳作,"秋风生渭水,落叶满长安"一联,最为有名。谢榛在《四溟诗话》中,评价它"气象雄浑,大类盛唐"。后代不少名家,都曾对它加以引用,如宋代周邦彦《齐天乐》词中的"渭水西风,长安乱叶,空忆诗情婉转";元代白朴《梧桐雨》杂剧中的"伤心故园,西风渭水,落日长安"等,都是化用这两句名句而

成，可见其影响深远。

话说韩愈自那次结识贾岛后，一直对他非常关照，经常把他召到自己府中，让他与张籍、孟郊、马戴、姚合等成为诗友，互相往来酬唱，一时传为佳话。韩愈还劝贾岛蓄发还俗，亲授他文法，叫他投考进士。不幸因出身卑微，他虽连考数次，终不及第。五十九岁时，他因写诗讽刺权贵，被控告犯诽谤罪，从韩府幕僚被贬为长江（今四川蓬溪）主簿，后迁任普州（今四川安岳）司仓参军。唐武宗会昌三年（公元843年），贾岛逝于普州官舍，时年六十五岁。

贾岛的诗，造语奇特，意境孤幽，给人的印象十分深刻。如"怪禽啼旷野，落日恐行人"（《暮过山村》），"独行潭底影，数息树边身"（《送无可上人》），"马归沙有迹，帆过浪无痕"（《江亭晚望》），"柴门掩寒雨，虫响出秋蔬"（《酬姚少府》），"长江人钓月，旷野火烧风"（《寄朱锡珪》），"芦苇声兼雨，芰荷香绕灯"（《雨后宿司马池上》），等等，都是甚为人们称道的名句。

宋代大诗人梅尧臣称赞贾岛的诗说："状难写之景，如在目前，含不尽之意，见于言外。"韩愈对他清奇僻苦的诗风，更是推崇备至，曾写《赠贾岛》诗：

孟郊死葬北邙山，从此风云得暂闲。

>天恐文章浑断绝,更生贾岛著人间。

诗中提到的孟郊,是当时文坛的另一位著名诗人。他是湖州武康(今浙江德清)人,比贾岛大二十八岁,作诗和贾岛一样,多吟穷愁寒苦之音,遣词造句,力避平庸浅率,追求新奇瘦硬的效果,因而人们多将他俩并称为"郊寒岛瘦"。

韩愈在这首诗中说:自从孟郊死后,文坛再也没有以前那样热闹了,老天担心诗文从此断绝,所以生出贾岛来描绘人间。韩愈当时处于文坛盟主的地位,以他的身份和名望,这样来夸赞贾岛,可见贾岛诗歌的影响之大。

贾岛是中国文学史上有名的苦吟型作家。一日,他吟成"独行潭底影,数息树边身"两句,觉得实在来之不易,望能得到知音赏识,所以在这两句诗后,特地注一首五绝:"二句三年得,一吟双泪流。知音如不赏,归卧故山秋。"这是说,如果没有人欣赏他这千辛万苦得来的诗句,他可要远离文坛,重新归隐山林了。

贾岛还有一首诗,名为《戏赠友人》,是他苦吟生活的自我写照:

>一日不作诗,心源如废井。
>笔砚为辘轳,吟咏作縻绠。

朝来重汲引,依旧得清冷。

书赠同怀人,词中多苦辛。

这里,贾岛以井中汲水比喻自己写诗,可谓道尽了苦吟的辛酸。据说贾岛每年除夕夜,都要把一年写的诗歌供到案头,斟酒,焚香,礼拜,然后将酒洒在地上,祝祷说:"这都是我全年的苦心哇!"祭毕痛饮,高歌方休。贾岛这样神圣地对待作诗,虔诚追求,惨淡经营的结果,使其诗歌具备了奇僻清峭、警句迭出的独特风格,在晚唐很受推崇,以至形成流派。

晚唐著名诗人李洞在《题晰上人贾岛诗卷》中,尊崇贾诗说:"贾生诗卷惠休装,百叶莲花万里香。供得半年吟不足,长须字字顶司仓。"李洞还和南唐孙晟等人一样,将贾岛的画像和诗集置于堂中,朝夕焚香礼拜,侍奉如神。[3]

[1] "锦瑟",一种古弦乐器。
[2] 主要参考资料:《新唐书·李商隐传》、《唐才子传》卷五、冯浩《玉溪生诗集笺注》、张采田《玉溪生年谱会笺》、吴调公《李商隐研究》。
[3] 主要参考资料:《新唐书·贾岛传》、《唐摭言》卷十一、《唐才子传》卷五、胡仔《苕溪渔隐丛话》前集卷十九、李嘉言《长江集新校》。

【第 20 回】

温庭筠独秀花间词
李后主国破得佳篇

温庭筠独秀花间词

中国诗歌发展到晚唐,无论古体或近体,都已穷尽变化,这时就需要有新的体裁来加以突破,以满足人们的审美需要。这种新的体裁就是词。

词是诗歌的一种变体,句子长短不一,适宜于合乐歌唱。它的形成时间比较早,盛唐大诗人李白、韦应物,中唐著名诗人白居易、刘禹锡等,都写过一些小词作品。但词的渐趋成熟,则在唐末五代时期,其标志就是"花间词派"的出现。

唐末五代,中原纷乱不已,只有西蜀、南唐维持偏安局面,生活相对稳定繁荣,诗文音乐比较兴盛,因而词在这里得到了蓬勃发展的机会。

广政三年(公元 940 年),中国文坛出现了第一部文人词集《花间集》。它由后蜀人赵崇祚编辑,选录唐末五代温庭筠、韦庄、李珣等十八位词人的五百首作品。由于这些词人创作风格大体相同,所写体裁基本相近,后世便称他们为"花间词派"。

温庭筠是花间词派的代表人物,因为他的词突出地体现了花间词派多以浓艳色彩，描写恋情别绪的特点，也深刻地影响了花间词派其他词人的创作。

人们常说，"人不可貌相"，这句话可能最适合温庭筠了。他是太原祁（今山西祁县）人，约生于唐宪宗元和八年（公元813年），卒于唐懿宗咸通七年（公元866年）。他是初唐宰相温彦博的后裔，但到他父亲时，家庭已经衰落。他人长得歪鼻大嘴，粗眉暴眼，奇丑无比，像古代传说中打鬼神钟馗那样，令人望而生畏，因此他又有"温钟馗"之称。

不过，温庭筠虽长得丑，人却很聪明。他文思敏捷，才情横溢。晚唐进士考试考律赋，八韵一篇，别人沉思苦吟半天也不易做出，他却叉手一吟便成一韵，叉八次手即告完篇，因此人们又称他"温八叉"。这个"温八叉"，一会儿把自己的试卷做完后，便常常代别的举子吟咏应制，监考官见到他都十分头痛。

唐宣宗大中九年（公元855年），礼部侍郎沈询任主考官，知道温庭筠爱逞异夸能，替别人作弊，特地把他的试桌安排在最前面，放在考官眼皮底下加以重点监督。这当然使他闷闷不乐，很快就交上试卷，要求开门出去。考官以为他卷子没做完，可打开一看，竟写了一千多字很像样的申论。事后传说，就这样他仍然暗中帮助八个人解答了难题，可见他考场替人作弊手段之高。此事五代王定保的《唐摭言》、宋代计有功的《唐诗纪事》、元代辛文房的《唐才子传》，均有记载，想来应是事有所据。

结果，由温庭筠代为应制的人，往往一一中榜，而他却因多触忌讳或考场舞弊，次次名落孙山。直到四十八岁时，他才弄个隋县尉的小官做，最后也只是个国子助教，可谓命运坎坷，潦倒终身。

温庭筠多才多艺，除了擅长作词外，也是作诗的好手，他还精通音律，能歌能曲。他写的诗，和晚唐大诗人李商隐齐名，文学史上多将"温李"并称，名句如"词客有灵应识我，霸才无主始怜君"（《过陈琳墓》）；"波上马嘶看棹去，柳边人歇待船归"（《利州南渡》）；"鸡声茅店月，人迹板桥霜"（《商山早行》）等，向来为人们传诵。他作的曲，深受当时优伶的喜爱，唱遍大街小巷。他还能吹能弹，技艺不在歌舞优伶之下，用今天的话来说，他可算一名演奏家了。

他很有才华，但也颇有些狂妄，尤其是对权豪势要，毫无奴颜媚骨。他和当朝宰相令狐绹的儿子令狐滈是朋友，因而经常出入宰相府。令狐绹见他能诗擅词，很是看重他，让他住在宰相府的书馆里，常以宾客相待。

有一次，令狐绹看书遇到"玉条脱"三字，不知出于何书，便向他请教。他竟盛气凌人地说：

"这还不晓得？这三个字出于《南华真经》第二篇《齐

物论》。《南华真经》也就是《庄子》，因庄周号南华真人，所以后人将《庄子》称为《南华真经》。《庄子》并非冷僻之书，相公在治理国家大事之余，应当多多浏览。"

如此教训人的口气，别说是对宰相，就是对一般人，也让人难以忍受。然而，温庭筠却并未就此罢休。他后来还对人说：令狐绹是"中书省内坐将军"，讽刺和挖苦宰相大人虽然身居丞相府，却不过是个草莽武夫。此后他还特意在《李羽处士故里》一首诗里，再次提起这事：

> 柳不成丝草带烟，海槎东去鹤归天。
> 愁肠断处春何限，病眼开时月正圆。
> 花若有情还怅望，水应无事莫潺湲。
> 终知此恨销难尽，辜负南华第一篇。

这首诗的字里行间，回荡着诗人郁闷不平的感情；而最后一联，则是明显含有讥讽令狐绹之意。

令狐绹任宰相时，宣宗李忱颇喜欢唱词曲。为了讨好宣宗，令狐绹很想献上几曲，可自己又作不好，于是找来温庭筠说："皇上很爱唱《菩萨蛮》词，你替我作两曲。"

这种吟词作赋的事，在温庭筠自然是手到擒来，他当即便吟成数曲轻松交差。

令狐绹重赏温庭筠以后说:"你切切不可在外张扬,讲这几首词是你所写。"

不知是没有听清楚,还是有意出令狐绹的丑,他出了丞相府,就同三五知己说开了。士子们将此事作为笑柄,津津乐道,很快就传到了令狐绹的耳里。宰相大人吃了这样的哑巴亏,自然气愤异常,从此再也不答理温庭筠了。

又传说有一次,宣宗李忱微服出访,与温庭筠恰巧在旅店里相遇。温庭筠不认识,当然也不知是宣宗,便大大咧咧地问道:"看你样子,不过是长史、司马一类五六品的小官!"

宣宗答:"不是。"

他又高傲地说:"那么,肯定是文参、簿尉之类更小的官了!"

宣宗道:"也不是。"

温庭筠见眼前这个人说话不冷不热,便不愿再答理他,抬脚就走。

宣宗哪里受过这种冷遇和侮辱,忍不住当即摆出威风来,把温庭筠由隋县尉贬为方城尉,并下诏书说:"儒家以品行为第一,文章是末技。你的品行不足取,文章又有什么好夸耀的!空有高远不羁之才,却没有一点为人师表的样子,又有何用?"这篇诏书,无异于判词禁令,使温庭筠仕途无望,一生坎坷。

不过,温庭筠生性傲岸,蔑视权贵,无意仕途,受此打击,并不在乎。他本来就善于鼓琴吹笛,有弦即弹,有孔就吹,不需好琴好笛,就能奏出美妙动人的乐曲。歌楼酒馆的优伶舞女,原来就和他关系颇好,官场失意后,他与她们往来更加频繁。

《花间集》中收录他的六十多首词,多半描写妇女生活,写她们的音容笑貌、衣着打扮、离愁别绪、身世感叹。请看下面两首小词:

> 梳洗罢,独倚望江楼。
> 过尽千帆皆不是,斜晖脉脉水悠悠。
> 肠断白蘋洲。
>
> ——《望江南》
>
> 千万恨,恨极在天涯。
> 山月不知心里事,水风空落眼前花。
> 摇曳碧云斜。
>
> ——《梦江南》

这两首词,都是写女子想念自己意中人的情思。本来,人的思想感情,是很难具体描绘的,他善于选择富有特征的景物,来构成意味深长的艺术境界,表现人的抽象思绪。如

"过尽千帆皆不是，斜晖脉脉水悠悠"，"山月不知心里事，水风空落眼前花"，把思妇的孤寂、失望、怨恨、忧愁的复杂情感，表现得既淋漓尽致，又含蓄隽永，具有很强的艺术魅力。

当时，词作为一种新兴的文学形式，兴起时间还不太长，发展也不够成熟。经过温庭筠的艺术追求和大量实践，词得到了相当的发展。从他尚存的七十余首词来看，词在他手上才形成了特殊而独立的风格，达到与诗两水分流、双峰并峙的境界，至宋代而走向极盛。

温庭筠不仅是花间词派的代表人物，也是晚唐最著名的词人，对后世词人产生了举足轻重的影响。[1]

李后主国破得佳篇

自古以来，中国帝王之中，虽不乏能诗擅词者，但多半是偶一为之，并少有精彩之作，因而在文学史上都名气不大。可其中有一位皇帝，却如彗星掠空，光照天宇，可谓中国成就最高的帝王作家，那便是南唐的李煜。

李煜，初名从嘉，后改名为煜，字重光，生于升元元年（公元937年），徐州（今江苏徐州）人。他是唐中主李璟的第六个儿子,建隆二年(公元961年)继位,是五代十国时期南唐末帝,所以人们也称他为"李后主"。

李后主长得眉目舒展,宽额大耳,体态魁伟,气度不凡,天生一副帝王之相。可是实质上,他根本不是一块做皇帝的料。

他生性懦弱,多情善感,只喜欢作诗填词,欣赏音乐书画。他整天深居宫中,不是同和尚道士们谈经论道,就是和皇后妃子们朝歌暮舞,或是闲了来首诗词。对什么国家大事,权谋韬略,可说毫无兴趣,也一窍不通。然而由于中国古代皇帝实行世袭制,偏偏让这个根本不适合做皇帝的人,登上了皇帝的宝座,这自然要闹出许多可悲可叹的事来。

开宝七年(公元974年),宋太祖赵匡胤派大将曹彬,率十万大军攻打南唐。大军从荆南沿江而下,很快就占领了池州(今安徽贵池),进驻采石矶(今安徽马鞍山),只要再渡过长江,就可攻陷南唐的都城金陵(今江苏南京)了。李后主听说宋兵在长江造浮桥,准备渡江攻打他,便问周围大臣该怎么办?

一个名叫张洎的大臣,一点不懂兵法,却不懂装懂地说:"陛下,臣遍览古书,自古以来,从未听说长江可以造浮桥的,一定是白费力气,劳而无功!"

李后主信以为真,便哈哈大笑地说:"朕心里也想,他们是在闹儿戏呢!"于是,他每日照样饮酒作词,欣赏歌舞。几日没有动静,他还以为宋军无法跨过长江天险,已经退兵,可以高枕无忧,安然无事了呢。

谁知,宋军很快搭好浮桥,杀过长江,南唐守将败的败、降的降。宋军乘胜挺进,势如破竹,很快就打到金陵城边。

到了这兵临城下,十万火急的时刻,李后主竟然还蒙在鼓里,只是将作战的事,全权交给皇甫继勋去处理。他自己这时还和平常一样,优哉游哉地到净居室(皇宫里念经讲道的地方),听和尚道士讲演佛经。

听完佛经,他想登城楼看看风景,这才发现宋兵旌旗遍野,已把金陵城团团围住了。

李煜到这时才大为惊恐,慌了手脚,又是调动援兵前来解围,又是派大臣徐铉向赵匡胤求和。然而,这一切都为时已晚,无补于事,金陵城终被宋军攻破。据说,就在宋兵攻城时,他还有心思作他的词,结果词未作完,城已破了。

李后主起初想自杀,以死殉国,但终究没有这样的勇气和骨气。最后,他还是带着大臣,肉袒上身,走出宫门,向宋兵投降。

次年(宋开宝九年,公元976年)正月,李后主被押到宋朝国都汴京(今河南开封)。宋太祖赵匡胤看他胆小怯弱,并无复国大志,对自己没有什么威胁,就用比较优厚的待遇,把他养了起来。但是，他从一个享尽荣华富贵的帝王，变成一个亡国的俘虏，心里自然非常难受。用他自己的话来说："此中日夕，只是以眼泪洗面。"

有一次，宋太祖宴请诸臣，他也在座，便有意逗弄他说："早听说你在南唐时爱作诗词，请举一联你最得意的诗句，让各位玩赏。"他沉思许久，才诵其《咏扇》诗道：

揖让月在手，动摇风满怀。

宋太祖故意为难他，问道："满怀的风究竟有多少？"这个不好回答的问题，他自然答不上来。太祖见难住了他，很是高兴，向左右大臣说："好一个翰林学士！"这讽刺、羞辱的话语，让他多么难堪！

这年十月，宋太祖赵匡胤去世，他的弟弟赵光义即位，为宋太宗。一天，太宗到崇文院看书，有意召他也去，并指着满屋书架上的书对他说："听说你在江南时很喜欢读书，现在这里的书，多是你以前读过的旧书，你还高兴再读吗？"这让人揪心的话语，又是多么深深地刺痛了他的心！

李后主本来是个写词的能手。在这段凄苦的日子里，他写了一些感情深挚，表达愁绪的优秀词篇。如《浪淘沙》中的"流水落花春去也，天上人间"；《清平乐》中的"离恨恰如春草,更行更远还生";《破阵子》中的"四十年来家国,三千里地山河"等名句,都表达了对"故国"、"往事"的无限留恋,抒发了明知时不再来,却心终不死的感慨,艺术上达到了很高的境界。

请再看下面的这首《相见欢》:

无言独上西楼,月如钩。
寂寞梧桐,深院锁清秋。

剪不断,理还乱,是离愁。
别是一般滋味在心头。

首句"无言"又加"独上",仿佛让人看到一个充满内心痛苦的孤独身影,凄凉地徘徊在西楼上。他举头望月,残月如钩,这缺月不正象征着人事的缺憾吗?他向深院望去,梧桐疏影,寂寞庭院,重门深锁,多么清冷的秋夜啊!一个"锁"字,暗暗点出了自己被软禁的遭遇。

面对如此寂寞凄凉之景,词人直抒胸臆道:"剪不断,理还乱,是离愁。别是一般滋味在心头。"千丝万缕的离愁,紧紧缠绕着人,再快的剪刀也剪不断,索性去想个透吧!又怎么也理不出头绪来。这种滋味很不好受,又说不清楚,苦辣酸甜似乎都有一点儿，却又都不是，只好说"别是一般滋味"了。这种只可意会，难于言传的滋味，其实正是一个亡国之君经历离愁之苦的最真切的感受。

这首词在艺术上的最出色之处，是对"离愁"的描写。"离愁"是人们内心的一种抽象感情，李后主不仅把它写得很形象，而且写出了其滋味，写出了一种非常深切的人生感受，确实是千古妙笔。这首词的另一特点，是写情极其自然，整首词就像脱口说出一般，语言极其朴素流畅，丝毫没有刻意雕饰的痕迹。

他的下面这首《虞美人》，更是脍炙人口的名篇：

春花秋月何时了，往事知多少？
小楼昨夜又东风，故国不堪回首月明中。

雕栏玉砌应犹在，只是朱颜改。
问君能有几多愁，恰似一江春水向东流。

"春花秋月"，本是美好的事物，可过着囚禁生活的李后主，见了反而心烦，禁不住怨问苍天：年年花开，岁岁月圆，什么时候能完结呢？这开篇一句，可谓奇语劈空而下，令人惊叹不已！

李煜从入宋到被毒死,虽然历时只两年零七个月,但这一时期的词创作成就最高。他这时的词作,集唐五代词的大成,又摆脱了花间词派只在花丛樽前低吟曼唱的习惯,艺术上有所创新,开拓了词的新境界。正如王国维在《人间词话》里所说:"词至李后主而眼界始大,感慨遂深,遂变伶工之词而为士大夫之词。"

因此可说,李煜虽然是个失败的帝王,却是一个伟大的词人。[2]

---

[1] 主要参考资料:《旧唐书·温庭筠传》、《唐才子传》卷八、《唐摭言》卷十一、李冰若《花间集评注》、夏承焘《唐宋词人年谱》。

[2] 主要参考资料:《新五代史》、《南唐书》、陈师道《后山诗话》、王仲闻《南唐二主词校订》、唐圭璋《南唐二主词汇笺》、夏承焘《南唐二主年谱》。

这位亡国之君，在春风吹拂的月夜，往事如烟，掠过心头，对雕栏玉砌的"故国"，产生了不堪回首的忧愁。其忧愁之大、忧愁之深，如冲出峡谷，奔向大海的滔滔江水，波涛起伏，无穷无尽。因此作者发出了"问君能有几多愁？恰似一江春水向东流"的浩叹。这一以水喻愁的名句，将愁思这一难以描写的抽象情感形象化，让人深深体味到了愁思如春江波澜，奔放倾泻，此起彼伏，绵延无穷，真是意味隽永，声情并茂。

然而，万分不幸的是，宋太宗太平兴国三年（公元978年）七月七日那天，恰巧李煜过生日，正当他让从前的宫伎作乐，演唱这首精妙绝伦的《虞美人》词时，宋太宗闻声于外，怒火中烧。

太宗赵光义想：你这亡国之君如此大胆，还在思念故国，说什么"小楼昨夜又东风，故国不堪回首月明中"，"问君能有几多愁，恰似一江春水向东流"。遂命将牵机药（一种毒药）放入酒中，令他喝下，将他活活毒死。这时，他年仅四十二岁。

李后主的词，现存四十多首。他的词风，由于生活的巨变，可分为前后两期。前期是他当南唐王朝末代皇帝时的作品，主要写豪华奢侈的宫廷生活；后期是他被俘后的作品，主要表现一个亡国之君被囚禁、被侮辱的深层哀痛。